JN112793

1

メアリー＝ドゥ

ill. ゆき哉

CONTENTS

序章　わたくし、納得がいきませんの！

――バルア皇国、謁見の間。

「そなたに、皇国南部領への移住を命ずる」

高位貴族が勢揃いした公開裁判で、皇帝陛下が口になさった判決は、事実上の死刑宣告だった。

――もう！　これでは、ただの自滅ではありませんのっ！

裁かれた少女を睨みつけながら、公爵令嬢であるアーシャ・リボルヴァは、手にした扇をギシッと音が立つくらい握り締める。

褐色肌の彼女は、【魔力封じの首輪】を嵌められている。

さらにその首筋を両脇の兵に槍の柄（つか）で押さえられ、床を見つめながら奥歯を噛み締んでいた。

ナバダ・トリジーニ。

皇帝暗殺を目論み、拘束された彼女は、皇帝陛下の婚約者候補として、アーシャの恋のライバルだったはずの少女だ。

西部の有力氏族の娘であり、美貌と膨大な魔力を備えているナバダは、憎しみの色を目に浮かべながら皇帝陛下を睨みつけ、口を開いた。

「南部に行って嬲り殺されろ、ってことね」

ナバダの不敬な口の利き方に周りがざわつくが、青年の域にある年若い陛下は、表情を変えない。

それどころか。


——どう見ても、面白がっておられますわね!?


その瞳に浮かぶ色を見て、アーシャはナバダが即座に首を刎ねられなかった理由を察した。

強さを好む皇帝陛下は、西部の有力氏族の娘であったナバダの正体が暗殺者だったと知っても、特に彼女の評価を変えていないのだろう。

罪人になる前と相変わらず、彼女に目を掛けているのだ。

故にこそ、アーシャは不満だった。


——暗殺を目論むのなら目論むで、もう少し上手くやったらどうですの!?

アーシャは、自他ともに認めるライバルの浅慮に、全くもって納得がいかなかった。

皇帝陛下の妃候補として、彼女に負けるつもりなどまるでなかったけれど、周りの評価はアーシャかナバダか、と二分されていたくらいなのに。

陛下を相手に直接攻撃による暗殺など、毒を盛るよりも思慮の浅い下策である。

こんなことでナバダが勝手に落ちぶれても、まるで勝った気がしない。


――これでは、陛下の御心をわたくしが射止めたとはとても言えないですわ！


アーシャは正々堂々、周りに打ち勝ち、陛下のご寵愛を賜りたいのだ。

正妃の地位はほぼ自分のものだけれど、このような決着では、陛下のご寵愛まで得られるとは限らない。

ナバダの行為は、周りにとっては驚天動地の行動だったけれど、陛下のお気に召したご様子。

だから判決が、南部領への追放なのだ。

彼女が住んでいた西部の氏族と不和のある辺境伯の領地なので、その後の扱いを考えれば死刑宣告に等しいが、死刑ではない。


彼女の才覚なら、生きる目がある。

陛下の苛烈な治世を知る貴族達は、当然ナバダが極刑だと思っていたのだろう。

戸惑いのざわめきが収まらない。

宣告の内容にも、彼女の態度を赦す陛下にも、困惑している様子だ。

そんな中、アーシャは静々と前に進み出た。

「……アーシャ」

傍らに立っていた公爵である父が声を掛けてくるが、軽く微笑みかけただけで、足は止めない。

『〝化け物令嬢〟だ……』

『〝鉄血の乙女〟が……』

動きに気づいた貴族達のざわめきが大きくなる中、アーシャはナバダの斜め前に進み出て、声を掛けた。

「無様ですわね」

「……見下ろしてんじゃないわよ、皇帝の雌犬が」

「あら、わたくしの陛下への敬意を理解して下さっていて光栄ですわ！」

ナバダが口汚い言葉を発したが、おそらくはそれが素なのだろう。

今までの鼻につくようなすました口調に比べれば、遥かに好感が持てる。

アーシャは、ナバダから最愛の存在である陛下のご尊顔に視線を移し、優雅に膝を折る。

「皇帝陛下、わたくしに、少々発言をお許しいただきたいですわ！」

「赦す」

「感謝いたしますわ！」

顔を上げたアーシャは口の端を上げ、悠然と周りを見回した。

目が合った貴族達は、ある者は息を呑み、ある者は目を逸らし、ある者は眉をひそめる。

反応の理由は単純で、アーシャ自身の容姿にあった。

アーシャは背こそ低いが、手足はすらりと長い自負があり、自慢の縦巻きブロンドは枝毛の一本すらない。

そして顔立ちは、白磁の人形のように整っている、と評されていた。


顔の、左半分だけが。


右半分は、醜い火傷痕（やけどあと）によって覆われ、眼球が焼け落ちている。

その為、左目と同じ色あいの義眼を入れていた。

貴族達の反応は、その異質な姿を恐れ、あるいは不快に思うから。

しかし、アーシャは顔を隠さない。

この顔の傷は、妹を魔獣から庇った時に灼かれて出来たものであり、とても誇らしい傷痕なのだ。

父母には、世間体ではなく、アーシャを不憫に思って隠すように言われたことはある。

しかし。


――わたくしは、この容姿があるからこそわたくしなのですもの。

そう思い、今に至るまで隠すことはしなかった。

かつては気丈に振る舞っていた面もあり、容姿をとやかく言われるのが煩わしかった時期もある。

故に、文武どちらにおいても人一倍の努力をし、誰よりも愛想良く過ごすことも覚えたけれど……

今は周りの反応など、まるで気にならない。

それもこれも全て――皇帝陛下と出会ったから。

あれは、デビュタントの日だった。

アーシャは、父が夜会の前に宮廷に呼び出されたので、早目に皇宮を訪れた。

そうしてアーシャが、初めて参加する夜会の始まりを、庭で花を眺めながら待っていた時。

ふらりと現れたのは、飾り気のない服装に剣を佩いた、宮廷には不似合いな出立ちの男だった。

貴族がこのような格好で宮廷を訪れることはあり得ない。

仕事中の騎士であれば鎧を身につけているはずであり、そうなると休憩中の騎士や兵士が紛れ込んでいるのか、とも思ったけれど。

周りにチラリと目を走らせても、護衛の者達は彼の登場に警戒した様子も見せていない。


――どなたですの？

鋭い目つきに端正な顔つきと、赤みがかった黒髪黒目を備えた彼は、失礼なことに名乗りもせず、立ち止まってジッとこちらの顔を眺めてきたのだ。

だからアーシャは、笑みと共に声を掛けた。

『そこの殿方。わたくしに、何か御用ですの？』

聞くまでもなく、見ているのは火傷痕のあるアーシャの容姿だと思ったが、男は、予想に反して言葉を濁すことすらなく、ハッキリと聞いてきた。

『その顔の傷は？』

『これですの？　昔、妹を襲った魔獣を倒した時につけられたものですわ！』

『ほう。そなたは、武を嗜（たしな）むのか』

胸を張って答えると、男はまたしても予想を裏切る答えを口にした。

逆に興味深そうな様子を見せた彼に、アーシャは目をパチクリと瞬かせる。

すると男は、視線をこちらの頭頂から足元まで走らせて、小さく頷いた。

『なるほど、確かに、鍛え上げられた佇まいをしている。――そなたは、美しいな』

その、無表情にボソリと呟かれた言葉が、含みなく彼の本心から紡がれていることを、アーシャは理解した。

だから、満面の笑みを浮かべた。

『お褒めに与かり光栄ですわ！　貴方は、変わった殿方ですわね！』

傷を負った後、父母以外から本心で褒められたのは初めてだった。

嬉しくなったアーシャは、淑女らしからぬ振る舞いではあるけれど、自ら彼に近づいていく。

『貴方は、今日の夜会には参加されますの⁉』

『ああ』

『でしたらわたくし、是非ゆっくりと、貴方とお話ししてみたいですわ！』

背の高い彼の無表情な美貌を上目遣いに見て、アーシャは首を傾げる。

『その時に、お互いに名乗り合いましょう？　宜しいかしら？』

『ああ』

その場でのやりとりは、たったそれだけだったが。


夜会で玉座に座った『彼』を見て、アーシャは驚愕した。

さらに、デビュタントの名乗りを終えた後、一番に傍（そば）に招かれた。

その時の夜会に出席していた全ての貴族の話題が一色に染まるほどに、それは異例なことだったらしい。

もちろん、アーシャはそんなこと、知るよしもなかったけれど。

改めてお話をさせていただいた陛下は、相変わらず無表情で言葉少なだった。

けれど、こちらの話に楽しげに耳を傾け、時折頷きを交えて冗談と思われる返答を下さった。

アーシャにとって、それはとても楽しい時間で。

その後、数度の夜会を経て、妃候補として名を挙げていただいたのだ。

今の自分を美しいと言った、唯一の肉親ではない異性。

心を惹かれるのに、長い時間など要らなかった。


——陛下の妃に。


彼の心を……第三代バルア皇国皇帝アウゴ・ミドラ＝バルアの心を射止めるために、アーシャはさらに努力を重ねた。

そうして、ようやく正妃候補が二人に絞られ、後一歩、というところで。

「わたくし、相手の自滅で正妃となることに、まるで納得がいきませんの！」

高らかにそう告げたアーシャは、真っ直ぐに陛下のご尊顔を見据えながら、言葉を重ねる。

「御心のままに、陛下がわたくしを選ぶことこそが、望みですの！　ですから、わたくしから陛下に提案がございますわ！」

「聞こう」

陛下は、表情を変えない。

しかし瞳の色から、面白がっているのがありありと分かった。

「わたくしはこれより——」

その期待に応えるべく、アーシャは宣誓する。


「——陛下に楯突く者全てを連合させた、皇国革命軍を結成いたしますわ!!」


アーシャの言葉を受けて、場が静まり返る。

何を言っているのか、という、先ほどまでよりも遥かに緊張感を伴う空気。

当然、アーシャは自分が何を口にしているのか理解していた。


それは、皇国に内乱を引き起こすという宣言である。


罪の重さは、ナバダの暗殺の一件など吹き飛ぶほどのものだ。

あっけに取られている者達の中で、父がまるで苦悩するかのような様子で首を小さく横に振っているのが、視界の端に見える。

が、陛下に反逆する意思など、アーシャにはカケラもなかった。

それを察しておられる陛下は、淡々と問い返す。

「真意を、アーシャ」

「わたくしは自身の実力と魅力で陛下のご寵愛を勝ち取り、その傍らに立ちたいと願っているのですわ！　ですから、この国の不穏分子を平定し……」

アーシャは、肩に纏った赤いレースの肩掛けに、両手を差し込んで扇を仕舞い……そこに隠している『モノ』のグリップを代わりに握って、大きく両手を広げる。

「わたくしの私兵とした後に、改めて陛下のお側に戻ることといたしますわ！」

姿を見せたそれは、竜の意匠を施し、銃身の先に片刃の細い刀身を備えた双銃。

魔力によって弾丸を放ち、刀身を伸縮させる、特注の武器である。

アーシャは、魔力が乏しく、体格にも恵まれていない。

そんな自分が、昔は護身のために、陛下と出会ってからは歴戦の勇士とすら渡り合うことを願って、手足のように操れるほどに訓練を重ねた得物。

異形の容姿と、恋する狂気と、この武具を操ることをもって、アーシャはこう呼ばれている。

「――〝鉄血の乙女〟の名にかけて！」

皇国革命軍を結成すること。

それが、ナバダが捕まったと聞いた時から、考え抜いた末にアーシャが出した答えだった。

皇国は、初代皇帝が周辺諸国を併呑したことで、強大で広大な国となった。

しかしその分、不和や軋轢が多く、不満を感じている民族などによる反乱の火種も数多い。

ならば、それらを平定させれば、アーシャは陛下にとっての唯一無二となれるはず、と。

「わたくしが陛下に納める婚礼の財は、自らの手で勝ち取った皇国の平和……如何でしょうか？」

「赦す」

即答だった。

それでこそ陛下、と思いながら双銃を仕舞ったアーシャは、改めて取り出した扇でナバダを示す。

「でしたら、ここに転がっているコレを貰って、わたくしは南部に向かいますわ！」

『……!?』

もはや、周りの貴族達は、そのほとんどが思考を停止しているようだった。

陛下が許された理由も、アーシャが発言に含んだ意図も、理解出来ないのだろう。

それは貴族達だけでなく、指名されたナバダも同様だったらしい。

唖然とした顔で、無理やり首を曲げてこちらを見上げてくる。

「アンタ、何言ってるの……？」

「お黙りなさい。ゴミに発言権はございませんわよ」

アーシャは口の端を上げて、ピシャリと彼女の疑問を切り捨てる。

「陛下、今は無様に転がってるコレですが、それなりに役に立つことは陛下もご存じでしょう？」

「それも、赦す。……アーシャ」

「はい」

再びご尊顔を見上げると、無表情だった陛下がわずかに顔を綻ばせる。

「期待している」

その言葉を受けて、アーシャは晴れやかな笑みで淑女の礼（カーテーシー）の姿勢を取る。

「――必ずや、ご期待に応えてみせますわ！」

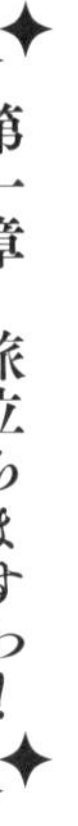

第一章　旅立ちますわ！

陛下に対して、皇国革命軍の結成を宣言した翌日。

アーシャは早速、ウキウキと南部に出かける為の準備をしていた。

そこに、コンコン、とドアを叩く音が聞こえたので答えると、侍女が開いたドアの先に父母の姿が見えた。

「あら、お父様にお母様！　どうなさいましたの？」

「アーシャ。少し良いだろうか？」

「勿論ですわ！」

その問いかけに、頬を緩めて二人を部屋に招き入れる。

アーシャは、父も母も大好きだ。

やることなすこと突拍子もないと言われるお転婆な自分を、危ないと叱りながらも縛ることなく、武の鍛錬に励むことすら許してくれた、尊敬に値する両親である。

そんな二人が、今日も心配そうな顔をしていた。

「昨日のことだが……本当に、身一つで南部に向かうのか？」

アーシャはそう切り出されて、ニッコリと頷いた。

「もちろんですわ！」

「護衛は……」

「必要ございませんわ！　だって、それでは陛下に認めていただけませんもの！」

　身一つと言っても、罪人であるナバダが皇家直轄地を抜けるまでは、大層な輸送団が一緒なので、道中の心配は特にない。

　そう伝えるも、父母の顔は晴れなかった。

「だが、その後は一人だろう？　それに、革命軍の結成など、荒唐無稽とは思わないか？　君が今まで言い出した中でも、最大級の難事だ。反感も買っているだろう」

「そうですわね！」

　アーシャは父が口にした当然の心配に、軽く頷いた。

　そんなことは、百も承知の上だ。

　あれだけ公（おおやけ）の場で宣言してしまえば、本当の反乱分子……権力の座を狙う、腹に一物（いちもつ）抱えている老獪な貴族連中は、アーシャにはつかない。

　まして陛下ご本人がお許しになったとなれば、茶番としか思わないだろう。

　逆に、『警備が手薄になった正妃候補』の暗殺を、これ幸いにと目論む算段の方が高い。

　しかし、それこそがアーシャの狙いだった。

「我々は心配なのだ、アーシャ……考え直してくれないか？」

「聞けませんわ、お父様！」

アーシャは、ニッコリと笑って答える。

「それに、正確には一人ではなく二人ですわ、お父様。だって、ナバダが居ましてよ？」

彼女に嵌めた【魔力封じの首輪】を起動・解除する権利は、陛下よりアーシャが預かることになったので、何かが起こった時には戦力として使える。

だけれど、父は首を横に振った。

「陛下の暗殺を目論んだ罪人だろう？　そしてお世辞にも、君と仲が良いとは言えない相手だ。むしろあの者こそが、危険なんじゃないのか？」

アーシャとナバダの不仲は、社交界でも有名である。

陛下の寵を競っていたので、ある種当然のことだけれど。

しかしアーシャは、その点についても特に心配していなかった。

「確かにナバダは反りが合いませんし、愚行に走りましたけれど。彼女は本来、バカでも無能でもないはずですわ！　なら、利があればこちらにつくと思いますの！」

まして、その素性が陛下を狙う訓練を施された暗殺者だというのなら、そこら辺の賊よりも遥かに強いのは確実であり、むしろ戦力として申し分ないくらいだ。

仲良くならずとも、味方にしてしまえば問題はない。

しかし、そう考えているアーシャに、母がさらに言葉を重ねる。

「それでも、南部は特に治安が良くない場所……実り豊かな土地柄であるにもかかわらず、西部や南部の大公がたの地は特に税が重く、民が度々、決起しているとも聞き及んでいるわ」

「そうですわね！　それに、ナバダが属している西の大公領との間には『魔性の平原』もあって、皇国に未だ属さず自由を謳う〝獣の民〟が住んでいるそうですわね！」

「そこまで理解しながら、それでも護衛はいらぬと言うのか？　君は、公爵家の血筋。ある種の者達にとっては、その身一つで、億の財に匹敵する価値があるのだぞ？」


――なかなか、しつこいですわね！


でも、諦めるという選択も、護衛をつけるという選択も、アーシャには存在しないのだ。

それを理解してもらわなければならない。

父母がこの部屋に赴いたのは、心の底からアーシャを心配しているからだろうし、しつこい理由もそこにあるのは、分かっている。

父母の気持ちは素直に嬉しいけれど、譲れない部分でもある。

「お父様やお母様の心配も、わたくしは理解しておりますわ！」

アーシャは一度、二人の言うことに頷いてみせた。

ここでアーシャが甘い返答をすれば、納得してくれないだろう。

伴侶や玩具など、『容姿の麗しい人形』としての価値はアーシャにはないけれど。

彼らの言う通り、人質やお飾りの旗頭……そうしたものに利用する都合の良い存在としてなら、価値があるのだ。

　アーシャは父と母の顔を真っ直ぐに見て、胸に手を当てた。

「特に治安が悪く、貧困に喘ぐ者達が多い場所であればこそ、身一つで赴く意味があるのですわ！」

「どんな意味があるというのだ？」

「今から、仮の話をしますわ。お父様達がもし、皇国の在りように不満を抱いていたとして。そこに革命を謳う者が現れて、そちらに目を向けたとしましょう。その視線の先にいるのが、守られるように仰々しい護衛を連れた小娘だったら……」

　初めて戸惑ったような顔をしている二人に、アーシャは深く息を吸い込み、告げる。


「……誰が、それに従おうと思いますの？」


　アーシャの発した言葉に、父が唇を引き締め、母が口元に手を当てて青ざめる。

　二人とも、その言葉の真意に気づいたのだ。

　賢明で、誇るべき両親に、アーシャは微笑みを浮かべた。

「わたくしはそもそも、わたくしを知る貴族を説得して革命軍を結成しようなどと、微塵も思っていませんの！　平民や貴族の別なく、現状に喘いでいる者達と一から革命軍を結成するつもりですのよ！」

　そう。

アーシャは最初から、自分が狙われるつもりで、陛下に革命軍の結成を宣言したのである。

「権力に膝を折る者ではなく、権力に圧されている者達……わたくし自身を認め、陛下の御心が未だ届かぬ者達と共に歩む為に、彼の地に赴きますのよ！」

民を従えるのに、権力を笠に着るつもりも、暴力で無理やり平定するつもりも、アーシャには毛頭なかった。

「狙われることこそ、本懐ですの。欲のために動く者こそが、陛下の素晴らしい治世を妨げる最大の害なのですもの。だから、身一つであることに意味がございますのよ、お父様、お母様」

気骨のある民と共に、同じ立場で、本当の不穏分子を滅するのだ。

「もしそれで命を落としたとしても——本望ですわ！」

身も心も、命も。

その一欠片すら余さず、アーシャの全ては、陛下に捧げたものだから。

そしてアーシャは、富や権力ではなく、アーシャ自身を認められたいのである。

故に、身一つ。

アーシャは、陛下のお立場では成し遂げるのが難しいことを、代わりに成しに行くのだ。

「成功すれば陛下の為になり、失敗すればわたくしは陛下のお側に立つ資格もない、ただ、それだけのことですわ！」

「アーシャ……」

渋面を浮かべる父に、アーシャは明るい笑みを返す。

「もちろん、みすみす命を落とすつもりはございませんわ！　……ですから、武運を祈っては下さいませんか？」

ズルい聞き方であることは、重々承知だった。

仮に父母が、それで納得出来ないとしても、あれだけ大々的に宣言した以上、簡単に『やっぱりやめる』というわけにはいかないだろう。

先に口を開いたのは、母だった。

「……貴女は、本当に、陛下を愛しているのね」

「もちろんですわ！」

アーシャは、自分の胸に手を当てて、母に微笑みかける。

「お母様が、お父様を愛するのと同じように……陛下は、わたくしのただ一人のお方ですもの！」

「そう……」

母は、それでも眉根を寄せたまま、しかし認めてくれた。

「でしたら、祈りましょう、貴女の武運を。必ず生きて帰られませ、私の愛しいアーシャ」

「はい。感謝いたしますわ、お母様！」

父はそれを見て、昨日のように首を横に振る。

「……君は昔から、本当に言うことを聞かん」

「それは、本当に申し訳なく思っておりますわ！」

「思っていないだろう、少しも」

父に額を指先で突かれ、アーシャは唇を尖らせる。


――一応、思ってはいるのですけれど。


行動が反していれば説得力がないことも分かっていたので、それ以上は何も言わなかった。

父は深くため息を吐き、どこか遠い目をする。

「君は本当に、私の母上によく似ている。周りに、心配をかけてばかりだ」

「それに関しては、弁明のしようもございませんわね……」

しかし、アーシャが並び立ちたいと願う陛下は、並大抵の覚悟で共に在れる方ではないのだ。

父母も理解はしているはずだ。

分かっていて、『それでも陛下の正妃に』と望むアーシャを後押ししてくれたのだから。

これは、その延長線上の話。

「認めよう、アーシャ。だが、せめて何か一つ、武器以外に君の身を守るものを贈らせて貰えないか？　それこそ、狩猟用の獣でもいい」

そこだけは譲れないらしい。

父に問われて、アーシャは顎に指先を添えて考え……一つだけ思いついた。

「でしたら、興味のある生き物がいますわ！」

「買えるものなら用意しよう。何だ？」

問われてアーシャが口にした生き物の名に、父は感心したような表情を浮かべた。

「なるほど……それは確かに、旅の友に出来るなら最適だ。だが、手懐けられるのか？」

「実際に会ってみないと、何とも言えませんわね！　試してみたこともありませんし！」

「それもそうだな。できる限り早く手配しよう」

「感謝いたしますわ！　それで、お父様？」

「何だ？」

『それ』を手に入れる方法を考え始めたのだろう父に、アーシャはニッコリと伝える。

「まだ、お父様には武運を祈っていただいてないのですけれど!?」

そう指摘すると、父は苦笑しながら、諦めたように告げた。

「分かった分かった。武運を、私の愛しいアーシャ」

「ありがとうございます、お父様！」

✦✦✦✦✦✦✦

そんな父母との話し合いを終えた後。

鍛錬の時間になったので、アーシャは庭に降りようと屋敷の廊下を歩いていた。

すると正面から、5つ歳が離れた妹が歩いてくるのが見える。

「ご機嫌麗しゅうですわ、ミリィ！」

アーシャは、新たな目的が出来たことで気分に張りが出ていた。

上機嫌に挨拶すると、目を伏せて歩いていたミリィは、固い顔で目線を上げる。

「……おはようございます、お姉様」


——相変わらず、暗いですわねぇ。


ミリィは、昔はアーシャよりも快活な子だったけれど、成長するにつれてどんどん書斎に引きこもるような、大人しい性格になっていた。

彼女の容姿は色が濃い金髪で、顔立ちはよく似ていると言われる。

けれど、並ぶとまだ13歳のミリィの方がアーシャよりも少し背が高く、逆に線が細い。

深窓の令嬢という言葉がよく似合う、美しい自慢の妹だ。

最近反抗期なのか、何故かアーシャを避けているミリィを、いつもならそのまま放っておいてあげるのだけれど……今日は気分が良いので、会話を続けたくなってしまった。

「ミリィは今日、何をなさいますの？　読書ですの？」

「……お姉様に関係ないでしょう」

「相変わらずつれないですわねぇ。小さな頃はもっと可愛らしく懐いてくれましたのに！」

アーシャが頬に手を当てると、ミリィは唇を震わせる。

「お姉様は、別にミリィなんかと話したくないでしょう!?」

そんな風に突然怒鳴られて、アーシャは面食らった。


——何の話ですの？


避けているのは、ミリィの方だと思っていたのだけれど。

「話したくない？　何でですの？」

「とぼけるの!?」

「別に、とぼけているつもりはありませんけれど」

本当に心当たりがない。

アーシャは小首を傾げながらそう伝えるが、何故かミリィはますます怒り出した。

「はっきり言ってほしいなら、言うわよ！　ミリィを恨んでるから、その顔を隠さないでウロウロしてるんでしょ!?」

「……？？？」


——恨んでる、ですの？

思いがけない方向から伝えられた文句に、頭が疑問符で埋め尽くされる。

言葉が出てこない間に、ミリィは目の端に涙まで浮かべながら、さらに声を張り上げた。

「当てつけなんでしょう!? これ見よがしに、その、その傷痕を晒して、ミリィのせいだって責めてるんでしょう!?」


——喉は大丈夫かしら?


あんなに大きな声を出しては痛めてしまうかもしれない、と全然別のことを心配しながら、話の続きに耳を傾ける。

「そう思ってるなら、そう言えば良いのに、お姉様は、いつもいつもヘラヘラ笑ってテッ! 腹が立つのよッ!」


——あら、まぁ。そんな風に思っていましたの?


思いがけない妹の内心の吐露に、アーシャは不意に笑いが込み上げてきた。

「ふふ……うふふふ……!」

「な、何、笑ってるのよ!!」

「ごめんなさい、おかしくて……うふふ、ミリィ」

扇で口元を押さえながら、不気味なものを見るような妹の目を、真っ直ぐに見返す。

「――気にしているのに言えなかったのは、わたくしではなく、貴女の方でしょう？」

「……ッ！」

そっと妹に向かって歩を進めたアーシャは、目を逸らそうとする妹の高い位置にある頬に手を添えてジッと覗き込む。

ミリィは、自分の感情を持て余している。

耐え切れずに、アーシャにぶち撒けてしまうくらいに。

彼女がどんどん大人しく、自分を避けるようになった理由がそんなところにあったなんて、アーシャは全く思っていなかった。

――誤解は、解いておかないといけませんわね。

あの時のことが、ミリィの心の傷になってしまっているのならば、尚更だ。

アーシャは、妹が気持ちを吐き出してくれたことにむしろ感謝しながら、笑みと共に問いかける。

「ミリィ、よく見なさいな。わたくしの残されたこの左目は、貴女への恨みに濁っていまして？」

顔を覗き込むと、怯んだように身を引くミリィの手を掴み、顔を寄せる。

惑うように揺れる眼差しを捉えて、ジッと見据えた。

「貴女から見て、わたくしの顔は見苦しくて？」

「そんっ……そんなこと……っ!!」

「ミリィは、わたくしが傷を負ったことを、ずっと気に病んでしまっていたのですわね。気づかずに申し訳なかったですわ！」

顔に火傷を負った時のことを思い出しながら、アーシャは言葉を重ねる。

「あれは決して、貴女のせいではなくてよ、ミリィ。だって、あの魔獣を呼び寄せてしまったのは、わたくしなのですもの！」

「え……？」

知らないわけでは、ないはずなのだけれど。

アーシャが庇うように立ち、傷を負った場面だけが、彼女の記憶には強く焼き付いてしまったのかもしれない。

あの時、ミリィはまだ6歳だったのだ。

「少し、昔話をしましょうか。あの頃、魔術を習い始めたばかりだったわたくしは、魔導書に興味がありましたの」

記された様々な知識の中に『森の生き物を引き寄せて酔わせる香』というものがあり。

それが屋敷にある植物で作れることに気づいたアーシャは、こっそりと作ったのだ。

今思えば、浅はかとしか言いようがない行いだ。

アーシャは父の狩りに連れて行ってもらった時に、軟膏にも似たそれを使ってみたのだ。

何も考えずに、ただ、無邪気に。

「わたくしは、可愛らしい動物が来るかも、と、貴女を誘いましたの。そして木立の陰から、二人で息を潜めて、『香』を塗った木立を眺めていましたのよ」

本当に集まるのかと、二人でワクワクしながら。

父母や護衛は見える位置にはいたけれど、少し離れていて。

だが、魔導書に記されていた『香』は、子どもが戯れに作ってもいいようなものではなかった。

異変は、森の向こうから。

微かな地鳴りはすぐに巨大な振動に変わり、肉食草食を問わない動物達が押し寄せて、魔獣までもが、姿を見せた。

あっという間の出来事だった。

そうして、手で『香』を木立に塗ったからか、強く『香』の匂いを漂わせていたのだろうアーシャ達にも、獣が狙いを定めた。

アーシャは咄嗟に、まだ、扱いを覚え始めたばかりの魔銃で応戦したが……その音と獣の悲鳴、そして血の匂いが、魔獣を刺激した。

「突如群れ集った動物達に阻まれて、お父様達も、護衛も、すぐに近くには来られなかった。そんな中で、せめて貴女だけでも守らなければと、わたくしは魔獣と対峙したのですわ」

あの時に聞いた、母の絹を裂くような叫び。

そして獣を斬り捨ててこちらに向かいながら『逃げろ』と怒鳴り続けた父の声は、未だによく覚えている。


アーシャは、従わなかった。


そして、運よく銃で瞳を射貫いて、魔獣の突進を押し留めた。

代わりに激昂させてしまい、口から吐かれた炎を避け切れず、顔に火傷を負ったのだ。

命中した銃弾の角度が良かったのか、魔獣はその後、すぐに絶命した。

「ねぇ、ミリィ？」

呆然としている妹に、アーシャはニッコリと呼びかける。

「この傷痕を負ったのは、わたくし自身の失態。そして貴女を傷ひとつで守れたことは、わたくしの誇りですのよ！」

自分の失敗で、危うくミリィの命を喪うところだった。

必要ないと言われながらも、興味を持った武の鍛錬を積んでいたおかげで、守れた。

その結果がこの傷痕だという、ただそれだけの話でしかない。

だから本当にミリィのせいではないのに。

目を見開く彼女は、納得出来ていなさそうに唇を震わせて、首を横に振る。

「それでも、ミリィがいなければ、お姉様だけなら、逃げられたでしょう⁉　顔に傷を負うこともなかったはずだわ！」

「わたくしが貴女を誘わなければ、よ。ミリィ。それは、勘違いしてはいけないところですわ！　わたくしが気にしていないのに、貴女が気に病むことなんて一つもないのです！」

あの時、運よくミリィを守り切れていなかったら。

死なせてしまっていたら。

想像しただけで胸が張り裂けそうなその悲しみに比べれば……顔の怪我が、どの程度のものだというのだろう。

「当てつけなど、とんでもないですわよ！　それにわたくし、この傷のおかげで陛下のご興味を引くことが出来たのですもの！」

「お、姉様……」

「それでも、わたくしの顔を目にするたびに貴女が気に病んでしまうのなら、もう心配ありませんわ！　わたくし、もう半月も経てばここを去りますのよ！」

「…………え？」

アーシャの言葉を受けて、ミリィが口元に手を添える。

「そ、それは、ついに、陛下と婚姻を……⁉　でも、半月は早すぎるんじゃ……？」

ついさっきまで怒っていたはずなのに、ミリィの関心はそちらの方が強いようだった。

そうであれば、彼女にとってはもしかしたら良かったのかもしれないけれど。

「わたくし昨日の夜会で、陛下に革命軍を結成すると宣言して参りましたの！」

「…………………は？」

「その為に、南部に赴きますわ！」

「……………………はぁ!?」

「はぁ!?　だなんて、乙女の言葉遣いとして、はしたないですわよ！」

何故か固まってしまったミリィに、アーシャはニッコリと注意する。

すると我に返った彼女は、混乱を極めたような表情と口調でまくし立てた。

「そ、そんなことより、今お姉様が口にしたことの方が重要でしょう!?　革命軍!?　姉様は陛下のお妃になるんじゃないの!?　なんで革命軍!?」

「婚礼の手土産にする為ですわ！　長くなりますから、出立前に一回、お茶でも飲みながらゆっくり話して差し上げますわね～！」

「あ、ちょ……お姉様っ！」

「今から、わたくしは鍛錬ですの！　貴女も、たまには体を動かした方が良いですわよ!?」

手を伸ばして引き留めようとしたミリィをサラッとかわしたアーシャは、ひらひらと手を振って、その場を後にした。

「さて、始めますわよ！」
庭に出たアーシャは、顔の脇の縦ロールはそのままに後ろ髪を結え、高い位置で巻き込むように纏めた。
よほど天気が悪い時以外は、アーシャは欠かさず鍛錬を行っている。
——淑女たるもの、どのような状況や格好でも戦えないといけませんものね！

怪我をしない為に、入念に体をほぐしていく。

身を包むのは、普段着と見た目が特に変わらないドレス。

しかし、実際は糸に刻印を刻み込んだ【魔力布（まりょくふ）】と呼ばれるもので出来ている。

ただ頑丈なだけでなく、動きの補助を行う魔術と、防御結界を常時発動する立派な戦闘服だった。

美麗さと実戦的な要素を併せ持つ優れもので、アーシャは気に入っている。

準備運動を終えて、竜の意匠を施した二丁の魔剣銃【メイデンズ・リボルヴァ】を手に、まずは型（かた）を舞う。

アーシャの使う得物自体はかなり特殊なものだけれど、動きの基礎は、魔力を込めた剣で戦う『魔剣術』と呼ばれる武道である。

教えてくれたのは、今は何処かへ出かけて行方知れずの有名な師範だった。

その武道で使われている型を終えたアーシャは、次は木に下げた的に魔力で生成した弾丸を撃ち込む訓練をし、さらに魔力と意思で伸縮する銃剣で丸太に切り込む訓練などを行う。

一通りの鍛錬を終えたアーシャは、額の汗を拭った。

「今日は、ちょっと暑いですわね！」

汗の染み込んだドレスを清浄の魔術で綺麗にしたアーシャは、氷の魔力弾を適当に木の幹に撃ち込み、木陰に入って生成された氷と扇で涼を取る。

すると、大体終わりの時間を承知している婆やが、紅茶の準備をして屋敷から出てくるのが見えた。

同時に、雲の少ない空にポツンと染みた黒い影が、こちらに舞い降りてくるのが視界の端に映る。

翼長が大人の背丈ほどもある、黒い大鷲だ。

それを見つけた瞬間に、アーシャは満面の笑みを浮かべて木陰から飛び出した。

「陛下ですわ！」

漆黒の鳥は、陛下の使い魔である。

陛下は文武魔導の全てに精通しておられる方ではあるけれど、その中でも特に魔導の扱いに優れており〝稀代の魔導王〟と呼ばれている。

あの使い魔も、陛下がご自身の魔力によって作られたものだった。

「陛下ぁ!!」

舞い降りた大鷲にアーシャが手を振ると、大鷲は軽く首を傾けた後、スゥ、と姿を消してしまった。

「あら？　……少しくらいお話しして下さっても宜しいのに、つれないですわね！」

ぷく、と頬を膨らませて腰に手を当てた後、アーシャは、大鷲がいたところにヒラリと落ちた手紙を拾い上げる。

そこには『一週間後の夜、居室のベランダにて。』とだけ、書かれていた。

「まぁ！」

「どうなさいましたか、アーシャ様」

近づいてきた婆やが、シワだらけの顔を柔和に笑ませて問うのに、うふふ、と頬を緩ませる。

「陛下からのお手紙ですわ！　内容は、秘密ですわ！」

「おや、おや。宜しいことにございますねぇ」

婆やがアーシャの言葉に頷く間に、侍女らが滑らかな手際でパラソルを立てて椅子を用意し、別の一人が恭しくタオルを差し出してくれる。

「相変わらず、素晴らしい仕事ぶりですわ！」

アーシャは侍女らにいつも通りに声を掛け、汗を拭って椅子に腰を下ろした。

そしてティーカップを手に取り、柑橘類を搾った、爽やかな風味の紅茶を嗜む。

「今日も、大変美味ですわ！」

「それは、ようございました。こうしてアーシャ様のお世話をする時間も、もういくらもございませんからねぇ」

ふやふやとうなずく婆やに、ふと、アーシャは問いかける。

「……婆やは、何も言いませんのね？」

父母も妹も、反対したり驚いたりしていたのに、彼女だけはいつもと変わらない。

「アーシャ様もお転婆でございますけれど、最初にお仕えした大奥様も、それはそれは破天荒な方でございましたからねぇ」

「お祖母様が？」

婆やは、そんな疑問にのんびりと頷いた。

「ええ、ええ。婆やめは、大奥様が、『紅蓮の私兵』を自ら率いて、建国の戦場を跳ね回るのに付き合ったこともございますのでねぇ」

そうして、顔のシワをくしゃりとさせて笑い、どこか懐かしむような遠い目をする。

「それを思えば、アーシャ様が辺境への赴くくらいのこと、お散歩に出られるのと変わりのうございますよ」

「……それは、心強い言葉をいただきましたわ！」

祖母は、物心つく頃には亡くなっていたけれど。

祖父や父が、祖母の若い頃の話に口を濁されていたのは、そうした事情があったらしい。

「アーシャ様は、前向きなところも、後ろを気にしないところも、大奥様によく似ておられますからねぇ。婆やといたしましては、さもありなん、と思っておりますよ」

「それは褒められているのかしら？」

「さて、どうでしょうねぇ」

婆やが内心を読ませない笑顔で言うので、アーシャはニッコリと笑みを返した。


——まぁ、どちらでも構いはしませんけれど！


どう思われていても、やることそのものに変わりはないのだから。

そのまま、時折たわいもない話をしながら優雅に紅茶を飲み終えたアーシャは、静かに椅子から腰を上げる。

「昼過ぎに、少し買い物に出ますわ！　婆や、旅に必要なものに詳しいのなら、付き合っていただけまして？」

「ええ、ええ。仰せのままに」

のんびりと頭を下げる婆やに頷きかけてから、アーシャは着替えのために屋敷に引っ込んだ。

✦✦✦✦✦✦✦

そして、南部に赴く為の、様々な準備をしながら一週間。

――今日は、陛下がおいでになる日ですわっ！


今日という日を心待ちにしていたアーシャは、侍女に頼んで、お風呂で肌を入念に磨き上げる。

陛下はお忍びなので、流石(さすが)に盛装でお出迎えするわけにはいかないけれど、だからと言って使い古した夜着で会うのは、恥ずかしい。

気合を入れつつも、慎ましやかに見える格好……淡い青色の、肌が透けない夜着を新しく出して貰い、髪に香油を薄く塗り込んで整えて貰う。

そうして、侍女も下がらせた。

夜着の上からショールを羽織って、もう一度、部屋の姿見で自分の姿を確認する。

すっぴんであることだけが唯一の不満だけれど、そこは我慢した。


――準備万端、ですわ！


一応、会うことは秘密である。

年頃の乙女が、夜に殿方と二人きりで会う、というのは外聞の悪い話なのだ。

侍女に察せられたとしても、あまり大っぴらにするようなことではない。

それにアーシャは『親に内緒で、夜に陛下に会う』という、悪いことをするのが何だかドキドキして、嬉しいと思っていた。

約束の時間を、今か今かと待ち侘びる。

――早く、来ていただけないかしら。

アーシャが、落ち着かずに部屋の中とベランダを行ったり来たりしていると、ふと、三日前に父が手に入れてくれた生き物の檻が目に入った。

――そうですわ！

待っている間に、『それ』の相手をしようと、アーシャはいそいそと近くに寄る。

そして話しかけたり、檻を指先で叩いたりしてみるが。

「あなた本当に、エサの時以外はちっとも動きませんわねぇ」

鉄柵の隙間から見えるのは、鮮やかな紫色をした半透明の球体。

檻に差すように。横向きに通された枝。

そこに触腕でぶら下がる『それ』が、父に所望した護衛の生き物だった。

『それ』は今、雫状に垂れ下がっており、ぴくりとも動かない。

「見れば見るほど、可愛らしいですけれど……どうすれば意思疎通出来るのかしら？」

母は『ウニョウニョしてて気持ち悪い』と言っていたけれど、アーシャにとっては色合いも美しいし、どことなく愛嬌がある気がする。

目も耳も口もないし、喜怒哀楽すら分からないけれど。

腹に一物どころか二物も三物も抱えている人間を相手にするより、楽しいのは間違いない。

「ほーら、エサですわよ～」

アーシャは、用意した向日葵(ひまわり)の種を柵の隙間から差し込んだ。

すると、どうやって認識しているのか分からないけれど、ぴくん、と反応した球体が、敷きつめた草の上に静かに落ちる。

そしてゆっくりと這ってくると、落ちた向日葵の種を、ぷにゅん、と取り込んだ。

アーシャが見つめる前で、まるで咀嚼(そしゃく)するように種がパキパキと割れていき、ごくん、と飲み込むような音と共に、半透明の体内に溶け消えた。

「何度見ても、不思議ですわねぇ」

「……【擬態粘生物(スライムボガード)】か。これはまた、珍しいものだな」

「そうなんですのよ。お父様にお願いして手に入れて貰ったのですけれど……って陛むぐッ!?」

「静かに、アーシャ」

いつの間にか、横から檻を覗き込んでおられた陛下に驚きの声を上げかけて、アーシャは口を、その大きく冷んやりとした手で塞がれた。

いつの間に現れたのか。


今日の陛下は、最初に出会った時のような飾り気のない服装をしている。

佩(は)いた腰の剣には呪玉が埋まっていて、煌びやかではないが精緻な細工が全体に施されていた。

しかし、そんなことより何より。


――ああ……陛下の御手の感触が、香りが、わたくしの口元に……ッ！

思わず、アーシャは恍惚としてしまった。

しかし陛下を前にして、ずっとそれに酔っているわけにもいかない。

声を上げません、とアーシャが仕草で示すと、そっと口元から手が外された。

大変名残惜しい気持ちを感じつつ、アーシャは淑女の礼(カーテシー)の姿勢を取る。

「皇国をあまねく照らす漆黒の太陽、アウゴ・ミドラ＝バルア皇帝陛下に、リボルヴァ公爵家長子アーシャがご挨拶申し上げます……！」

「良い」

「このようなところまで足をお運びいただき、誠にありがとうございます……っ！」

はしゃぐ気持ちを抑え切れず、アーシャがうっとりとそのご尊顔を見上げると、陛下は少しだけ口

元を緩められた。

「ですが、このような場所にお忍びで来られて、宜しかったのですか？」

「城は息が詰まる。化けの皮を被った獣ばかりで、そなたのように心地よき『人』は少ない故に」

「わ、わたくしの側が心地よいだなんて、そんな……光栄ですわ……！」

嬉しいお言葉にモジモジするアーシャに、陛下は軽く目を細められてから、檻の魔物……【擬態粘生物】を指差した。

「それを、手元に」

「え？　分かりましたわ！」

命じられて、アーシャは疑問も挟まずに檻を開けた。

エサを食べてノロノロと枝に戻ろうとしていた柔らかい体をそっと掴むと、陛下の前に差し出す。

「これを、どうなさいますの？」

「扱い方を、心得ていないのだろう？」

「それは、はい。恥ずかしながら……」

この魔物は、意思疎通さえ出来れば、使い魔としては最上級の存在だと言われている。

魔女や吸血鬼の従えるコウモリや黒猫以上に、変幻に長けるらしい……のだけれど。

「どのように言葉を伝えたらいいのか、知り及ぶ人がいないと……」

【擬態粘生物】自体は、昔から存在する魔物であり、記録上では魔導士も使役出来るとされている。

しかし現存する使い手は、その方法を秘匿としていたり、あるいは元々魔物使いの才覚を備えた者だったりと、アーシャが参考に出来る相手がいなかったのだ。

もし、術士側に膨大な魔力が必要だったりすれば、アーシャには扱い切れない可能性もあった。

けれど陛下は、いつもより心なしか楽しそうな様子で、饒舌に語り始めた。

「【擬態粘生物】を従えるに、膨大な魔力は必要ない。まずは、吊り触腕を指に巻く。この生き物が最も落ち着く状態だ」

「こ、こうですの？」

球体の一部を掴むと触腕が伸びたので、くるりと指に巻くと、まるで抵抗なく魔物は巻き付いてそこにぶら下がった。

「【擬態粘生物】が安らげば、赤子をあやすが如く、緩やかに揺る」

「……ねーんねーん、ころりよー♪」

すると、【擬態粘生物】は、心地よさそうに体を震わせ、様子が変わった。

「あ。う、薄く光りましたわ！」

「光を、直視せぬことだ。発光は安らいだ証であり、微睡や幻惑の効果を持つ。眠る間に、敵に襲われぬ為の備えだ」

「はー……興味深いですわ！」

「我も同様に思う」

陛下にとっても、興味深いらしい。

先ほどの陛下のお言葉から察するに、この【擬態粘生物】という生き物は、眠っている間は催眠や幻惑の魔術を常に行使している状態になる、ということなのだろう。

直視しないように気をつけながら、アーシャは尋ねた。

「ここから、どのようにすれば宜しいのでしょう?」

「この状態で、指先から少量の魔力を垂らし込む。【擬態粘生物】が安らぎに心を開いていれば、そなたと意志が繋がる」

言われて、アーシャは慎重に魔力を流した。


——あなた、初めまして。わたくしのことが分かって?

そう問いかけると、ふるる、と再び震えた【擬態粘生物】から、意思の響きが還ってきた。

——タネ、オイシイ。


そういう意思が伝わってくる。

少なくとも、アーシャに対して好意を持ってくれているようだ。

「つ、伝わりましたわ……!」

「では、何かに変化するよう、魔力に託して伝えよ。そなたの想像(ヴィジョン)が明確であるほど、変化は顕著となる」

「ヴィジョン、ですの？」

言われて、アーシャは少し悩んだ。

使い魔として、【擬態粘生物】が変化する『何か』。

一番よく、覚えているのは。

「……！」

「ほう」

アーシャがイメージしたものとは少し違ったが、【擬態粘生物】は、にゅるりと姿を変えた。

手のひらに乗るくらいの、黒い小鳥へと。

「これは、我が使い魔か？」

「さ、左様でございますわ！」

一番よく見ているのが、たまに来る陛下の使い魔だったからだ。

【擬態粘生物】の変化した姿は、サイズこそ小鳥で幼い印象だが、力強い大鷲の面影がある。

「上出来だ、アーシャ。才がある」

「お褒めに与かり、光栄ですわ！」

陛下に褒められた、と舞い上がったアーシャだが、そこでふと思い出した。

「は！　陛下、陛下。わたくし不敬にも、最初にお聞きするのを忘れていたのですけれど‼」

「述べよ」

「あの……」

元に戻った【擬態粘生物】を軽く握り、アーシャは上目遣いで人差し指をこすり合わせる。

「何故、今日はわたくし、謁見の栄誉を賜ったのでしょう……？」

そう。

何故今日、陛下がわざわざ約束を取り付けてまで、この場に現れたのか。

それを聞くのを、アーシャはすっかり忘れていたのだ。


すると陛下は少し口元を緩めて、スッとこちらの頬に手を添える。

「そなたの顔を、見に来た」

「ふぇ!?」

思いがけない言葉に、変な声を上げてしまった。


――そそ、それが目的でしたの!?　そんな、嬉しくて天に召されてしまいますわッ！


ふぅ、と意識が遠のきかけるアーシャに、陛下がお言葉を重ねる。

「それと、妹に関して、一つ伝えるべきことが」

「ミリィの？」

そちらが本題なのだろうか、と内心少しがっかりしながらも、アーシャは現実に戻る。

ミリィに関わることなら、ことさら真剣に聞かねば。

「どんなことですの？」

「『目的を果たすことを望むならば、皇宮に参ぜよ』と」

「皇宮？　……側妃として、お召し上げになられるのでしょうか？」

アーシャは目を丸くした。

ミリィはそろそろデビュタントなので、そちらの話かと一瞬思った。

しかし、陛下自ら妹を招く理由としては弱い気がしたので、もしかしたら『デビューよりも前に側妃に』とお望みなのかと、思ったのだけれど。

陛下はそれを、首を横に振って否定した。

「いや。宮廷治癒師の教えを望むのなら、だ」

「……ますます、よく分からないのですけれど」

「そなたの妹は、足繁く図書館に通い、借り出しを行っている故に」

アーシャは頬に手を当てて小首を傾げるが、続く陛下の御言葉も、いまいち要領を得なかった。

要は、『ミリィが図書館でよく本を借りているから、皇宮の治癒師に学ぶ気があるのなら、学士として招く準備がある』と陛下は仰りたいご様子。

アーシャには、その繋がりがよく分からなかったけれど。

「陛下がそう仰るのでしたら、きちんと伝えさせていただきますわ！」

矮小なアーシャと偉大な陛下では、見えている景色がそもそも違うのである。

それに、特に危険なことでもなさそうなので、それ以上疑問を挟まずに了承した。

すると、陛下は笑みのまま、さらにご尊顔をこちらに寄せる。

「へへ、陛下……!?」

あまりの嬉しさにまたしても昇天してしまいそうだったが、陛下はその後すぐに表情を真剣なものに変えて、腰の剣を鞘ごと引き抜く。

――ああ、凛々(りり)しい陛下のお顔が、めめめ、目の前にぃ……!

アーシャがあたふたしていると、陛下は真剣な表情のまま、こう命じられた。

「目を閉じよ、アーシャ」

「は、はい！」

即座にパチン！　と目を閉じると、全身が心臓になったように、高鳴りが体を支配する。

陛下が小さく何かを呟くのが聞こえた、と思った、次の瞬間。

アーシャは強烈な魔力の圧を感じ――右目の義眼が、燃えるようにズグン、と疼いた。

突然襲い掛かった衝撃に、全身をこわばらせる。

「――ッ!?」

「耐えよ、アーシャ」

陛下に鋭い声音と共に頬を撫でられたので、声を押し殺して奥歯を噛み締め、言われた通りに右目の疼きに耐える。

しばらくしてまた唐突に疼きが治まり、アーシャは思わず、ほぉ、と安堵の息を吐いた。

「終わった。目を開けよ」

恐る恐る目を開くと、最初は刺すような痛みが走る。

小刻みに瞬きをしながら徐々に慣らして行くと、右の目尻に涙が浮かんできて、微かな違和感を覚えた。

「焦らず、緩やかに慣らせ。息を、深く、深く、ゆっくりと吸い、そして緩やかに、細く吐け」

陛下の言葉は、心地よい。

何度か呼吸し、瞬きをしていると段々痛みが薄れ。

ようやく目を開くと、剣の呪玉が目の前にあって……アーシャは信じ難い思いで、右目に触れた。


「目が……見えますわ……！」


思わず陛下のご尊顔を振り仰ぐと、また少し違和感を覚える。

思わずまじまじと見つめてしまってから、アーシャは気がついた。

――陛下の右目が、光を失って……っ!?

「へ、陛下……!?」

「我の右目を、そなたに」

いつもと変わらぬ調子で言われて、アーシャは絶句した後、大きく首を横に振った。

「い、いただけません！　お戻し下さい！　陛下の玉体を、わたくしの為に傷つけるなど……ッ！」

「静かに」

恐慌をきたし、思わず声を張り上げるアーシャの唇に、陛下の指先が添えられた。

落ち着かせるように逆の手で肩を緩く掴まれ、顔を覗き込まれる。

「そなたの右目に、我の『見る力』を預けたに過ぎぬ。我にも見えている。そなたの見る、景色が」

その言葉には、幾重もの意味が込められているように感じた。

「これより先、あまねく時。そなたの道行きの全てを、我は見守る」

「へ、いか……？」

アーシャは、その言葉に唇を震わせる。

視界を共有するということは、ただ同じものを見るだけではない。

アーシャの進む未来に、これから歩む困難な道のりで何を成し遂げるのかを、見守っていると……

その間、いつでも共に在る、と、陛下はそう仰って下さった。

『期待している』、と、アーシャが革命軍の結成を宣言した、あの謁見の間での御言葉の通りに。

——ああ。

アーシャは、胸に満ち溢れる想いに、再び目を閉じる。

それが、陛下が示してくれた、ご自身のお気持ちなのだ。

これほどの栄誉が、他にあるだろうか。

ポロポロと、先ほどの痛みとは違う理由で、頬を涙が伝う。

陛下の指先が頬に触れる感触がして、優しく拭われた。

『人は舌で嘘(うそ)を吐く。しかし、行動は嘘を吐かぬ』

いつかの、陛下の御言葉。

そう聞いてから、アーシャはつぶさに他人の動きを見るようになった。

すると陛下ご自身こそが、言葉以上に行動で己の想いを体現なさっていたことに、アーシャは気づいた。

この皇国を、より良くせんと挑む陛下の行動の意味を、一体、何人が理解しているだろうか。

併呑された己の先祖が一国の支配者であった頃の、前時代の感覚そのままの貴族達の、何人が。

そして、不意に。

ふわりと抱き寄せられたアーシャは、思わず目を見開く。

剣を握った陛下の腕が背に回されて、その見た目よりも逞しい胸元に、包み込まれて。

陛下は、謁見の間では決して見せたことがないような、とても優しい微笑みを浮かべられていた。

「へい、か……？」

頬を染めながら、思わず見惚れていると。

「そなたが再び、我が腕の中に戻る、その時まで。そなたの想うままに、恐れず、惑わず、進むことを望む」

アーシャ、と柔らかく呼びかけられて。

小さく掠れた声で、はい、と答えると。


「――そなたは、出会った時から、変わらず美しい」


そうした御言葉を、いただいて。

「身に余る……光栄にございます……！」

アーシャはするりと陛下の腕を抜け出し、膝からくずおれるように平伏した。

止めどなく溢れる涙を堪えることすら出来ないまま、震えかける声を抑えながら、言葉を紡ぐ。

「必ずや……ご期待に応え……御許に戻ることを……お約束いたします……ッ!!」

「赦す。立て、アーシャ。我に並び立つを目指す者に、平伏は似合わぬ」

「はぃ……！」

そう告げられて、目元と頬をそっと拭う。

少しの間、肩を震わせながら涙を止めたアーシャは、立ち上がって、自分に作れる最上の微笑みを浮かべた。

「どうぞ、ご覧下さい、わたくしの覇道を。陛下の御前に戻る時にアーシャが背負うのは、己で全てを勝ち取る気骨を持つ、幾万の軍勢にございますわ！」

陛下は、アーシャの宣誓に満足げに頷くと。

トン、と床を剣で突いて、霞のように姿を消した。

✦✦✦✦✦✦✦

——半月後、出立の朝。


「お見送り、ありがとうございますわ！」

よく晴れた、絶好のお出かけ日和に浮き立ちながら、アーシャは玄関を振り向いた。

そこには、家に住む全員が揃い、並んでいる。

先ほど姿見で確認した自分の旅装はいつもとまるで違って、むず痒かった。

外套は、染めたり編んだ布で出来たものではなく、動物の毛皮を鞣した厚手のケープで、ドレスではなく肌着にジャケット、そしてズボンとブーツ。

髪は短い方がいい、と聞いていたので切ろうとしたけれど、全員に止められてしまった。

仕方がないので、邪魔にならないよう高い位置で一纏めにしている。

さらに、金の髪は目立つようなので、魔術で色合いを赤毛に近いものに見えるように変えていた。


——まるで、自分ではないようですわね！


格好と髪色だけで、ここまで変わるとは思わなかった。

「顔も、本当に隠さなくて良いのですか？」

目立つという意味なら、最初にどうにかするべき部分だと、母は心配そうに口にするけれど。

「仮面をつけても、包帯を巻いても目立つことに変わりはありませんわよ！」

むしろ、貞操の難を払うという面で見れば、火傷痕を晒しておいた方が都合のいいこともあるし、そもそもアーシャは何を言われても隠すつもりはなかった。

この傷は、誇りなのだから。

そう思いつつ、さほど嵩張らない旅の荷物を手に取る。

一つは【淑女のバッグ】という、多くの荷物が入る魔導の手提げだ。

手のひら程度の大きさで、膨大な旅費や替えの衣服、非常食などを入れている。

そして、体に巻いたホルスターの双銃と、一般的な携帯食や水が入った革袋。

他に身につけているのは、父から預かった家紋の入ったペンダント。

お祖母様の形見であり、呪文を唱えると【紅蓮のドレス】と呼ばれる戦装束に変化するそれは、使ってみるとアーシャにピッタリのサイズだった。

お祖母様も小柄だったみたいで、そんなところも共通点だと、婆やは嬉しそうに言っていた。

己の意志の力が外見に作用するらしく、装着すると髪が勝手に金の縦ロールになる点が、とても気に入っている。

多用するな、と念を押されたので、朝の身支度に使ってはいけないらしい。

残念な話だった。

「えーと……」

荷物を手にしたアーシャは言葉を探りつつ、ミリィに目を向ける。

父母とは昨晩ゆっくり話したのだけれど、妹だけはその場に来なかったのだ。

あの廊下の件の後に話したのは、陛下のお言葉を伝えた一度きりだった。

だからアーシャは、聞いておきたいことを彼女に問いかける。

「ミリィ。一つお聞きしたいのですけれど、宜しいかしら?」

「ええ」

「貴女は、皇宮への出仕(しゅっし)のお話を受けますの?」

その問いかけに、ミリィは目を泳がせる。

父母も彼女がどうするかの答えを知らないようで、同じように彼女に目を向けていた。

するると、返事をごまかすのを諦めたのか、おずおずとミリィが告げる。

「……ええ。その。まだ、迷ってます……」

「陛下のお誘いは、貴女にとってやりたいことではなかった、ということですの？」

「そ、そういうわけでは、ないのですけれど……」

目を伏せながら、歯切れ悪くボソボソと告げる妹に、アーシャはますます首を傾げる。

「でしたら、何故？」

「あの……私はその……お姉様の、お顔の火傷痕を、どうにか治す方法が、見つかりはしないかと
……思って……いたの、で……」

肩を縮こめて、消えそうな様子で理由を口にしたミリィに、アーシャは目を丸くした。

父も、ぽかんと口を開けている。

「ミリィ。君は、そんなことを考えていたのか」

アーシャの火傷痕は、高名な治癒師でも完全に治すのが難しいくらい、深い怪我だった。

その上、魔物による傷は普通の動物によるものと違い、魔術や薬草が大変効きにくいのだ。

「その、でも、先日、お姉様は気にしてらっしゃらない、と……私は、浅慮で……あの」

先日感情が昂(たかぶ)って怒鳴ったことを、あまり父らには知られたくないのだろう。

助けを求めるような目をチラチラとこちらに向けつつ、ミリィが言うのに。

「――素晴らしいですわ！」

アーシャは、思わず感激して、彼女に抱きついていた。

「お、お姉様!?」

「そのように困難なことを、ミリィは独学で成そうとしていましたの!?　何と優しい理由で、そして素晴らしい行動力ですの!?」

陛下は、もしかしたらそれをお見通しだったのかもしれない。

どのような形であれ、何かの困難に立ち向かう者が、陛下はお好みなのだ。

ミリィは陛下のお眼鏡に適い、だからこそのお誘いだったのだと、合点がいった。

「わたくし、貴女を尊敬いたしますわ！」

「そ、そんな大層なものじゃ……それに、あの、見つかったわけでもなく……余計なお世話で……」

褒められるのが恥ずかしいのか、顔を赤らめるミリィに、アーシャは大きく首を横に振る。

「全然、そんなことありませんわ！」

確かに、アーシャは顔の傷を気にしていないし、治したいとも思っていなかったけれど。

「貴女が、それを成したいと……わたくしを想ってくれた気持ちこそが尊いもので、その為に考えを巡らせたことが、何よりも素晴らしいことですのよ！」

ね？　と父母を見ると、二人は笑顔で頷く。

「どうか、そのまま自分の気持ちにまっすぐに生きてほしいですわ！　目的がなくなって、他にやりたいことが出来たなら、断っても陛下は何も思わないですわよ！」

「はい……ありがとうございます、お姉様」

困ったような笑顔のミリィの頭を撫でて、アーシャは家族と、見送りに出てきた使用人達に対して両手を広げた。

摘むべきドレスの裾はないけれど、そのまま優雅に膝を折る。

アーシャを慈しみ、育ててくれた人々に、精一杯の感謝を込めて告げた。

「それでは、皆様。行って参りますわ！」

第二章　ナバダの事情

——全く、無様ね。

ガタゴトと揺れる巨大な馬車の中で、灯り取りの格子から差し込む光を眺めながら、ナバダは自嘲の笑みを浮かべた。

【魔力封じの首輪】に、手枷と、足の鎖に繋がった鉄の球。

もし馬車が賊に襲われたとしても、逃げることも抵抗することも無理な状態で護送されている。

そして、当初の目的に反して死ぬことも出来ていない。

今のナバダには、絶望しかなかった。

「……ふふっ」

何一つ思い通りにならなかった状況に、思わず笑みを漏らすと。

「あら、楽しそうですわね！」

と、癪(しゃく)に障(さわ)る声が聞こえてきたので、ナバダは笑みを引っ込めて舌打ちした。

「話しかけてくんじゃないわよ、雌犬」

「だって暇ですもの。別に話くらい、しても良いのではなくて？」

馬車は、木の柵で半分に分けられている。

柵の向こう側には、寝具としても使う腰掛けに座ったアーシャが居た。

いつもの、イライラするほど煌びやかな公爵令嬢然とした格好ではなく、普通の旅人のような姿。

さらに髪色まで違う彼女に、最初は面食らったが、すぐに腹立ちが上回った。


――頭の狂ったクソ令嬢が。


今の状況は、全てあの化け物皇帝とコイツのせいなのだ。

特に、アーシャ・リボルヴァは。

何不自由ない生活を捨てて、革命軍結成なんていう夢見がちな道楽に溺れる、愚か者のくせに……

南部に赴くのに、こんな風に『弁えた』格好も出来る辺りが、本当に気に食わない。

無駄にプライドが高い割に、敵対する自分にも屈託なく話しかけてくるところも、最高にムカつく。

ただ、ナバダ相手に嫌味が言いたいだけかもしれないが。

「……」

こちらは別に話すこともないので黙っていると、再びアーシャが口を開く。

「無視なさるのでしたら、下策に溺れた貴女の愚かしさを、延々語り続けて差し上げても宜しくってよ？」

「黙れ」

「あら、愚か者扱いされるのをご所望ですのね？　ふふ、そもそも、陛下を暗殺なんて出来るわけがないでしょう。何でわたくしや他の妃候補を狙いませんでしたの？」

——出来たらやってたってのよ……ッ‼


ナバダは、黙らないどころか本当に当て擦りを始めたアーシャの顔を、殺意を込めた視線だけで射殺せたら、と願わずにはいられなかった。

「どんな方法でも、貴女の頭があれば殺せたでしょうに。陛下暗殺よりも、正妃の座を狙う方が容易（たやす）くてよ？　分かっていて？」

「黙れって言ってんのよ！」

ギリギリと、奥歯を噛み鳴らしてから、ナバダは怒鳴りつける。

——他の女どもを殺せたところで、意味がないことすら、コイツは理解してないのに……ッ！


こんな奴のせいで。

本当に『そこ』だけ、まるで気づいていないのだとしたら、どれほど賢かろうがアーシャの頭は完全に終わっている。

マトモな人間じゃないのだ、コイツも、皇帝も。

――誰が正妃に選ばれるかなんて、考えるまでもなかったでしょうが……ッ！

ナバダが、どれだけ長い間、アーシャを殺す隙を窺っていたと思っているのか。

だがこの女は……パーティーの場で、口をつけるフリをしていてもどんな料理も口にせず、どんな飲み物も飲もうとはしなかった。

一人ふらりと離れた時に、事故に見せかけて始末しようとしても、一瞬も警戒を解かなかった。

常に彼女の傍に控える連中は、どいつもこいつも年嵩なのに、見ただけで分かるくらい、とんでもない腕前を持つ手練れ(てだれ)ばかりだった。

身に覚えのない汚名を着せて凋落(ちょうらく)を狙おうにも、そもそも汚名を着せる余地がないくらい、この女は『イカれている』と認知されていた。

アーシャを殺せなければ、他の令嬢をいくら蹴落としたところで意味がない。

奔放に見えて、誰よりも自分が危険な立場にいるのだと、彼女は熟知していた。

〝恋する狂気〟。

数ある二つ名の中でも、これほど的確にこの女を表す言葉を、ナバダは他に知らない。

そして陰でそう呼ばれていることすら、この女は知っているのだろう。

知っていて、まるで何も気にしないのだろう。

忌々しいほどに隙がなく、容姿と性格以外の全てが完璧な公爵令嬢。

――〝鉄血の乙女〟アーシャ・リボルヴァ。

節穴の目をした他の貴族どもと違って、彼女以外の誰よりも皇帝の寵を得て近くに接していたナバダは、肌でひしひしと感じ取っていた。

皇帝が、アーシャしか見ていないことを。

容姿の美醜だの、性格の善し悪しだの、アーシャ以上に頭の狂ったあの皇帝には、まるで関係がなかった。

まるで考えが読めない、強者と見ると、敵味方関係なく笑みを浮かべて歓迎する、不気味すぎる支配者。

逆に普段は全てを見抜いているかのように、ゾッとする退屈そうな目をアーシャ以外の人間に向ける。

――何でそれに、アンタが気づかないのよ⁉

皇帝の暗殺。

それは、雇い主からナバダに課せられた条件の中でも、本当に最後の手段だったのだ。

元は孤児で、美貌と強い魔力を持つ自分は、西部の陣営にとって都合のいい駒。

自分の意思など、そこにはない。

上から一方的に命じられた第一の目的は、皇帝の正妃となることだった。

アーシャさえいなければ、もしかしたら成功していたかもしれない。

血を吐くような努力を強要され、礼儀礼節と共に叩き込まれた暗殺の技術は……アーシャの言うように、ナバダの対抗馬となる令嬢連中を始末するためのもの。

そして『正妃として選ばれなかった時、せめて皇帝の命を奪え』と、厳命されていたのだ。

だが、全部終わった。

アーシャも、皇帝も、結局はナバダ一人の手に負えるような相手ではなかった。


——せめて、アタシが殺されていれば。


ナバダは虚無を感じていた。

何故かアーシャの右目が、あの忌々しい皇帝と同じ色に染まっていることにも、彼女の道楽にも、まるで興味はない。

ただ、自分を生かした皇帝が。

大人しく殺されようとしなかったアーシャが。

とてつもなく、恨めしい。

殺されるつもりの特攻すら、あの皇帝は許さなかった。

ようやく離れられると思ったクソ令嬢は、こともあろうにナバダの身柄を引き受けた。

そうして何一つ成し遂げられず、こうして、西に敵対的な南の大公の領地に護送されている。

長く苦しめ、と、化け物どもにそう宣告されているようで、耐え難い。

もう、全部、どうでもいいのに。

失敗したことなど、とっくに西の大公には知れているだろう。


——ごめんね、イオ。


心の中で、西の大公の元にいる弟に……もう殺されているだろう弟に、謝っていると。

「貴女も、素直じゃありませんわね」

また、忌々しいアーシャの声が聞こえてきて。

「愚行に走った理由を陛下に告げていれば、悪いようにはなさらなかったと思いますわよ？」

「——ッ!?」

心中を見抜かれたような言葉に背筋を怖気立たせながら、思わず彼女に視線を向ける。

するとアーシャは呆れたような顔をしていた。

「まぁ、それすらも話せないように縛られているのなら、仕方ありませんけれど、ね？」

この、口ぶり。


――コイツ……ッ!!


アーシャは、知っている。

どうして調べたのかは全く分からないが、ナバダの行動の理由だけでなく、背景までも。

「……殺してやる……ッ!!」

コイツは、知っていて放置したのだ。

ナバダがどんな状況にいるか、知っていて蹴落としたのだ。


――イオの命が懸かっているのを、知っていて……ッ！


「あら、瞳が燃えましたわね！　逆恨みも甚だしいですけれど、無駄に諦めた目をしているより、そちらの方が貴女らしいですわよ！」

アーシャはニッコリと言い、色の変わった……しかも、今までと違ってきちんと見えているかのように動く、右目の辺りを指先で撫でる。

「それに、何か事情がありそうなのも、話せないのも図星……何よりですわ。家族を人質にでも取られている、といったところですわね」

「……！」

頬に手を当てて、してやったり、と笑みを浮かべるアーシャに。

カマをかけられたのだ、とナバダはそこでようやく気付いた。

「この、雌犬……ッ!!」

「ああ、もう話さなくて結構ですわよ。呪縛をわざと破って、自ら命を断つような愚かな真似をしなかったあたりも、評価に値しますわ」

アーシャはニコニコと、何度も頷いて見せた。

「その上で、死んでいない、ということは──当然、まだ諦めていませんわね？」

✦✦✦✦✦✦✦

「……何の話を、してるのよ」

相変わらず、アーシャは口にする言葉の先が読めない。

「今もって生きているということは、人質に取られた家族の生存に、一縷の望みをかけているのではなくって？」

まるでそれが当然であるかのように、アーシャはキョトンとした顔で小首を傾げる。

「輸送団が去ってわたくしと二人きりになったら、わたくしを殺して西に向かおうとしているから、大人しくしているのでしょう？」

「へぇ……」

ナバダは、アーシャの問いかけに、プツン、と脳裏に音が響くのを確かに聞いた。

「殺されてくれるわけ？　それはアタシも、良いことを聞いたわね」

このクソ女も、皇帝も。

『誰も彼もが、自分の手のひらの上で踊る』とでも思っているかのようなこの傲慢さが、一番気に食わないのだ。

一方的にゴチャゴチャとモノを言われることに対する反骨心が、我慢の限界を超えた。

どんな手を使ってもこの首輪と枷を外して、この女を縊り殺してやる。

「慈悲深い〝化け物令嬢〟様は、そこまで分かっていて同行を申し出た、ってことで、良いのよね？」

「当然ですわね」

ナバダが牙を剥く笑みと共に告げると、アーシャも腕を組んで頬に指を添え、目を細めながら薄く笑みを返してきた。

――この顔だ。


普段は愛想よく振る舞うくせに、時折コイツが覗かせていた、この顔。

半分だけ人形のように整った顔立ち。

もう半分は、目元が爛れて溶けた顔立ち。

それらとこの酷薄な表情が合わさった、地獄の底から他人の悪意を愉しむようなこの姿が、この女の本質だ。

「わたくしを殺したいなら、それで良くってよ。お好きになさいな」

それきり、アーシャは黙った。

✦✦✦✦✦✦✦

そうして、輸送団と別れた後。

「さてと、ナバダ。ここからは本当に二人きりですわね！」

遠く去る一団を満足げに見送りつつ、アーシャはパチン、と指を鳴らした。

その途端、ナバダを押さえつけていた【魔力封じの首輪】の気配があっさりと消滅する。

「!?」

「ついでに、コレも差し上げますわね！」

次いで、まるで些事であるかのようにあっさりと放られたのは、小さな鍵。

【魔力封じの首輪】を外す為のものだ。

「……どういうつもり？」

鍵を受け取ったナバダは、警戒しながらも指先に魔力を込めた。

身体強化して鋭く硬質化した爪で、手枷の鎖を切り裂き、足枷も外す。

その間、アーシャは何もせずに黙ってこちらを見ていた。


——何が狙いなの？


アーシャは、ナバダが【魔力封じの首輪】を外し終えるまで結局動かず、それを見届けた後に、腰に下げたバッグに手を伸ばす。

そして、どう考えても中には入らなさそうな大きさの……彼女が背負うのと同じ程度の皮袋を取り出すと、ぽん、とナバダの足元に放った。

「貴女が、陛下に負けた時に持っていた幾つもの武器と、最低限の旅支度が入ってますわ。そのくらいは自分でお持ちになって」

「どういうつもりだって聞いてるのよッ‼」

訳が分からなかった。

アーシャの行動は、ナバダを完全に解放する行為に他ならない。

いくら彼女が強いと言ったところで、魔力の卑小さを武具と技量で補っている程度。

暗殺術と併せて武術や魔術も、文字通り決死の環境で習得したナバダに、一対一で敵うはずもないのに。

まして今は彼女の身を守る護衛もいない。

全く意味が分からなかった。

「警戒してますの？　肝っ玉が小さいですわね！」

「……」

ナバダが黙っていると、つまらなそうな顔で、アーシャは肩を竦めた。

「どういうつもりも何も――貴女とわたくしは対等でしょう？」


あっさりそう言われて、ナバダは思考が追いつかなかった。

「無様な汚点を付けたからといって、別に支配しようなんてつもりは、サラサラありませんわよ！」

アーシャは軽く肩を竦めた後、言葉を重ねる。

「陛下のお命を狙った手段は浅慮も浅慮、三下以下の下策な上に万死に値するゴミの所業ですけれど、それも陛下がお許しになられた以上、わたくしが口を出すことではございませんわ！」

『さ、参りますわよ！』と無防備な背中を、こちらに向けたアーシャに。

皮袋を持ち上げ、中に入った愛用の短剣を手にしたナバダは……そのまま、足を踏み出した。

心臓を、一突きで狙う。

本気の殺意を込めて突き出した刃は……振り向いたアーシャが手にしていた、魔剣銃によって弾かれた。

「あら、本当に殺り合いますの？　貴女は失敗した上に、わたくしと利害が一致しているのですから、殺して首を土産にするよりも、味方につける方が立ち回りとして賢いですわよ？」

あくまでも余裕の笑みを崩さないアーシャに、飛び退ったナバダは再び刃の先を向ける。

相変わらず隙のない女だが、手練れの護衛なしなら、やはりこちらの方が上。

ナバダは殺す前に、少しだけ話に付き合ってやることにした。

「利害が一致……？　どこで一致してるっていうの？」

「家族を助けるために、西に向かうのでしょう？　違いますの？」

「アンタ、馬鹿じゃないの？　もうとっくに殺されてるに決まってるでしょう？」

あれから、どれだけ時間が経っていると思っているのか。

すると、アーシャは本気で不思議そうな顔をした後、不意に侮蔑の表情を浮かべる。

そしてため息を吐くと、気分が削がれたように銃を下ろした。

「――では何故、貴女は生きているんですの？」

「……っ」

その言葉は、深く、ナバダの胸を抉った。

「家族が生きている望みにかけて生き恥を晒したのではなく、ご自身の命だけが惜しくて生きていましたの？　……そのように低い矜持の持ち主でしたの？」


――また……知ったような口を……ッ！


ナバダは、こっちの瞳を、ジッと覗き込んでくる。

この目だ。

一番嫌いなのは、アーシャのこれだ。

夢見るようなことばかり言って。

前向きな希望ばかりを口にして。

他人に、誇り高く在ることが当たり前だと言わんばかりに、問いかけてくる。

お前は、その程度なのかと。


「がっかりですわ、ナバダ。少しでも誇りがあるのでしたら、今からでも遅くはありませんわ。さっさと自害なさいませ」

「皇帝の、雌犬如きがァ……ッ！」

「馬鹿の一つ覚えですわね。もう少し語彙を磨いた方が宜しいのではなくて？」

「アンタに……何が分かるのよ……ッ！　アンタに、私みたいな人間の、何が……ッ！」

呻きながらも、ナバダは理解していた。

アーシャが、分かっていることを。


この頭の狂った相手は……決して恵まれているばかりではない境遇に、居たのだから。


美しさこそを至上とする女の園で、顔に傷を負っていることがどれほどの不利か。

細く小さい体格で、持って生まれた魔力も少ない彼女が、ナバダの背後からの一撃を弾くほどの技量を身につけるのには、どれほどの修練が必要だったか。

だから、ムカつくのだ。

その精神性が、誰よりも強靭だから。

その努力の総量が、誰よりも重ねられているから。


——誰よりも誇り高いからこそ、アーシャは皇帝のお気に入りなのだと。

見せつけられるから、気に入らないのだ。

分かっている。

分かっていた。

ナバダは――アーシャに、憧れてしまったから。

誰よりも力強い彼女に、自分では敵わないと……もうとっくに、認めてしまっていたから。

だから、皇帝を襲った。

どう足掻いても、アーシャに勝てないから。

せめて皇帝を襲って殺されれば、もしかしたら、イオだけでも助けて貰えるかもしれないと。

じわり、と目尻に涙が滲む。

彼女の言う通りだ。

彼女の言う通りだったから、死ぬことが出来なかった。

アーシャを出し抜き、西に向かって、イオを救えるかもしれないと、儚い望みに縋ったから。

「何一つ、上手くいかない……アンタのせいで！　何一つ！　どうせ無様よ！　それでも、弟が生きてるって、信じたくて、何が悪いのよッ！」

口から出てくるのは、そんな言葉ばかり。

他人を蹴落とすことばかりを、教えられてきた自分では、アーシャのようには決してなれない。

「何も悪くありませんわ。それに今まで上手くいかなかったとしても、これからは上手くいきますわよ！」

しかしナババダの吐露に、彼女は笑みを浮かべる。

「だって、わたくしが居ますもの！」

あまりにも、堂々と。

胸に手を当てて宣言するアーシャに、ナババダは呆気に取られる。

「……そんなわけないでしょうが」

「上手くいきますわよ！　だって、陛下も居ますもの！」

ナババダの言葉を遮って、アーシャは力強く重ねる。

「ねぇ、ナババダ。お分かりにならなくて？　貴女のことに、わたくし如きが気が付いたのですわよ？　陛下が、お気付きにならないと思いまして？」

「……皇帝が気づいてたら、何だって言うのよ」

ナババダは皇帝を襲った時の絶望を思い出して、じわり、と体に汗が滲むのを感じながらアーシャに問い返した。

すると、ふぅ、と息を吐きながら、彼女は笑みを深める。

「ここまで言われて、分かりませんの？　貴女は今まで、陛下の何をご覧になってきたのか……理解に苦しみますわね！」

言われて、ナバダは思い返していた。

アーシャと話している時以外は、いつでも退屈そうだった皇帝の姿が、脳裏をよぎる。

自分に向けられる、つまらないものを見るような目が思い返され、鼓動がさらに速くなった。

「皇帝がどうか、なんて、思い返すまでも……」

ない、と続けようとしたナバダは、ふつりと口をつぐむ。

皇帝の様子が違ったことがあったのを、思い出したからだ。

それは、ナバダが彼を殺す為に……いや、殺される為に襲い掛かった時のことだった。

『……殺しなさいよ、早く』

『何故(なにゆえ)に？』

そんなやり取りをしたのは、皇宮の中庭だった。

皇帝暗殺を決行することを決意した、さる日の夜会の後。

気配を消して兵士達の目を盗み、皇宮を去る貴族達の波から、ナバダは静かに離れた。

そして人の気配が消えるまで、と、中庭の暗がりで身を潜めていると。

中庭に、皇帝が姿を見せたのだ。

休息の為に皇宮奥の寝所へ引っ込んだはずの彼が、礼装を解いて、ふらりと。

何故そこにいるのかなど、考えなかった。

ただ、こちらに背を向けたその姿が、隙だらけに見えて。

千載一遇の好機に、生涯で最も意識を研ぎ澄まして襲いかかった。

けれどそれは、ナバダが自分の願望に目を曇らせていただけ。


腰に佩いた剣を、皇帝が抜く瞬間すら見えなかった。


気づけば、ナバダの短剣は弾き飛ばされていて……振り向いた皇帝の顔が、目の前にあった。

いつもと違う、愉しげに輝く赤みがかった黒の瞳が。

『本性、見たり。決死の覚悟は見事』

『ッ……！』

そこから何が起こったかは、あまり覚えていない。

無我夢中で、持ちうる限りの技術をもってその首を狙ったが、全く届かなかった。

〝稀代の魔導王〟は、その魔術を操る技術の片鱗すら見せることなく、ただ、剣一本だけでナバダの全てをねじ伏せて見せた。

荒く息を吐き、膝をついたナバダは、遊ばれているのだと感じた。

どうあっても敵わないことを、まざまざと見せつけられて。

『……殺しなさいよ、早く』

そう、口にした言葉への返答が。

『何故に？』

と、問う声だった。

『何故、ですって？　皇帝殺しを企てた相手に対する問いかけとは思えないわね……』

ボソリと吐き捨てた言葉が、闇に響く。

もう、敬語も何もかも、演技すらも必要ないと思っていた。

どうせ殺されるのだから。

なのに。

『見事、と述べた。覚悟、そして技量。怖じけるでもなく、始末を望む潔さ。……漸く(ようや)にして見せた本意を以て、赦す』


——赦す？


そんなことは望んでいない、と睨みつけたナバダが目にしたのは……今まで見たこともないような、生き生きとした笑みを浮かべた皇帝の姿だった。

こちらに対する親しみすらこもっているような、そんな目に。

思わず呆けたナバダに対して、パチン、と皇帝が指を鳴らすと、夜の闇から【魔力封じの首輪】と鉄の鎖が滲み出して体に巻きつき、拘束された。

『追って、沙汰を告げる』

そう言って背を向けた皇帝に、ナバダは叫んだ。

『待て！　アタシを、殺しなさいよ！　何で殺さないの！　――殺しなさいよォォッッ!!』

生き残ってしまうわけにはいかない。

そうして、舌を噛もうとしたナバダに、皇帝が最後の一声を残した。

『死せば、諸共そなたの希望、潰えることを心せよ』

ナバダは、その言葉に顎を大きく開いたまま、動きを止める。

イオの為に死のうとしていたのに、何故か、その言葉に思い止まってしまったのだ。

そうして、死を考える度に、脳裏を『万一』がチラつくようになった。

もしかしたら、イオが死んでいないかもしれない、という期待と呼ぶにも淡い願望が。

――気づいていた？

皇帝が、イオのことまで気づいていたというのなら、尚更。

「……そんなわけが、ないわ。私は、何も漏らしていないはずよ！」

「漏らさずとも、陛下は全てを見通しておられるに決まっているでしょう！　だから貴女を生かして、わたくしに託すのをお認めになったのですわ！」

「……っ！」

コイツらは、本当に何なのだろう。

一体、その目には何が見えているのか。

本当に、全てが自分の思い通りになると信じて疑っていない。

ナバダが、アーシャを本当に殺すことはないと確信しているのだろうし、弟が生存していることも、まるで決定事項のように思っているのだろう。

不気味さすら感じながら、ナバダは諦めて肩を落とす。

「……もう、いいわ」

自分の何もかもが、愚かしく見えてきた。

だから、コイツらは嫌いなのだ。

それでもきっと、コイツらに従うことが一番良いのだと、分かっている。

従うことで、イオの命が救われるのなら、それでいい。

本当に生きていてくれるのなら、それでいい。

この先、どれだけ生き恥を晒しても、自分が惨めになったとしても、イオさえ生きていれば。

もし死んでいたら、その時はアーシャを殺して自分も死ねばいいだけだ。

そう、ナバダは覚悟を決めた。

――でもきっと、そうはならないんでしょうね。

アーシャを見ていると、何の根拠もないのに、そう思えた。

「……今殺すのは、止めておいてあげるわ」

「あら、随分上からですこと！」

「アンタは、人のこと言えた性格じゃないでしょうが！」

怒鳴り返したナバダに、アーシャはうふふ、と楽しそうに笑い、魔剣銃を仕舞う。

「そうと決まれば、行きますわよ！」

「ちょっと、南部領はそっちじゃないわよ？」

方向音痴なのか、明後日の方向に歩き出すアーシャにそう声をかける。

彼女が進む方向は、〝獣の民〟が住むという『魔性の平原』の方だ。

「存じておりましてよ？　最初に言ったでしょう。わたくしと貴女は、利害が一致していると！」

「……革命軍を、結成するんじゃなかったの？」

『魔性の平原』に向かっても、その先には西の大公領があるだけだ。

武で鳴らした家門は多いが、あの領地は虎神を崇める宗教の力が強く、その祭司である西の大公に逆らう者は非常に少ない。

仲間を集めるには不向きな土地柄だ。

「革命軍は結成致しますわよ。けれどわたくし、最初から輸送団と別れたら西に向かうつもりでしたのよ！」

「何で？」

「分かってないですわねぇ！」

アーシャがピッと扇を取り出して、ナバダに向かって突き出してくる。

「陛下に翻意を持つ人々の平定が、わたくしの目的でしてよ？　だったらまだ大人しくしている南の大公よりも、西の大公を下すのが先ですわ！　何かおかしなことがありまして？」

まるで自明の理のように言うが、ナバダはそんな彼女に、先ほどの懸念を伝える。

「でも、あっちの貴族は……確かに皇帝には反抗的だけど、アンタには従わないでしょう？」

「西の領地までは行かないですわよ！　わたくしが最初に協力を仰ぐのは〝獣の民〟ですわ！」

「…………はぁ⁉」

あまりにもぶっ飛んだ発想に、思わずナバダは声を上げた。

「〝獣の民〟ですって⁉　アンタ、それがどういう意味か分かってるの⁉　連中こそ、本気で貴族になんか従わないわよ⁉」

彼らは、そもそも皇国どころか、太古から国家に従うことすら良しとしない自由の群れだ。

大半が、西や南の圧政に耐えかねて逃れた者達と獣人族で構成されており、貴族を毛嫌いしている連中なのである。

「だからこそ、都合が良いのではないですの！　貴族としてのわたくしではなく、わたくし自身を認めてくれる可能性が一番高いですわ！　何せ、一騎当千と呼ばれる獣人族に、太公に逆らう腕前や気骨のある人々ですし！」

楽観が突き抜けている。

やっぱり、この女はおかしい。

「それに、そのくらい出来ないと、陛下に愛していただけないですわよ！」

付け加えられた言葉に、とんでもない脱力感を覚える。

——アンタ、とっくに愛されてるでしょうがッ！

心の中でそう叫びながらも、それを口にするのはなんだか癪だったので、ナバダは黙った。

✦第三章　『魔性の平原』に着きましたわ！✦

アーシャ達は、数日後に〝獣の民〟が住まう『魔性の平原』に足を踏み入れた。

そのまましばらく進んでいくと、徐々に姿を見せたのは、真ん中が大きく割れた巨大な岩。

「何ですの？　あれ」

「大き過ぎるわね」

岩は、遠目に見なければ小さな山としか思えないくらい大きく、割れた部分はおそらく中に入れば谷としか思えないだろう。

周りも樹齢が古そうな背の高い樹木に覆われており、アーシャの目には異質なものに映った。

「とりあえず、あの岩を目指しますわよ！」

「良いけど、村がどこにあるかのアテもなしで、よくここに来ようと思ったわね……」

髪を掻き上げ、薄い呆れを含んだような口調で言うナバダに、カチンと来て言い返す。

「あら、そう言う貴女も知らないのでしょう？」

「ここに来ることすら知らなかったのに、知ってるわけがないでしょうが。バカなの？」

そんな彼女に、さらにアーシャが言い返そうとした時だった。

「うわぁあああああ！」

という、高い声の悲鳴が聞こえてきたのは。

その周りにある森の方、遠くから聞こえたそれに、アーシャはナバダと顔を見合わせる。

「誰の悲鳴ですの？」

「アタシに聞かれて分かるわけないでしょ」

「それもそうですわね。何だか切羽詰まっていそうな声ですし、様子を見に行きましょう！」

「面倒ごとに首を突っ込む気？」

「困っているなら助けないと、寝覚めが悪いですわよ！」

「ッ……この甘ちゃんのお人好しが……」

アーシャが言い捨てて駆け出すと、文句を言いながらもナバダが追従してくる。


——ちゃんとついてくるのに、素直じゃないですわねぇ。


アーシャは、バレないように隠れて笑みを浮かべた。

皇都では、衝突することの多かったナバダだけれど、以前の取り巻き達に対する態度を見るに、どちらかと言えば面倒見が良い方だ。

その素性からすれば半分演技だったとしても、全てが上辺だけの人間が認められるほど、女の世界は甘くはない。

アーシャが、あまり関係のないことを考えながら岩に近づいて行くと、逆に巨大な木々が岩の姿を覆い隠していく。

そして森の方から響いてくる不気味な音が、鮮明に聞こえるようになってきた。

「魔獣……？」

「ですわね！　音はおあつらえ向きに、こちらに迫ってきてますわね！」

ナバダの呟きに応えると同時に、森の切れ目からカゴを背負った小さな影が平原に飛び出してきた。

獣人の少年だ。

その背後から、バキバキ、と音が響き、木の枝を強靭な毛皮でへし折りながら、黒く巨大な魔獣が姿を見せる。

「【火吐熊（ベアングリード）】……!?」

「あら、随分と大きな個体ですこと」

炎を吐く熊型の魔獣だが、通常の成体より遥かに大きい。

俊敏で剛腕、かつ獰猛。

追われている少年は、全く生きた心地がしないだろう。

むしろ今まで逃げ切れているのは、子どもとはいえ流石に獣人、といったところか。

先ほどまでは相手が動きづらい森の中だった、というのも理由としてあるだろうけれど。

見た感じ、少年は足が速いわけではないようだ。

でも、左右にジグザグに駆ける動きが、魔獣を翻弄して攻撃を避け続けている。

「あの少年、お願い出来ましてて？」

ナバダが短剣を逆手に握るのを見て、アーシャも魔剣銃を片手で引き抜きながら問いかけた。

「構わないけど……あれ、アンタがどうにか出来るの？」

「もうちょっと小さめなら、昔倒したことがありましてよ！」

【火吹熊】は、アーシャの顔に火傷を負わせたのと同種の魔獣だった。

ナバダが懸念する理由は分かる。

魔獣は強力な魔術でも弾くことがあり、まして今回の相手は、大人の五倍はありそうな巨躯だったからだ。

しかし。

「心配は無用ですわ！　今からアレの気を逸らしますので、頼みましたわよ！」

「なら、いくわよ」

ナバダは、それ以上無駄に喋らなかった。

地面を蹴り、今までとは比べ物にならない速度で駆けていくのを見送りながら、アーシャは腰のポーチに手を伸ばす。

その紐に、アクセサリーのように吊り下がっていた【擬態粘生物】をそっと左手に取り、触腕を指に巻いた。

「お願い致しますわ、モルちゃん！」

【擬態粘生物】につけた名前を口にしながら足を止め、魔力とイメージを流し込みつつ、鋭く腕を振る。

「シッ！」

投擲（とうてき）したモルちゃんは、触腕がピン、と伸びるあたりまで突き進むと……指から触腕が剥がれると同時に、その姿を変えた。

頭のない、コウモリと鳥の合いの子のような、あるいは凧（たこ）のような奇妙な形状になると、翼を羽ばたかせて垂直に浮き上がり、そのまま魔獣に向かって滑空する。

【火吹熊】は狙い通り、視線を遮って飛び抜けたモルちゃんに反応した。

『グゥルァアアアッッ‼』

よだれを撒き散らしながら立ち上がり、爪で叩き落とそうと暴れるが、モルちゃんは、するん、するん、と柔らかい動きでそれを掻い潜る。

そうして十分に魔獣を引きつけている間に、ナバダが横抱きに少年を掻っ攫って逃走した。

「戻りなさい、モルちゃん！」

それを見届けたアーシャが声を張ると、モルちゃんがトンボ返りを打ってまた垂直に浮き上がり、魔獣の手が届かない位置から緩やかにこちらに戻ってくる。

すると、ギロッと、【火吹熊】の目がこちらを捉えた。

「わたくしに対して、この距離で弱点を晒すのは愚策でしてよ？」

アーシャはモルちゃんを左手で受けて、その勢いを殺す。

ぐにゃり、とモルちゃんが形を崩して、元の小さな雫型の球体に戻った。

それを指に巻きつけて垂らしつつ、アーシャは半身に構え。

重心を落として魔剣銃を両手で握ると、両目が使えるようになったことで精度の上がった狙いを定める。

そうして、最大射程と速度を持つ《颪》の魔弾を、一発だけ放った。

キュン、と音を立てて宙を駆けた弾丸が、狙い違わず【火吹熊】の右目を射貫く。


——命中！


スッ、と息を吸い込んだアーシャは、さらに集中した。

血を飛び散らせた魔獣は痛みを感じたのか、硬直して動きを止めている。

その隙を突いて、次にアーシャが狙いをつけたのは、左目。


——ここ！


二発目の《颪》の魔弾も命中し、完全に視界を奪われた魔獣が前脚を振り上げ、激怒の咆哮で大気をビリビリと震わせる。

『グゥルォオオオオオオオオオオッッ！』

嗅覚も聴覚も優れる【火吹熊】は、視覚を奪われてなお、アーシャに向けて真っ直ぐに突っ込んできた。

一口で食い殺そうというのか、大きく開いたその口に向けて……。

「これで、終わりですわ！」


アーシャは、射程が短い代わりに最も威力のある《火》の魔弾を撃ち込んだ。

弾丸が口蓋を貫いて後頭部を突き抜けるのを確認しつつ、アーシャは身をかがめて、突進してきた魔獣の股下を潜り抜ける。

そのまま外套の裾を靡かせて振り向くと、ドシャ、と前脚を折った魔獣が、勢いのまま地面を削りながら転がり。

炸裂した火の魔力が、【火吹熊】の頭蓋の中を焼き尽くして、燃え上がった。

✦✦✦✦✦✦✦

「そこの貴方。無事ですの？」

アーシャが、ナバダに抱えられた獣人の少年に近づいて声を掛けると、彼は犬に似た顔の大きな口をぽかんと開いて、魔獣とこちらを交互に見た。

「あの魔獣を、一人で倒したのか……？　姉ちゃんが⁉」

「そうですわよ？」

何か驚くようなことなのかと、アーシャは首を傾げた。

得意な間合いで落ち着いて対処できれば、狩る方法を訓練した者なら、誰でも獣は狩れる。

狩りは、準備と度胸が全てだ。

「それより貴方、怪我などはなくって？」

「ない、けど……」

ナバダに下ろされた少年は、なぜか警戒した様子で毛を逆立てる。

「姉ちゃん、もしかして貴族か？」

「あら、何で分かったんですの？」

思わず問い返すと、ナバダが舌打ちした。

「何を素直に答えてるのよ」

「あら」

言われてみれば、認めてしまってはせっかく変装している意味はない気がする。

これは失態、とアーシャがおでこに手を当ててると、少年はジリジリと後ろに下がった。

「やっぱりか！　そんなケッタイな喋りかたしてたら、オイラみたいな子どもでも分からぁ！」

「ケッタイ……？」

「珍妙な喋りかたってことよ」

「まぁ！　わたくしの口調の、どこが珍妙ですの!?」

言葉遣いの美しさには、誰よりも気を付けてきたつもりなのに。

そう思っていると、ナバダが深くため息を吐く。

「あのね。貴族言葉ってのは、普通、貴族しか使わないのよ。お分かり？」

まるでかつてのように、薄く笑いながら嫌味ったらしく言葉遣いを正す彼女に、アーシャは眉根を寄せる。

「撃ち殺しますわよ？」

「あらあら、ご令嬢が随分と物騒ですこと！」

怖い怖い、とわざと口元を押さえるナバダに、ピキピキとこめかみが鳴る。


――くっ……そういえば、ナバダはこういう女でしたわ！


何かあればすぐにこうして煽り、あげつらおうとする気に食わない性格をしていることを思い出した。

応戦態勢に入り、怒りを押し隠してアーシャも完璧な笑みを浮かべる。

「これは失礼致しましたわ、ナバダ。元々下賤な上に愚かしい貴女と違って、わたくしは、そのようなことを口にしてはいけませんわよね？」

「……！」

ナバダも、頭に血が上りやすい性格をしている。

我ながら安い挑発をしているのにあっさり乗ってきて、頬を引き攣らせながら睨め付けてきた。

「困ったわね。生かしておいてやるつもりだったのに、もう気が変わりそうよ。この場で首を掻き切ってやりたいわ……！」

「出来るものならやってご覧なさい？　実行した時に、血の海に沈むのは貴女の方ですわよ！」

ふふん、と鼻を鳴らして睨み返すアーシャに、横から少年がおそるおそる口を挟んでくる。

「ね、姉ちゃん達、仲悪いのか……？」

問われて、ナバダと同時に我に返る。

「まぁ、良いとは言えませんけれど、今は口喧嘩している場合ではありませんでしたわね！」

「そ、そうね。それよりアンタ、何でこんなところで魔獣に襲われてたの？」

気を逸らすつもりか、本題に戻ろうとしているのか微妙な質問だったが。

ナバダが少年に問いかけると、彼はまだこちらを信用していいかどうか半信半疑な様子で、自分の状況を口にした。

「いや、食べ物を採りに来たんだけどさ……」

彼の説明によると、この大岩周りの樹林は種類が豊富らしく、木の実などがたくさん採れるのだが、そのせいで魔獣の巣窟なのだそうだ。

少年の住んでいる村では、大きな獲物の分け前が働いている量で決まるらしく、交換品もなく貰えるものだけでは食事が足りないらしい。

「それで拾いに来たんだけど、あの魔獣に襲われたんだ」

「なるほど……許せませんわね！」

「え？」

アーシャは、拳を握りしめる。

「こんな年頃の子を危険な場所に赴かせるだなんて！　わたくしが、村長か誰かにガツンと文句を言ってやりますわ！」

「え？　え？」

動揺する少年を見て、ナバダが呆れ声を上げる。

「アンタ、本当に猪突猛進ね。小さな村なら、食い扶持を稼ぐ為に全員が働いて当たり前なのよ。いちいち怒るようなことじゃないわよ」

「それなら、村の中で働かせれば宜しいんじゃなくて⁉」

「それじゃ食えないから、外に出てきてるんでしょ。畑だって、土が良い分、魔物が多い地域だから無差別に広げられないし。これだからお貴族様は」

「……むぅ」

確かに、アーシャは恵まれた生活をしていたので、そこを突かれると弱い。

ナバダは皇都にいたとはいえ、素性が暗殺者なのであれば、もしかしたらそうした村の出身なのかもしれなかった。

だからといって、一方的にやり込められるのは癪だ。

素早く頭を働かせたアーシャは、背後に転がる魔獣に気づいた。

「なら、村に貢献したと言えるだけの分け前があれば、貴方はしばらく村から出なくて良い、ということですわね？」

「まぁ、そうだけど……」

「だったら、良い案がありますわ！」

ニッコリと笑ったアーシャは、背後の魔獣を指差す。

「あれを村に持ち帰れば、しばらく安泰でしょう⁉」

人間の数倍ある魔獣から採れる肉は、小さな村くらいなら、しばらく賄うのには十分だろう。

アーシャの提案に、少年はポカン、と口を開けた。

「そりゃそうだけど……どうやって持って帰るんだ？　それにあれ、姉ちゃんの獲物じゃ……」

「別に、わたくしは欲しくないですもの！」

言いながら魔獣のもとに向かい、アーシャは【淑女のバッグ】の口を開ける。

そして念じると、魔獣の巨躯がしゅるん、と中に収まった。

「は⁉」

少年は先ほどから驚きっぱなしで、もう顎が外れそうになっている。

「こうして運べば、村に持って行くのも簡単ですわ！　案内して下さる？」

少年は少しためらった様子を見せてから、チラチラとアーシャとナバダの顔を見る。

「どうしましたの？」

「村の場所を貴族に教えるってことに抵抗があるのよ。ここは皇国領じゃなくて『魔性の平原』だし、この子〝獣の民〟でしょ？」

言われて、アーシャは納得した。

自由を尊び、国家に属さない人々なのだから、そういう懸念があって当たり前だった。

〝獣の民〟との繋がりは欲しいところではあるけれど、年端もいかない少年に迷惑を掛けるのは本意ではない。

「なら、すぐ近くで魔獣の死骸を出して、お別れしたら良いのではなくて？」

「アンタがそれで良いなら、別に良いんじゃないの？」

そうして少年の顔を見ると、彼はペタリと獣の耳を伏せて、申し訳なさそうな顔をする。

獣の顔でも、意外と表情というのは分かるものだと、アーシャは全然関係ないところで新たな知見を得た。

「……な、なんでそんなに親切にしてくれるんだ……？」

「困っている民を助けるのは、貴族として当然の務めですわ！」

「民じゃないけどね。それにこの子にはバレてるから良いけど、アンタ、どこでもここでもそれ言わないでね」

ナバダに釘を刺されて『分かってますわよ！』と言い返す間に、少年は決心したようだった。

「いや、村まで案内するよ。オイラ、怒られるかもしれねーけど、助けて貰ったのに礼もしないの、なんか違うと思うし……」

「そうですの？　貴方、良い子ですわね！」

別にお礼はいらないのだけれど、彼の心意気は素晴らしいので、アーシャはニッコリと笑って頭を撫でる。

すると、へへ、とちょっと嬉しそうに声を漏らした彼は、先に立って歩き出した。

「褒められたの、久しぶりだ！　あ、そういえば、一個忘れてた」

「何ですの？」

「オイラ、ベルビーニって言うんだ！　姉ちゃん達は？」

「わたくしは、アーシャですわ！」

「ナバダよ」

それぞれに名乗り合うと、ベルビーニは初めて、満面の笑みを見せた。

「ありがとう、アーシャの姉ちゃん、ナバダの姉ちゃん！　ちょっとの間だけど、よろしくな！」

✦✦✦✦✦✦

そうして案内してくれる道すがら、ベルビーニは自分のことを話してくれた。

「元々、父ちゃんは腕の良い職人だったんだ。でも、しばらく前から手足に痺れが出るようになって、働けなくなって……それでやさぐれちゃって。でも、何かしないと飯が食えないからさ……」

そんなベルビーニの健気(けなげ)さに、アーシャが感激していると。

「ここだよ」

と、少年は丘の先を指差す。

案内された距離は、さほど遠くなかった。

ベルビーニの足で来られる程度なのだから、よく考えたら当たり前なのだけれど。

アーシャ達は小さな丘の上から、村を眺める。

丘からは建物と柵が見えるが、地形と低木で遠目からは上手く隠れる位置に造ってあるようで、案内されなければ気づかなかっただろう。

丘からは、草木に覆われかけた細い道だけが、村に向かって続いている。

「あそこが貴方の村ですの？」

その問いかけに、ベルビーニは頷いた。

「そうだよ……」

なぜか安堵と緊張が入り混じった顔の少年に、アーシャは小首を傾げる。

「あら、ちゃんと帰れたのに、あんまり嬉しくなさそうですわね？」

「見ず知らずの人間を連れて帰るんだから、そりゃそうでしょ」

ナバダが呆れた顔で、アーシャに告げながらベルビーニを見る。

「嫌なら、やめといた方が良いわよ？」

「どういうことですの？」

「……アンタにも分かるように、置き換えて話すけど。助けて貰った相手だからって、外で会った誰とも知れない馬の骨を、家長の許可なく屋敷に上げたらどうなるか、考えてみなさいよ」

問われて、アーシャは一考した。

もし公爵邸に、命を助けられた人物を招待したら。

「多分お父様もお母様も、お礼を言って歓待なさいますわね！」

二人はご自身の身分を十分に弁えておられるけれど、だからと娘の命の恩人を無下にはしない確信があった。

「このお花畑……ッ！　じゃあ、門兵の許可なく皇都に入れたり、自分の寝室に引っ張り込んだり、妹の部屋に勝手に案内したら!?」

「それは、流石のお父様でも怒りそうですわね！」

しかしアーシャは、陛下に命じられでもしなければ、そんな真似はしない。

「いつ襲われるかも分からない場所にある村に、人を入れるってのはそういうことなのよ！」

「あら。それはマズいのではなくて？」

「だからそう言ってるでしょうが！」

アーシャがポン、と手を打つとナバダが怒鳴り、ベルビーニが吹き出した。

「ベルビーニ、何がおかしいのですの？」

「いや、本当に姉ちゃん達が盗賊なら、オイラの前で、そういうやり取りはしねーんじゃないかなって思って……」

「わたくし達は盗賊ではありませんもの。当然ですわ！」

だからそういう問題じゃ、とナバダが言いかけるのに、彼は首を横に振る。

「いいよ、ナバダの姉ちゃん。オイラが決めたんだから、二人は気にしなくて」

決心がついたのか、また歩き始めたベルビーニに、ナバダと顔を見合わせてからついていく。

「ねぇ。本当に、マズかったら中まで入れなくていいのよ？」

それでも、彼女は心配そうに問いかけた。

ナバダはアーシャ以外の相手に対しては、こんな風に世話焼きで優しい一面を見せる。

「ま、怒られたらさっさと出ていけば良いですわよ！」

「出ていかせてくれない可能性も考えなさいよ、お花畑！」

「その時は、実力行使で出ていけば良いのではなくて？」

「……それもそうね」

「納得すんの⁉　出来たら、オイラはそんなことになってほしくねーなぁ……」

アーシャ達の実力を知っているベルビーニが、引き攣った顔で言う。

そうこうする内に村の入り口まで来ると、柵門の近くにいる獣人達がこちらに気づいた。

第四章　陛下の想い

「……陛下、いかがなさいますか？」

宰相の問いかけに、アーシャの方を眺めていたアウゴは、現実に引き戻された。

執務室の中。

宰相に手渡された書類を一瞥した後、書かれた内容に少し興をそそられながら返答する。

「良いだろう。時が来れば、アーシャを一度呼び戻す」

その短い一言で、同い年であり旧知の学友でもある彼は、こちらの意図を悟る。

「では、伝令を？」

「必要ない」

アウゴは、自らが言葉少なである自覚があった。

伝えるべきことは口にするよう心がけてはいるが、相手がある程度自分の頭で物を考える人間でなければ、こちらの意図を理解出来ないことも知っていた。

故にこの宰相を、アウゴは『極めて優秀な者』と評価している。

それに、こちらの気分を害することを恐れずに、意見を述べる胆力を持つ者は少ない。

欠点といえば、堅物で堅実な為、アーシャほどの面白みがない点だけだ。

アウゴは彼の質問に対し、さらに答えを重ねた。

「我が迎えにゆく」

「……また、勝手に出歩くおつもりですか」

宰相が渋面を浮かべたので、アウゴはあるかなしかの微笑みを返した。

「我が伴侶候補は、既にアーシャが唯一。贔屓にして当然」

こうして、最終的には宰相が『御心のままに』と頭を下げる割に、こうして苦言を呈してくるあたりが、アウゴにとって好ましいのだ。

そして、無駄と知りながら目的を果たす為の奸計を回らすところも、だ。

「どちらにせよ。直接動く方が、疾く目的が果たせる」

「重々、承知しておりますが。それでも、不穏な者達に付け入る機会を与えるのは、好ましくないことかと」

表情には出さないが、この宰相こそが最後の最後まで『リボルヴァ公爵令嬢の暴挙を赦したことを、撤回せよ』と反対を述べ続けた一人だった。

二心ある者は誰も反対せず、今頃アーシャの命を狙う為に動き出しているだろう。

アーシャを亡き者とし『自身の娘を皇妃に』と、欲望に目を輝かせながら。

つまり、反対していた者は、より狡猾であるか、皇国に二心なしと判断できる。

宰相は最も皇国に忠実な者の筆頭であり、故にこんな書類を持って来たのだろう。

――『領王を一堂に会する、席を設ける。』

端的に言えば、これは『現在、唯一の皇妃候補であるアーシャを連れ戻せ』という、宰相の抗議の表れに他ならなかった。

未だに彼は、アウゴがアーシャに自由を赦したことを認めていないのだ。

領王、とは、この皇国が皇国になる前……初代バルア皇帝に当たる祖父の代に併呑した、王国や部族のかつての支配者であり、最も力のある領主らのことである。

西の大公や、南の大公もその一人だ。

初代皇帝は、支配域を広げること以外に興味がなかった。

最後まで屈さずに抗戦した王族は、領内が乱れようとも、容赦なく一族郎党皆殺しにした。

しかし、機を見るに敏、と降伏したり傘下に入った者に対しては、手厚く遇したのだ。

『従うならば』と放置した、とも言える。

その中でも、領土と領主の支配権を残された元王族や支配者達が、すなわち領王である。

領王の地位は、臣籍降下した王族に与えられる『公爵』に匹敵し、故に領王の中でも力のある者を慣例的に『大公』と呼んでいるのだ。

『領王会議』は年に一度、必ず開かれる。

新年会合、とも呼ばれるそれとは違い、今回の召集は臨時召集だ。

緊急召集には、二種類がある。

一つは、勅命によるもの。

どこかの大規模な反乱、他国との開戦、などの理由による、突発的な召集の命を指す。

もう一つは、法典に記載のある事項。

重要な婚礼、虫害・天災等による飢餓の発生などに際して召集することが可能だ。

今回の理由は——『正妃候補が定まれば、速やかに領王を召集し披露を行うこと』。

当然、重要な婚礼に関する記載である。

それを今、この時にアウゴのもとへ持ってくることが、アーシャの現状への宰相の抗議、と受け取れるのだ。

要は『候補が一人しかいないのだから、さっさと婚約披露宴を行え』という意味であり、アーシャが正妃となる前準備の一環だった。

彼女が革命軍を率いて戻ってからでも遅くはない、とアウゴ自身は考えていたが、宰相は一刻でも早く、それを推し進めたいのだろう。

彼女が皇都を出た今でも、宰相は手元に引き戻すのを諦めていない。

危険だから。

守らねばならぬから。

――我は、アーシャと視線を繋いでいるのだがな。


決して、宰相の思うような『野放し』にはしていない。

しかしそれは、公にはしていない事実だ。

宰相に対してすら、告げていなかった。

結婚披露宴を行えば、皇都からアーシャを出さない理由がより強固になるとでも、思っているのだろう。

だが彼女は、立志を終えてからの婚姻を望んだ。

故に、アウゴは披露宴を執り行うにしても、アーシャを皇都に縛り付けるつもりは毛頭ない。


――全く、小賢しい。


しかし、あえてそれを仕掛けてくることが面白い。

闇雲に忠誠を誓われるよりは、主人の為ならば意に沿わぬことをしようとする方が、相手をしていて楽しいのだ。

アウゴは、宰相に目を向ける。

「アーシャは、止まらぬだろう」

「止めていただきたい、と、再三申し上げております」

宰相はこう見えて、アウゴ自身の次くらいには、アーシャを買っている。

正妃となる者を容姿の美醜のみで評価するような、くだらぬ価値観は持ち合わせていないのだ。

性格的にどうであろうと、妃としての素養は随一、と、候補として挙げた時の調べで宰相は口にしていた。

「止めぬ。しかし、会合の場を設けるは、赦す」

再び戻る時は革命軍を率いて、とアーシャは言ったが……彼女の道行きに、披露宴は益となる。

正式な披露が行われれば、別の正妃候補を、と口にする者達は黙らせることが出来るのだ。


——アーシャが婚姻を結ぶ前に、殺すか直接攫う以外の方法を取る手段が、失われる。


皇国に二心を持つ者どもが、手駒を動かさざるを得なくなる。

彼女のもとへと、羽虫が集うのだ。

目的に適う、となれば、アーシャも拒否はしないだろう。

アウゴは書類に署名し、判を押して宰相へと返した。

出ていく彼の背中を見ながら、アウゴは〝獣の民〟が住む村へと向かう、アーシャの視界に再び意識を向ける。

何よりも、楽しみなのは。

「我の顔を見て驚き、嬉しそうに笑うアーシャを眺められること」

口に出して、呟いてみた。

アウゴは、外見からは分かりづらいのだろうが。

正直、そろそろ目で見て愛でるだけでは収まらないほど、アーシャを愛しく思っている。


──誰に言われずとも、奪われるつもりはない。


視界を繋いだのは、心配よりも。

アーシャの全てを眺めていたい、という欲望の方が大きいことを、アウゴは自覚していた。

✦✦✦✦✦✦✦

「ええと……どうして、こうなったのですの？」

アーシャは頬に手を当てて、ため息を吐いた。

村に着き、ベルビーニが門兵に何やら説明をした後、しばらく待ってから村の広場に通された。

真ん中に着いたと思ったら、建物の陰からわらわら出てきた者達に囲まれて、槍を突きつけられたのである。

輪の外で、ベルビーニが驚いたように口をパクパクさせているが、言葉が出てこない様子だった。

「不思議ですわねぇ」

「いや、そもそもこうなる予感しかなかったけど？」

アーシャが首を傾げていると、ナバダは呆れたように髪を掻き上げた。

焦った様子はなく落ち着いているが、いつでも動けるように軽く踵を上げているのだろう、いつもとは、重心の位置が少し違うように見える。

もっとも、それはアーシャも同じなのだけれど。

周りを見回すと、敵意に満ちたこの村の住人達は獣人の割合が多いが、中には人族の姿もちらほら見えた。

「俺はウォルフガングという。……皇国の貴族が、こんな村に何の用だ？」

口を開いたのは、正面に立つ精悍な顔立ちの青年だった。

左目の下に掻き裂かれたような傷跡の筋があり、敵意と疑いに満ちた目をこちらに向けている。

「ベルビーニを送り届けただけですけれど、何か問題がありまして？」

どうやら、囲んでいる人達の中ではそこそこ認められている人物なのだろう。

そう見当をつけている間に、ベルビーニが彼に向かって怒鳴る。

「ウォルフ兄ちゃん！　オイラ、この人達に助けて貰ったんだよ！　危ない人達じゃない！」

「……お前は、貴族みてェな連中を信用すんのか？」

眉根に皺を刻んだウォルフガングとやらがジロリとベルビーニを見て、反論する。

「貴族っつっても、姉ちゃん達はオイラ達に何かしようとしてるわけじゃないよ！　魔獣に襲われてたオイラを助けてくれたから、そのお礼がしたくて……！」

「だから村の場所を教えたってのか？　ふざけんじゃねぇぞ!!　こいつらが村の場所を探りに来た間者（スパイ）だって可能性を考えなかったのか!?」

「そん……っ」

「魔獣をお前にけしかけて、自分で助けたフリでも出来るだろ!?」

子ども相手に畳み掛けるように吠えるウォルフガングに、アーシャはムッとした。

「大人げないですわねぇ」

「何だと!?」

こちらの声にギロリと視線を戻してきた彼に、アーシャは完璧な淑女の微笑みを浮かべて見せる。

「勝手な妄想で好き勝手なことを言って、子どもを怒鳴りつける大人は、大人げないと述べましたの。何か間違っていまして？」

聞き返されたので再度告げると、ウォルフガングと周りの人々がざわりと殺気立つ。

ナバダがため息を吐く。

「アンタの煽りって天下一品よね。誰でもムカつかせる天才だわ」

「あら、事実を述べただけでしてよ！　その言い方は心外ですわ！」

ナバダの小馬鹿にしたような言い草に、アーシャはつん、と顎を上げる。

「ナメやがって……ぶち殺されてェのか!?」

槍の輪の中に、ウォルフガングが一歩踏み込んできた瞬間。

「――遅ぃですわよ」

アーシャは、魔剣銃を抜き放って逆に踏み込み、その喉仏に魔力で形成した銃剣の先端を突きつけていた。

一瞬で形勢が逆転し、周りの人々から唖然とした空気が伝わってくる。

ウォルフガングは、どうやらこちらの踏み込みを追い切れていなかったようで、ぽかん、と口を開けていた。

「その程度の腕前なら、喧嘩を売る相手はきちんと選んだ方が宜しくてよ？」

「そうね。背後を取るのも楽だわ」

アーシャの動きに全員が気を取られている隙に、音もなく包囲網から抜け出してベルビーニの横に立ったナバダが言うと、今度はそちらに注目が集まる。

広場の陰から、大勢がこちらに敵意を向けていることなど、普通に気づぃていた。

二人して、単に相手の出方を窺っていただけである。

「お前ら……ただの貴族じゃねェな……!?」

命を握られている緊張感からか、ゴクリと喉を鳴らしたウォルフガングだが、焦った様子はない。

肝は据わっているらしい。

そんな彼に向けて、アーシャは小首を傾げるとニッコリと告げる。

「先ほどから貴族貴族とおっしゃいますけれど、そろそろわたくし達自身を見ていただきたいものですわね！」

「は？」

言いながら魔剣銃を引いたアーシャに、ウォルフガングはポカンとした。


「わたくしは、アーシャ・リボルヴァと申しますの！」


まずは自己紹介である。

名乗るのは、どのような人間関係においても最初の礼儀であろうし、平民であっても例外ではないはずだ。

現に、ウォルフは最初に名乗っていた。

「もしわたくし達が、貴方の言うように村を狙う貴族の手先だとして……令嬢二人でこんな場所まで来させる理由が、どこにありますの？　油断を誘うにしても、もう少し上手くやりましてよ！」

ふふん、と胸に手を当てると、ウォルフガングの眉根のシワが深くなる。

「まして、わたくし達が騎士に見えまして？」

そう問いかけるが、彼は答えなかった。

奇妙な沈黙が広場を覆う中、ジャリ、と地面を踏む音がして、新手の人影が広場に姿を見せる。

「……何してやがる」

「あ……と、父ちゃん……」

現れたのは、赤ら顔の、ベルビーニに似た顔つきと毛並みの獣人だった。

目が濁っていて、他の獣人達よりも頭二つ抜けた体格をしている。

が、軽く足を引きずっている彼は、元々筋肉質なのだろうけれど、お腹がでっぷりと肥えていた。

手には酒が入っているらしき革袋を下げており、ヒック、と喉を鳴らしているところを見ると、どうやら酔っ払っているのだろうと思えた。

そう察したアーシャの鼻に、それを裏付けるような酒臭さが漂ってくる。

「ダンヴァロさん」

ウォルフガングの問いかけに、ベルビーニの父親らしき男がジロリと目を向けた。

「昼間っからギャンギャン騒ぐんじゃねぇよ、ウルセェな」

彼の言葉に、周りの者達がムッとしたような雰囲気を出すが、誰も反論しない。

どうやらダンヴァロは好かれているわけではなさそうだが、同時に恐れられてもいるようだった。


——強いのかしら？

多分、この村は腕っぷしがものを言うような場所だろうと思えるので、恐れられているということは、そういうことなのだと思うのだけれど。

アーシャが考えていると、ダンヴァロはナバダの横にいるベルビーニの頭を突然はたいた。

「っ！」

「こんなところで油売りやがって。オメーは本当に使えねぇガキだな」

「ご……ごめん……」

頭を叩かれて、それでも痛みを堪えて謝罪する少年の姿に、アーシャは目を細めた。

「行くぞ」

「お待ちになって？」

声をかけたアーシャに、周りを囲んでいた者達がざわめく。

「なんだオメーは」

「先ほど名乗りましたけれど、改めまして、アーシャ・リボルヴァと申しますの。ベルビーニが、森で魔獣に襲われていたところを助けましたのよ」

「……それで？」

「見たところ、貴方が働かないから、彼がそんな危ないところに行ったのではなくて？　何故そんなに偉そうですの？」

アーシャにとって、彼の態度は目に余るものだった。

ハッキリと口にすると、周りの空気が緊張からか、さらに重くなる。

しかし、アーシャは黙らない。

「ベルビーニに食べさせて貰ってる分際で、もう少し身の程をお知りになっては如何？」

「お、おい姉ちゃん……！」

先ほどまで敵意剥き出しだったウォルフガングが、何故か慌てたように声をかけてくるが、片手を腰に手を当ててパン、と扇を開いたアーシャはむしろ、さらに言葉を重ねる。

「親だからというだけで、不当に子に偉そうにする資格はございませんわ。――ベルビーニに、謝りなさいな」

去ろうとしていたダンヴァロが、ゆっくりとこちらを振り向く。

そして、アーシャの手にした魔剣銃を見て軽く眉を動かした。

しかしすぐに興味を失ったように、アーシャの顔に目を戻してくる。

「と、父ちゃん!?　アーシャの姉ちゃん、オイラは大丈……」

「黙ってろ」

「お黙りなさい」

ダンヴァロとアーシャの声が重なり、ベルビーニが口をつぐむ。

「貴方も、不当な扱いは勇気をもって抗議すべきですわ。それが、たとえ親であろうとも」

アーシャがベルビーニに諭す間に、ダンヴァロが近づいてくる。

周りを囲う人垣が割れて、その間を進み出てきた巨漢の獣人は、威圧するように上からアーシャを睨みつけた。

「余所者（よそもの）が、他人のことに口出して、ただで済むとでも思ってるのか？」

ギラギラと危険に輝く目を真っ直ぐに見返したアーシャは、キッパリと告げた。

「申し上げましたわ。たとえ親であっても、他者に不当な扱いをする者は謝罪すべきだと。まして家庭の事情で死地に赴いた者に、ねぎらいの言葉もかけない。貴方が口にすべきは、ベルビーニへの感謝であって罵声ではございません」

するとダンヴァロは、予想外に牙を剥く笑みを浮かべて、言い返してきた。

「だったら、オメーがコイツを養ってやりゃいい。別にいらねーからな」

「なっ……！」

思わず、アーシャは絶句した。

それが、仮にも親が子に対して告げる言葉なのだろうか。

怒りと驚きで固まったアーシャを、ダンヴァロはせせら嗤（わら）う。

「育ちの良いお嬢ちゃんにゃ理解出来ねーか？　ガキが勝手に出歩いてただけで、何で俺が感謝しなきゃならねぇ？　養ってくれと頼んだ覚えもねぇし、養われた覚えもねぇ。故郷で貴族のお嬢様がどうだったか知らねぇが、そのツラだ。オメーも薄汚ぇ親に捨てられたんだろ？」

口にされたのは、とんでもない侮辱だった。

――わたくしの、お父様とお母様を馬鹿になさいましたわね!?

「図星か？　同じ境遇のベルビーニに同情でも……」

「……訂正させていただきますわ、ゲス野郎。貴方は親などではございません」

「あ？」

「わたくしのお父様とお母様は、今でも深くわたくしを愛して下さっております。今、この地にいるのは、わたくし自身の意思。貴方如きとわたくしの父母では、心根に雲泥(うんでい)の差がございますわ」

スッと顔の前に広げた扇を上げたアーシャは、ダンヴァロに侮蔑の視線を向けた。

「ご自身の振る舞いを正当化するために、他者を引き合いに出すなど下劣の極みですわ。反吐(へど)が出ますわね！」

そのままアーシャは、顎を振る。

「どうぞ、目の前から消えて下さる？　わたくし、ゴミに用はございませんの。貴方がベルビーニをいらないと言うのなら、おっしゃる通りわたくしがいただきますわ」

このような精神性を持つ者とは、もう一言も話したくはなかった。

貴族の中でも腐った者は山のようにいるが、そうした連中同様、話が通じない相手だ。

ダンヴァロが暴力に訴えることも加味しつつ、いつでも動けるように備えるが……彼は、手を出してこなかった。

舌を鳴らしただけで、また足を引きずりながら去っていく。

「と、父ちゃん……」

「ついてくるんじゃねぇ。良かったじゃねぇか。アイツが面倒見てくれるとよ。清々するぜ」

「と……！」

父親に拒絶されたベルビーニが、軽く肩を落とす。

毒気を抜かれたのか、周りの人々も敵意はもう持っていないようだった。

アーシャはダンヴァロが見えなくなると、ベルビーニに近づき、彼と視線を合わせて膝を落とす。

「申し訳ありませんわ。あまりの扱いに思わず口にしてしまいましたが、目の前で親を悪し様に言われて、良い気はしませんでしたわね……」

「……」

ベルビーニは悲しげな表情をしていたが、首を横に振った。

「いや、最近の父ちゃんは、言われても仕方ないから……皆にも迷惑かけてるし……」

「それでも、貴方にそのような顔をさせるような言い方を、するべきではありませんでしたわ」

アーシャは、少しだけ反省をしていた。

ついカッとなってしまうあたり、自制心が足りない。

ベルビーニの立場までも、悪くしてしまったかもしれない。

「事情も知らずに口出しをしたのも、その通りですわ。家にも帰りづらくなってしまいましたわね……」

考えるほど、己の行いが悪かったように思えてくる。

我慢すべきだったのか。

しかし、ベルビーニのような少年があのような扱いを受けていること、父母を侮辱されたことに対して黙っていては、矜持が穢れてしまう。

ベルビーニは、泣きそうな顔をしつつも、笑みを浮かべた。

「いいよ。姉ちゃんが謝ることじゃない。……その、会ったばかりのオイラのことで怒ってくれて、ちょっと嬉しかったし……」

ボソボソとそう口にするベルビーニに、ウォルフガングが頭を掻きながら近づいてきて、ぽん、と彼の肩に手を置いた。

「今日は、俺の家に泊まれよ。ダンヴァロさんも、頭が冷えるまで時間かかるだろうしな……その、そこの姉ちゃん達も。悪かったな、いきなり囲んで」

決まり悪げな彼は、頭を掻きながら言葉を重ねた。

「あんたらも、うちに来いよ。寝る場所くらいはあるからよ」

その提案に、アーシャは驚いてナバダと顔を見合わせる。

「え、良いんですの？」

こんな騒ぎを起こしてしまったのだから、すぐに出て行こうと思っていたのだけれど。

そう伝えると、ウォルフガングは深く息を吐く。

「ベルビーニのこと、話す時間も必要だろ？　……それに、ダンヴァロさんを見てあそこまでビビらずに啖呵(たんか)切れる奴、この村にもほとんどいねーしな。村長には、俺から紹介する」

「い、良いの？　ウォルフ兄ちゃん」

「おう」

そのやり取りに、アーシャがどうしていいか分からなくなっていると、ナバダが口を挟む。

「うちのバカ娘のせいで、悪いわね」

「バッ……！」

「肝が据わってんのか、怖いもの知らずなのか、無鉄砲なのか分からねーが……まぁ、俺が思ってるような貴族とはアンタら、なんか違うみてぇだしな。気にすんな」

アーシャが抗議の声を上げる前に、褒めているのか貶（けな）しているのか分からないことを言いながら、ウォルフガングが手を上げる。

「ついて来いよ」

皆を解散させたウォルフガングは、そのまま村の真ん中を通る、土を踏み固めただけの道を歩き出した。

◆◆◆

アウゴは、宰相が戻ってくる気配を察して、少々面白いことになっているアーシャの視界から、再び執務室に意識を戻した。

「リケロス。西のことだが」

戻ってきた宰相は、たったそれだけの問いかけで、こちらの意図を即座に汲み取る。

「は。罪人ナバダを捕らえた段階で指示された通り、最速で伝令を飛ばして以降、連中に動きはありません」

望む答えを返してきた宰相に、軽く頷く。


ナバダの翻意など、出会った時から気づいていた。


表面上の優雅さなどで、アウゴの目は誤魔化されない。

足音を立てぬ身のこなし、いつでも周りに目を配り、警戒を怠らない様。

人の困りごとや諍いに介入する、打算を含んだ目敏(めざと)さ。

その奥に、隠した緊張感を常に身に纏う少女。

アーシャ以外に、僅かにであってもアウゴの目を引いたことそのものが、評価に値する。

輿が乗ってナバダの素性を調べてみれば、貧しい村から『西の大公の隠し刀』と言われる男爵家へと売られ、その後に転々と籍を変え。

子爵家を経てから、大公に近しい伯爵家へ、養子として迎えられていた。

弟と共に。

故に、彼女が行動に移した時に、潮時(しおどき)だと感じた。

——喪うには、惜しい。


アウゴの思惑通り、『死せば諸共、希望が潰える』と伝えたことで、ナバダは死ななかった。

彼女が生きた場合の布石として、西の大公に書面を認めておいたことは、無駄にならずに済んだ。


トリジーニ伯爵家党首夫妻、及び令嬢の兄弟姉妹血縁に至るまで、追って勅命を下す。その間、謹慎以外のいかなる罰を加えることも禁ずる。

もし禁を破った場合、タイガ領王家も翻意ありとみなし、皇帝直下第一軍による領王権限の剥奪を行う。


簡素な三文だが、聞く者が聞けば、それは最上級の脅しだった。

『命令に従わなければ、一族を皆殺しにする』という宣言に他ならない。

さらに、直下第一軍が動くということは、アウゴ自身が彼の地に出向いて殲滅することを意味していた。

「リケロス」

「は」

「楽にせよ」

そのやり取りは、アウゴと宰相の間で交わされた取り決めだった。

人前でも、そうでなくても、宰相リケロスは決して臣下の礼を崩さない。

その律を払う言葉が『楽にせよ』である。

「西は、どう動くと思う？」

臣下として、リケロスは決して自己の意見は述べない。

必要なことであれば、正式な手続きに則(のっと)る進言を行うのだ。

その様は、今、顧問として一歩離れた場所から政治に関わる前宰相さながらだった。

前宰相はアウゴの大叔父であり、初代皇帝の弟。

今をもってリケロスに内務指導を行う、壮健な老人である。

アウゴは今、『初代皇帝の治世は、彼なくしては成り立たなかった』と言われる大叔父の指導を受けた、リケロス自身の意見が聞きたかった。

「今のところ、連中は大人しくしておりますね」

「楽にせよ、と言ったが？」

「……いつまで、その命令を有効にするんだ？　お前は」

「数少ない友人に、ただの臣下に成り下がってほしくはない」

顎髭を生やしているリケロスの渋面に、アウゴは薄く笑った。

口にした言葉は軽口の類いだが、嘘はない。

裏切れば殺すことに躊躇はないが、気に入っている一人ではあるのだ。

「で、どうだ？」

「おそらく、表立って敵対しようとはしないだろうな。尻尾を切るためのトリジーニ伯爵家だ。ナバダ嬢を引き取る時に、西での序列が一つ上がっているのを見ても、捨て駒でしかない」

「だろうな」

その意見は、アウゴと全く同じだった。

餌で釣り、ナバダを引き取らせるということは、今回のように彼女が失敗した時に『独断だ』と言い逃れて口を塞ぐ程度の扱いしかされていないだろう。

アウゴは右手の指先を擦り合わせて、僅かに笑みを深める。

「では、こう命令を下そう。『トリジーニ伯爵家における、血縁者が『魔性の平原』にて始末をつけよ。それ以外の者は不問に付す』とな」

ナバダの行動は、アウゴへの反逆ではあったが、決して彼女自身の意思ではなかった。

必死に妃の座を狙ったのも、自分の殺害を望んだのも、人質になっているのであろう弟を救おうとする行動。


望みが叶えば、ナバダがこちらに逆らう理由はなくなる。


再会の後にどう動くかは、本人ら次第だ。

アウゴは覚悟なき者や、自らの手で希望を勝ち取ろうと動かぬ者に、興味はない。

「……西の大公は、お前の出した条件を呑むと思うか？」

「呑まなければ、我が動くだけだ」

クックッと喉を鳴らすと、リケロスはため息を吐いた。

「勅命の意味が分からないほどに、愚かでなければ良いがな。……ナバダ嬢を使ったお前の暗殺を企むあたり、奴らはお前の本性を真の意味で理解していないぞ」

「舐めているなら、むしろ従うだろう」

そこに関しては、特に心配はしていない。

たった一人しかいない『ナバダの弟』に抹殺命令を出せば、成功しようと失敗しようと、皇帝暗殺を目論んだ大罪を全て赦す、と言っているのだ。

それをこちら側の弱腰と取るなら、むしろ都合がいい。


——どちらにせよ奴らは、アーシャに叩き潰される運命だ。


アウゴがそんな風に考えていると、リケロスは、呻くように返答する。

「お前は、本当に恐ろしいな。聡明で、強く、そして失敗しない。……その気になれば、皇国全てを真実の意味で一人で滅ぼすほどの力を持っている化け物だ」

「随分と褒める」

「どこがだ。お前が実は魔神の化身だと言われても、俺は信じるぞ。唯一の救いは、お前の気分が皇国を滅ぼす方角ではなく、平穏を望む方角に向いていることだけだ」

「我は、吉凶星扱いか」

恐ろしいと言いながらも、素直に内心を口にするリケロスに、アウゴは満足した。

「平穏を望む方角……そう思うなら、南西に向かって祈りを捧げることだ。今はそちらに、そなたらにとっての幸運の女神がいる」

「リボルヴァ公爵令嬢か。それも、恐ろしい要素の一つだがな」

リケロスの不安は、ますます深くなる眉間のシワに現れていた。

「幸運の女神か、傾国の乙女か。俺はどうにも、後者の気がしてならない」

「だが、買っているのだろう？」

「当然だ。――だからこそ、彼女の奔放さを赦すお前に、頭を痛めているのだ」

「その奔放さを赦す為に、今もってこの椅子に収まっている」

少し喋り過ぎたか、と思いながら、アウゴは公務に戻るために筆を手にする。

終わりの合図と正確に把握したリケロスは、スッと臣下の無表情に戻った。

「では、タイガ領王家、及びトリジーニ伯爵家への通達を行います」

「ああ」

深く頭を下げたリケロスが退出すると、アウゴはふと、一枚の書類に目を留める。

それは、アーシャの妹であるミリィ・リボルヴァ公爵令嬢からの公式な返答だった。

彼女は宮廷治癒士となるために、アウゴの申し出を受けることを決めた。

アーシャとの話し合いで、当初の目的は見失ったはずだが……迎え入れる時に、その心境を聞いてみるのも、面白いかもしれない。

そう思いながら、アウゴは南西に目を向ける。

——傾国の乙女、か。

言い得て妙だ。

アウゴが皇国の平穏を保つ理由は、ただ一つ。

——アーシャが、それを望む故。

彼女の気持ち次第で、皇国の未来は変わる。

アウゴは、彼女に出会った時のことを……中庭で出会うよりもさらに前のことを、思い出していた。

✦✦✦✦✦✦✦

アーシャは、忘れているが。

アウゴが彼女と出会ったのは、彼女が8歳、自分が18歳の頃のことだ。

その頃アウゴは、全てが退屈だった。

特に、人という『モノ』の相手が億劫だった。

貴族や豪商などは、欲望と外面で出来ていることを見抜けてしまう故に、醜悪とすら感じていた。

親兄弟縁戚は、ほぼ全員皇帝という座を狙う雑魚か、あるいは自分に期待を押し付けるだけの無能であり、煩わしかった。

リケロスのように、多少の有能さを認めた者以外の全てが、真の意味で無価値だった。

——いっそ、全て殺すか。

アウゴは当時、特に感慨もなくそう考えていた。

皇帝の座につくこと自体は、疑っていないどころか自分にとっては当然のこと。

その気になればすぐにでも奪えたが、興味がなかっただけだ。

麒麟児(きりんじ)と呼ばれたアウゴは、10歳でもう、皇帝に必要とされる全ての教育を終えていた。

基礎的な学問だけではなく、帝王学から武術、魔導に至るまで。

学舎に、真面目にとまでは行かずとも顔を覗かせていたのは、リケロスが少々面白かったから、というだけの理由である。

その時点で既に、皇国内には自身に匹敵する知識や才覚を持つ者は存在しなかった。

唯一、魔導のみが『未だ人の知り得ぬ領域』が多く、暇潰しとして最適だったから、実験しては適当に成果を魔導師どもに投げていた。

——あの時も。


アウゴは、魔導実験のために材料を採取していたのだ。

真昼の、それも特定条件下でのみ花を咲かせる【幻想花】という花の苗を植えた場所に赴いていた。

当然ながら、皇太子の勝手な外出など認められていない。

しかしそれは、アウゴにとって意識の片隅にも浮かばないほど、どうでもいいことだった。


そこで、アーシャに出会ったのだ。


『ふわぁ……きれいですわねぇ……！』

アウゴが慎重に、そこに咲いた花を取り上げた時に、そんな声が聞こえた。

見ていたのは、幼い少女。

アウゴが目を惹かれたのは美しい顔立ちではなく、【幻想花】と同じ色の瞳に宿る、光だった。

どこまでも澄んだ、真っ直ぐな目。

そこでようやく、フードを目深に被ったアウゴは、その場所がどこかの屋敷の庭だと気づいた。

条件に合う場所に、遺失していたのを復活させた転移魔術を使って移動していたので、それがどこなのかを気にしていなかったのだ。

周囲を一瞥し、王城の方角と脳内の地図から、リボルヴァ公爵家の庭だと気付く。

そして目の前の少女が、母親によく似た顔立ちと年齢から、リボルヴァ公爵家長女アーシャだと見当をつけた。

『でも、お花がふわふわ浮くなんて、とてもふしぎですわねぇ……』

彼女は、花を手にするアウゴに気づいていなかった。

採取のために、完全に気配を消す魔術を使っていたからだ。

しかし、手の中の【幻想花】と彼女を見比べて、それが枯れていないことに興味を覚えた。

【幻想花】は、人目のない清浄な木漏れ日の中にしか咲かず、人の目に触れれば枯れるとされている。

唯一、真に心清らかな者のみが、枯れぬままに花を採取出来るのだと。

アウゴのように裏技を使うのではなく、真実の意味でこの花を手にすることが出来る少女。


——面白いな。


ふと、そう思ったのが始まりだった。

枯らさぬよう、そっと花の時を止めたアウゴは、気配断ちの魔術を解いた。

『ふわ!? ……ど、どなたですの？　お花の妖精ですの!?』

ビックリしているアーシャの様子がおかしくて、アウゴは口元を緩める。

『そなたは、この花が何か知っているか？』

『え？　知りませんわ！』

アウゴが【幻想花】のことを教えてやると、ふんふんと興味深そうに聞いた後、彼女はニッコリと笑った。

『とっても、お勉強になりましたわ！　でもわたくし、それよりも気になることがありますの！』

『何だ？』

そう問うと、アーシャは相変わらず真っ直ぐな目で、告げた。

『――あなたは、なぜ、そんなに悲しそうなんですの？』

思いがけない問いかけに、アウゴはかすかに眉をひそめる。

――悲しそう？

――我が？

『そうですわ。こんなにもきれいな花を手にして、咲かせることができるくらい物知りですのに。それを当たり前みたいなお顔をして、とても悲しそうですわ』

言われて、アウゴは絶句した。
彼女の言っている言葉の意味が、あまりにも理解し難かったからだ。
――悲しいなどと、思っていない。

という思いと。

――悲しい、というのはどういう気持ちだ？

という疑問が、心の中でせめぎ合った。
初めての心の動きに戸惑いを覚えながら、アウゴは問い返す。
『そなたの目に、我は、悲しそうに映るか』
『ええ』
屈託なく、真っ直ぐな瞳のまま言われて、また黙る。
理解できなかった。
目の前の少女は、今まで目にしてきたどのような人間とも、違った。

――面白いな。

また、そう感じた。

だから、少女と再び会う約束をした。

この違和感の原因を、彼女が他の人間とどう違うのかを確かめようと、時を止めた【幻想花】を小さな宝玉の中に閉じ込めて、手土産として贈った。

アーシャは、ひどく嬉しそうな満面の笑みで礼を言い、アウゴは胸がざわついた。

結果として、彼女はアウゴが出会った中で『唯一』に値する人間になった。

他の誰とも似つかず、聡明で、素直。

アーシャと数度会う内に、様々な話をした。

魔力が少ないという彼女に、それを補うような武具を作っている職人を探し、為になりそうな魔導書の存在を教えた。

剣に興味があるというので、客将として迎えられていた、アウゴが認める数少ない魔導剣の達人に彼女のことを教えた。

礼節や学問に関しては、リボルヴァ家の人材は粒揃いのようだったので、特に何もする必要がなかった。

そしてアウゴは、気づいた。

自分が、入れ込み過ぎていることに。

唯一興味深かった魔導すら、褪せて見えるほどに、アーシャだけが色づいている。

何故か自分が崩されていくような、そんな感覚に陥って……それを、危険だと思った。

――だから、アーシャの記憶を封じた。


【幻想花】の、他人と心を通じる効能を使って最初に試そうとしていた、記憶封じの魔術を使って。

突然会いに行かなくなれば、彼女は訝しむだろう。

だから、胸元に光る宝玉の花の中に記憶を閉じ込めるだけの魔術は、都合が良かった。

何か問題があれば、記憶を戻せばいい。

しばらく観察し、特に問題はなさそうだったので、そのまま封じておいた。

そうして会いに行くのをやめたのに、気になって彼女の動向を定期的に探るようになった。

やがて。


――アウゴの教えた魔導書のせいで、アーシャが怪我を負ったことを知った。


その事実を知ったのは、彼女が怪我をしてから一ヶ月後のことだった。

今まで、動かされることのなかった自分の心が、言い知れぬ焦燥に襲われた。

知った瞬間に、気づけばアーシャの屋敷に足を向けていて。

そうして、庭で目にした彼女が……相変わらず、屈託なく笑っているのを見た。

痛々しい傷痕は、高度な治療によって痛みなどはないようだったが、魔獣によるものだとすぐに知れた。

それを完全に治す方法が、今は見つかっていないことも。

アウゴは、即座に自分の知識を引き出した。


──我ならば、癒せる。

──我の不始末だ。


あの傷を癒すための方法など、すぐに作れる。

薬草でも、魔術でも。

そう思い、誰もいないのを見計らって声をかけようとリボルヴァ侯爵亭に赴くと……会話が漏れ聞こえてきた。

『アーシャ。その顔の傷を隠すための仮面を、作りましょう？』

母親の悲しげな、後悔の滲む問いかけ。

それを聞いてアウゴは、生涯で初めて、胸が抉られる想いというものを知った。

『癒せるのだ』と、足を踏み出そうとした。

しかし、アーシャの答えを聞いて、足が凍りついたように動かなくなった。

『必要ありませんわ、お母様！　だってこの顔の傷は、ミリィを守れた誇らしい証ですもの！』

アーシャは真っ直ぐだった。
変わらず、真っ直ぐだった。
顔が変わろうと、美しい瞳を一つ失おうと、アーシャはアーシャだった。
初めて、どう行動すべきかが分からなくなった。
初めて、他者の思い、というものを真剣に考えた。

——アーシャの望みは、何だ？

アウゴは彼女を観察しながら、自分の計らいだと分からないよう、少しずつ行動した。
探し当てていた腕の良い細工職人に魔剣銃を作らせて提供し、【幻想花】の宝玉でアーシャの瞳を作るよう、公爵家に伝え……。

そして『答え』を見つけた時、即座に皇帝になることを、決めた。

ある時、彼女と話し合ったことを思い出したのだ。

『誰もが望む結果を得られる世界は、あり得ない。例えば、両思いの男女に割り込む者は、排除されるだろう』

そう告げたアウゴに、アーシャは言ったのだ。

『あら、思いを伝えるかどうか、選べることが大事なのですわ！　わたくしが望むのは、誰もが幸せな世界ではなく、誰もが選べる世界なのです！』

と。


——ならば、そうした世界を作ろう。


『誰もが、己が想いによって生き方が選べる世界』を。

そうしてアウゴは、父王と他の継承権を持つ者達を退けた。

アウゴと皇帝の座を争うという道を選んだ結果故に、不満はないだろう。

手段を選ばない行動によって〝稀代の魔導王〟という字名の他に、〝鏖殺の皇帝〟とも呼ばれるようになったが、特に気にしなかった。

ただ、唯一執着を覚えるアーシャがデビュタントを迎える前に、準備を整えただけだ。

彼女が、生き方を選べる世界を。

そう思うと、他の者の行動にも今までと違う思いを抱くことになった。

反逆を望む者、苦言を呈する者、権威に擦り寄る者、淡々と己の仕事をこなす者。

己の望むままに生きている者は数多くいて、そうした者達を、アウゴは好むようになった。

そして、デビュタント当日。

公爵に適当な用事を言いつけてアーシャと共に皇宮に呼び出し、彼女のいる庭に赴いた。

『そこの殿方。わたくしに、何か御用ですの？』

強い笑みと共に問いかけてくる彼女に、初対面のふりをして返事をした。


――相変わらず。


『そなたは、美しいな』

そう声をかけると、アーシャは花開くように笑った。

だから、決めた。


――アーシャは、我のものだ。

自分を崩そうとしていた感情の名を、アウゴはもう知っていた。

――生涯をかけて、愛そう。私の、愛しいアーシャ。

✦✦✦✦✦✦✦

その後、デビュタントの夜会が始まると、アウゴはアーシャを傍に招いた。

周りがざわめく中、眼下で淑女の礼をして近くへ寄った彼女は、小さく囁いた。

「陛下。先刻は、大変失礼致しました」

「赦す」

緩む口元を抑えきれずに、アウゴは笑みを漏らす。

すると近くに立っていたリケロスが、驚愕の表情を押し殺しているのが、視界の隅に映った。

――我が誰かに笑みを向けるのが、そんなにおかしいか？

問いかけてみたい衝動に駆られたが、自制する。

アーシャは、たわいもないことを話し始め、それに時折頷き、返事を口にしている内に、緊張は徐々に解けたようだった。

それから、夜会のたびに彼女を傍に招く。

夜会で聞いた噂話やこぼれ話などを、アーシャはいつも楽しげに話した。

「南のサレンフィール伯爵領では、良質な火灰が多く採れるそうですね。『空を飛べる運び手がいれば』と父君がこぼしているのを、サレンフィール嬢が聞いたそうですわ！」

「北西のノッド侯爵領では、夏が寒かったせいか、魔獣が山から領地に降りてくるそうですわ！　倉庫を食い荒らすそうで、ノッド嬢が心配しておられましたの！　騎士様が守って下さらないかしらって！」

「西端のミーミル子爵領で、賊との小競り合いが起こっているというお話を小耳に挟みましたの！　きっと皆、お菓子がなくてイライラしてるのですわ！」

それらを聴きながら、アウゴは一度問いかけてみた。

「そなたは、人の話ばかりだな。自身の話はせぬか」

するとアーシャは、キョトンとした後に、ニッコリと笑う。

「公爵領は、皆様ほど困っておりませんもの！」

領地の困りごとを問いかけたわけではない、ということを、おそらく彼女は分かってはぐらかしている。

普通の子女は……それが領主や騎士であっても変わりはしないが……アウゴを前にすれば、自慢や嘆願を口に上らせるものだ。

あるいは、媚びるような言葉を、自分を売り込むような言葉を。

出世の為、領地の為、家族の為、一族の為。

――全て、己らの為、だ。だが、アーシャは。


広く物事を見て、情勢を見て。

己や領地の利ではなく、皇国そのものの安寧だけを願って動いている。

そうした者は、ことのほか少ない。

国の頂点に近しい者で、己の欲を全く表に出さないのは、アーシャとリケロスだけだった。

そんな彼女が唯一、己の感情を表に出すのは、アウゴのことを話す時と、もう一つ。


「ナバダ嬢のこと、どう思う？」


彼女のことを問いかけた時だけ、アーシャは不機嫌そうな様子を見せる。

もちろん表情に出すわけではないが。

「あまり好ましくありませんわね！　わたくし、陰でこそこそなさる方は好きではありませんの！　正々堂々となされば宜しいのに！」

アウゴは、返答に満足した。

彼女は気づいている。

ナバダが、アーシャの命を狙っていることに。

分かっているのなら、手は打っているだろう。

アーシャは、自らの手に負えないことだけを、こちらに伝えるからだ。

彼女の雑談が雑談ではないことも、当然気づいている。

サレンフィールの火灰は、魔導爆弾の材料である。
本格的な採掘体制と空輸手段があれば、皇国軍の増強が行えるだけでなく、サレンフィール伯爵とアウゴの繋がりが強固になる、という意味だろう。

ノッド領では、冷夏による飢饉が、人だけでなく山々にまで及んでいる。
飢えた魔獣から、冬を越す為の食糧を守る人手が足りない故、派兵すれば恩を売れるのだ。
そうすれば、今まで中立の立ち位置だったノッド侯爵が皇室派となる公算が高い。

ミーミル領は土地が痩せているにもかかわらず、領主である子爵がそれを改善しない。
貧しい農民が賊と化しており、西の大公の手の者がミーミルの領地を奪うために、策略として後押ししている。
対策としては、領主のすげ替えと、土地を土魔術で肥やす魔導士が必要となる。

それらはアーシャの立場では、皇帝であるアウゴに対してしか、望めぬこと。

アーシャは、聡い。

夜会の噂で、他領の困りごとを的確に見抜いて伝えてきているのだ。

そうしてアウゴが動くと、何事もなかったかのように次の噂話をする。


——手柄はいらぬか。


それも、アウゴには面白かった。

『なぜ、人を慈しむ？　そなたは』

アーシャはその問いかけに、やはり不思議そうに小首を傾げた。

『陛下が、陛下として在られるために。その御身を支えることが、正妃たらんとする者の在りようと存じておりますわ！』

アウゴが、皇帝として在り続けるために。

人の上に立つ者は、なるほど、民草を慈しみ、貴族を従えてこそ栄えるものだと、アーシャは信じているのだろう。

アウゴ自身は、皇帝の座そのものに興味はない。

故に。

『では、そなたが我が寵愛を望むは、皇帝故か？』

もし仮に、アウゴが善政の皇帝ではなく、破滅の使者となるならば、彼女はどうするのか。

あるいは自分が皇帝でなく臣下であったなら、アーシャはどう振る舞うのか。

そうした意図を含む問いかけに、彼女はただ微笑んだ。

『わたくしは、陛下ご自身の寵愛を望んでおりますの！　お立場が一介の騎士であったとしても、欲する心に変わりはありませんけれど、陛下は今、陛下ですもの！』

アーシャの笑顔に、瞳に、偽りはない。

そう。

彼女は出会った時、話をしたいと言った時、アウゴが皇帝であることなど知らなかった。

権力ではなく自分が望まれているという感覚は、とても心地よく、それがアーシャであることがさらに心地よかった。


——愛している。


そう、口にしてしまいたくなる。

だがそれは、今口にすれば、アーシャの奔放さを奪ってしまう言葉でもあることを、アウゴは知っていた。

彼女が常に側にいる生活は、心地よいだろう。

だがアウゴは、彼女がその奔放さを保ったまま、自分の側に在ることを望みたかった。

そしてアーシャは、想像するよりも上の提案をしてきた。

『わたくし、皇国革命軍を結成いたしますわ!!』

自らを危険に晒しても、なお、アウゴと並び立つに相応しい者になろうという、覚悟。

その覚悟に、アウゴも己の気持ちを示した。

思い出が籠った【幻想花】の宝玉の力を借りて、自らの右目と彼女の右目を繋いだ。

この宝玉の封印を解き、記憶を蘇らせ、繋いだ視線を離す時は……きっと彼女が、幾万の軍勢を率いてアウゴの前に立つ時だろう。

救うべき者を救い、排すべき者を排し、あの美しい瞳の輝きでアウゴを見るのだろう。

その瞬間を、何よりも楽しみに待つ。


アーシャに入れ込み過ぎるのは危険だという直感は、正しかった。

そして同時に、間違っていた。


アウゴにとっては、出会いそのものが間違い。

もはや、知り合う前の己には戻れない猛毒。


そして民にとっては、出会うことそのものが正しい道筋。

退屈に支配された皇帝に、気まぐれに滅ぼされぬという救済そのもの。

——アーシャが望むのなら、善くあろう。

彼女の望みを成せるのなら、この退屈な皇帝の地位にも意味がある。

——アーシャが望むなら、悪しくあろう。

彼女の望むままに滅ぼす為、この退屈な皇帝の地位を使い、蹂躙する。

アーシャが、信念を貫き。

民の営みを目にし。

そうして人を従えた果ての選択を以て。

彼女が、民にとっての幸運の女神となるか、傾国の乙女となるかが決まるのだ。

物思いにふける間に、宰相リケロスによって、執務室に一人の少女が通される。

ひどく緊張した面持ちの彼女は、アーシャの妹。

アウゴは、治癒士見習いとなるかを問いかけ、彼女はそれにハッキリと頷いた。

そんなミリィ・リボルヴァに、未完成の書類を渡す。

魔獣の傷痕を消す薬草と、魔獣の傷を完治させる魔術の基礎を記したもの。

それをアウゴ自身が完成させるのは、簡単なことだった。


――だが、アーシャには必要ない。


渡されたものに目を通して驚くミリィに、それを完成させるか、放置するかを委ねた。

アウゴは挑戦せぬ者を好まない。

しかし自分自身は、何かに挑戦するには強大すぎるという自覚があった。

アーシャに出逢い、その気持ちを人に委ねることを覚えた。

果敢に挑戦する者を見るのは、それを成し遂げる者を見るのは、心地よい。

その心地よさを、楽しませてくれるのなら。

最も果敢で、最も愛するアーシャが共に、民のそうした営みを見守る選択を、してくれるのなら。


――皇帝の地位も、退屈ではなくなるだろう。

どうか、滅ぼしたくなるような退屈な想いをさせないで欲しいと、アウゴは民に願いながら、ミリィを見送った。

第五章　村の一員になりましたわ！

ウォルフガングに案内されて、村長のもとへと向かう道すがら。

アーシャはふと、彼と前を並んで歩くベルビーニが背負ったカゴの中を覗き込んで、小さく眉をひそめた。

入っているのは、その多くが食せる野草だったけれど、中には薬草も混じっている。

気にかかったのは、薬草の中の一種類だった。


――あの薬草は。


アーシャが訝しげな顔をしているのに気づいたのか、ナバダが小声で問いかけてくる。

「……どうしたの？」

「大したことではありませんわ。ただ、ベルビーニが魔獣に襲われていた理由が……」

というアーシャの返答に、ナバダが眉をひそめる。

「カゴの中に何か混じってた、ってこと？」

問われて、アーシャは頷いた。

魔獣、と呼ばれている獣は、肉食草食問わず獰猛である。

しかし野生の獣同様、無闇（むやみ）に人を襲うわけではない。

ナワバリに無遠慮に入ったり、子を傷つけたり、あるいは空腹であったり。

反応が普通の獣よりも激しい側面はあるが、行動原理は獣とあまり変わりない。

そして、普通の獣よりもさらにナワバリ意識が強く、基本的にナワバリから出ない。

ベルビーニが襲われていた時のように、執拗に……それこそ森の、ナワバリを抜けた先まで追うようなことは少ないのである。

「【火吹熊（ベアングリード）】は、かなり興奮してましたわ。動きが直線的で対処がし易かったですし……もしかしたら、あの薬草のせいかもしれませんわね」

「どんな薬草なの？」

「【白銀葡萄（プラティナヴァ）】と呼ばれるものですわ」

見た目は蔦（つた）のような薬草で、栽培する時には側に木製の格子や柵をあらかじめ立て、蔓（つる）を這わせるように育てていく。

「うちの庭にありましたけれど、開花の時期には花弁と葉が白銀に染まり、フサになった同色の酸っぱい実をつけますのよ。実（み）は、甘いシロップに浸けたスイーツとして召し上がったことがあるのではなくて？」

【白銀葡萄】の名は、育成がとても難しく希少であることと、その色合いから名付けられた。

どうやら魔力の満ちた場所だと育ちがいいらしく、リボルヴァ家の庭では、砕いた魔石を土に撒いていたのを思い出す。

故に高価なもので、実は食用に、葉と蔓が薬草になる。

ベルビーニのカゴの中には、蔓ごともいだ葉と実が放り込まれていた。

【白銀葡萄】を見て、アーシャはあの森が平原の中にある異様さと、大型の魔獣が生息していた理由を窺い知る。

魔力に満ちた土地を、魔獣は好むのである。

「白銀の実……ああ、あの甘酸っぱい菓子ね。『キャンダイ』だっけ」

「そうですわ」

思い出したらしいナバダに、アーシャは頷いた。

「毒を盛るのが簡単そうだったから覚えてたのよ」

「そうですわね。皆様、食されるものですし」

「アンタは食わなかったけどね！」

どうやら、ナバダが毒を盛ろうとしていた相手は自分だったらしい。

それに気づいて、悔しそうな彼女の様子にクスクスと笑っていると、ウォルフガングが妙なものを見るようにこちらを見てから、こっそり横のベルビーニに話しかけた。

「……笑いながら話すようなことじゃねーと思うんだが、貴族ってのは、日常がそんな物騒な生き物なのか……？」

「……知らないよ。オイラ貴族じゃないし」

「聞こえてますわよ～」

アーシャがのんびり伝えると、二人はビクッと背筋を伸ばした。

「で、何であの薬草が、ベルビーニが襲われてた理由になるの？」

二人を特段気にした様子もなく、ナバダが話を戻す。

【白銀葡萄】の実は、生き物を落ち着かせる効能がある、と言われておりますけれど、実の中に、白銀虫（プライワーム）という虫が卵を産み付ける可能性がありますの。その『卵実（たまごみ）』を粉にすると、動物を酔わせる香の原料になりますのよ」

昔、アーシャが顔に火傷を負った時に作った『香』の材料なので、よく覚えている。

『卵実』は、粉になると通常の落ち着かせる効能が失われ、動物にとって甘美な香りを放つようになって興奮させる効果があるのだ。

カゴの中で『卵実』が擦れたのではないだろうか。

そうナバダに説明し、後でベルビーニにカゴの中を検（あらた）めさせてもらおう、と考えたところで。

「着いたぜ。ここが村長の家だ」

ウォルフガングが、正面の、他と比べると大きな木製の家屋を指差した。

✦✦✦✦✦✦✦

そうして、村長に面会し、自己紹介と訪れた事情を説明すると。

「可哀想になぁあああああああ～～～ッッ！」


と、ダバァ！　と滝のような涙を流し始めた。

アーシャは頬を引き攣らせながら、ナバダと視線を交わす。

シャレイドと名乗った村長は、ベルビーニの父であるダンヴァロに勝るとも劣らない巨躯を持つ、鳥人族の男性だった。

顔は嘴（くちばし）を備えた鳥そのものなのだが……とてつもなく感情表現が豊かな獣人のようである。

「き、貴族の娘がッ！　そんな火傷を顔に負っちまったせいで……こんなところまで流れ着いたんだなぁ～ッ！」

「いえあの、わたくしは」

「ここに住むといいッ！　俺達ゃ、虐（しいた）げられてる奴らの味方だからな!!　おう、おう、気の済むまで身の振り方を考えるといいぞぉおおおッ！」

シャレイドは、人の話を聞かない気質のようだった。

――まぁ、良いんですけれど。


とりあえず、アーシャは彼に謝礼と恩義の証として、狩った魔獣の肉を提供した。

残りをベルビーニのノルマとやらに代替することを提案すると、彼は快く頷いてくれる。

「強いんだなぁ嬢ちゃんッ！　いいぜいいぜ、最高だぁあああ～～～ッ！」

またダバァ、と涙を流すシャレイドは、個性的だが悪い人ではなさそうだった。

そんな彼に出されたお茶を一口、音を立てないようにすすろうとして。


――アーシャは、ピタリと動きを止める。


「？」

「アーシャの姉ちゃん、どうしたんだ？」

焦るウォルフガングとベルビーニには応えず、同じように香りを嗅いで動きを止めていたナバダと視線を交わしてから、アーシャはシャレイドを冷たい目で睨みつける。

「……村長様？　これは、こちらで普段から飲まれているものですの？」

問いかけると、唖然としていたシャレイドが首を傾げて頷いた。

「そうだが。なんだッ!?　もしかして嫌いだったかッ!?」

――演技、というわけではなさそうですわね。


「どう思いまして？　ナバダ」

「嘘は吐いていなさそうね」

それでも一応確認のために、ベルビーニとウォルフガングに、自分達のお茶を一口すすらせると、二人はそれが普段から飲んでいるお茶で、味も香りも変わらないと言う。

「嬢ちゃん達は、何をそんなに気にしてんだッ!?」

「村長様。これは皇国では毒茶とされているものですわ」

アーシャが告げると、シャレイドは目を鋭く細めた。

「何だとッ!?」

「毒性は低いですけれど、継続的に飲用すると、痺れや倦怠感などを覚えることがあるのですわ！」

一時期、皇国でも芳醇な香り立ちと甘い口当たりから好んで飲まれていたが、原因不明の症状を訴える人々が続出した結果、毒性があると判明したのである。

「少量であれば、鎮静効果のある薬ともなりますけれど。……これは、【白銀葡萄】の葉を乾かして茶にしたものですわね？」

「……ああ、間違いない。だが、村では俺が子どもの頃から飲まれてるし、そんな症状を訴えたヤツはいねーぞ!?」

シャレイドの言葉に、アーシャは扇を開いて口元を隠す。

「体質の問題かしら?」

「多分、多くの連中が獣人族だからでしょうね。他の者達も流れ者か冒険者上がりだとすると、元は貧民……体は強いし、ある程度耐性があるんじゃないかしら?」

獣人族は頑強な種族であり、冒険者達は魔術や武技を鍛えることの副次作用で、それぞれ毒への耐性が高くなる。

瘴気(しょうき)を纏う魔物を相手にすることも多いから、それも理由だろう。

「だから、今まで認識されていなかった、ということですわね」

ふと、あることに思い至ったアーシャは、ベルビーニに目を向ける。

「ベルビーニ? このお茶は、ダンヴァロも口にしていて?」

「あ、ああ……二日酔いの頭痛に効くって、よく大量に飲んで……あ」

彼は、聡く何かに気づいたようだ。

それはきっと、アーシャが考えていたことと同じだと思われた。

「ダンヴァロは、指先を使う職人でしたわね。それに、足を軽く引きずっていましたわ。痺れや倦怠感、という集中力や繊細さを阻害する症状が現れていれば……」

職人としての仕事が、出来なくなっておかしくはない。

「……茶、が……?」

呆然としたベルビーニが、ふいに泣きそうに表情を歪める。

「オ、オイラ、酒呑んでばっかの父ちゃんが、せめて少しでも楽になるようにって、あの茶葉を……

そ、それが……？」

父を支えようとした行為が、逆に苦しめていたという事実に体を震わせる少年に、アーシャは扇を下ろして微笑みを向けた。

「ベルビーニ。無知は、悪ではございません。教わっていないことは、知らなくとも仕方のないことですのよ」

「でも、でも……！」

「他の者に症状が出ていないのです。大量に飲んだからか、体質的に合わなかったのか。単純に運が悪かっただけのことですわ。間違っていたことは、今から正せば宜しいでしょう。ダンヴァロは死んでおりませんもの」

死ななければ、やり直すことは出来る。

原因が取り除かれたら、あのやさぐれたゲス男も少しはマシになるのかもしれない、とアーシャは考えた。

「村長様。このお茶の葉は、今後は少量を、薬としてお使い下さいな。他に代替できる茶葉はございまして？」

生水を飲めるほど、ここの環境は良くないだろう。

浄水の魔石などもさほど手に入らないのであれば、茶は必須だ。

「それに関しちゃ、別に村の連中に茶の種類のこだわりなんざねーから、問題はねぇなッ！　日持ちは悪いが、麦で茶を作る手もあるッ！」

「では、村に保管されている作物や山の幸を、後で見せて下さいまして？　ここで嗜むのに適したものがあれば、お教えいたしますわ！」

「おう、助かるぜッ！　ウォルフ、ちょっと今から村中にそれを伝えてこいッ！」

「ああ、分かった」

頷いたウォルフガングが出ていくと、まだうつむいたままのベルビーニの頭を、アーシャは優しく撫でる。

「ダンヴァロを、あなたが慕っていることはよく分かりましたわ。彼も、昔はお優しかったのではなくて？」

こくん、と頷くベルビーニが、まばたきと共に涙をこぼす。

「それなら、今は職人として働けず自暴自棄になっているのだとしても、症状が改善されて働き出せば、元の優しいダンヴァロに戻りますわよ」

ね？　と首を傾げたアーシャに、ベルビーニはまた頷いて、礼を口にした。

「ありがとう、アーシャの姉ちゃん……」

「お礼など結構ですわ。さ、わたくし達も、ダンヴァロのところに向かいますわよ」

✦✦✦✦✦✦✦

「茶、だと？」

ベルビーニの父、ダンヴァロが、訪ねたアーシャをギロリと睨みつけた。

「ええ。それが痺れや倦怠感の原因ですわ。……貴方に職人の誇りがあるのなら、今すぐお酒とお茶を嗜むのをおやめなさい。自分の腕よりもそれらが大事であるというのなら、止めませんけれど」

そしてアーシャは、ベルビーニの肩を抱いた。

「状況が改善するまで、この子はお預かりしておきますわ。お互いにいい結果になることを祈ってりましてよ！」

ダンヴァロは、相変わらず濁った目でこちらを睨みつけた後、何も言わずに背を向けた。

そうしたやり取りの後。

住まいを与えられたアーシャとナバダは、精力的に動き始めた。

村の現状を見て回ると、気の良いヒトが多く、この中で定住していない者もそれなりの数がいると聞いた。

そうした方々はかなり腕が立つのだそうだ。

〝獣の民〟の村々を巡回して、危険な魔獣や、稀に来る皇国の西や南の兵士達や、あるいは他国からの略奪者などの対処に当たっているらしい。

そんな話をするくらい仲良くなった村人の手助けを受けて、生活の地盤を整えてから一ヶ月。

アーシャ達は、村で起こっている問題などを割り出して把握し、村長の家で持てる知識をお互いに提示しながら、話を詰めていく。

「水源は大人の足だとそう遠くないですけれど、女性や子どもには少し非効率な場所にありますわね。土の魔術で水路を引くか、水の魔石を手に入れるか、どっちが宜しいかしら？」

「当面は魔石を仕入れて、その内に水路を作れば良いんじゃないの？　収入源になりそうな作物も幾つかあるし。特に森で採れるものに関しては、希少で高値がつくものが多いわね。とりあえず、【白銀葡萄】の葉が茶として消費するほどあるなら、薬屋に売りに行けばそこそこの金になるでしょうね」

「そうですわね。ねぇ、ウォルフ？　この集落がもし定期的に交易するとしたら、どこが一番良いと思いまして？」

　アーシャが尋ねると。

　元々面倒見が良い人間らしく、家の選定や村に馴染むための手伝いなどに尽力してくれてすっかり仲良くなったウォルフガングは、顎を撫でた。

「……正直気に入らないが、こっちから近いし、南の大公領側だろうな。西は本気でダメだ。あっちは獣人だってだけじゃなく、皇国民じゃない、ってんでも足元を見る。南は、それが多少は緩い」

「なら、足掛かりになりそうな相手をそちらで見つけることにしますわ！　ウォルフ、一度足を伸ばすのに、付き合ってもらっても宜しくて？」

「あんまり、俺自身は近寄りたくはねぇんだがな……」

と、歯切れが悪いウォルフガングに「何か理由がありまして？」と尋ねると。

「俺は元々、南では罪人なんだよ。目の下の傷も、脱走した時に兵士にやられたもんだな」

アーシャの右目周りの火傷痕よりは範囲が広くないけれど、ウォルフガングの左目の下の傷は、逃げる時に斬り付けられたものなのだそうだ。

「何をやらかしましたの？」

「……貴族のボンボンに、冤罪を押し付けられただけだ」

内容は言いたくねぇ、と、ウォルフガングは恨みの籠った目で遠くを見つめ、その話は終わった。

「だが、お前達だけで行かせるわけにもいかねーしな。これでも元は商人の息子だから、ツテはある。だいぶ商売自体から離れちゃいるが」

「助かりますわ。ウォルフは、字が読めるのですわね？」

「ああ」

「でしたら後で、取引する作物の価格帯を書き出しておきますわ」

次は、ナバダが話を先に進める。

たたき台を作る為にだろう、とりあえず、といった調子で案を口にした。

「お金を作るのと、食料の分配をきちんとしたいなら、とりあえず物はなんでも良いから余っている食料を出させて、一箇所に纏めて必要な量を適宜分配するのはどう？」

「そうですわね。お金よりも食料が必要な人には、教会のように大量に作った炊き出しを提供する方が、最初は効率的かしら？」

「そうかもね。そこは村の連中に意見を聞いたら良いんじゃない？」

「ですわね」

「外に出られて協力する気がある連中は、お互いに組ませて狩りや採取をしてもらって、体の弱い者や子どもは外に出なくて良い分、畑仕事や内職、あるいは洗濯などの家事を一手に纏めていくように交渉ね。仕事の分担はキッチリやらないと不満が出るしね」

「内向きの仕事を力のない者に振るなら、畑まわりに保護が必要ですわね。現状の柵では少々頼りなかったように思いますけれど？」

　これまでは、畑仕事も単身で魔獣を退治できる獣人の仕事だったようなので、その辺りはあまり手が入っていなかった。

「アタシも、魔獣を警戒するにはちょっと心許（こころもと）ないと思う」

「……ウォルフ。最初の輸出で得たお金で、少し値は張るけれど、結界用の呪玉を買いましょう。そちらのツテもあるかしら？」

「そっちは、俺よりもダンヴァロさんの方が詳しいんだけどな……まぁ、ないこともない」

　そんなやり取りをする、アーシャとナバダの様子を。

　ベルビーニはどこかポカンとした顔で、ウォルフガングは質問に答えつつ興味深そうに見ていて、村長のシャレイドはニヤニヤしながら面白そうにしていた。

「ベル坊主ッ！　お前、良い拾い物じゃねぇかッ！　元はお貴族様だけあって言ってることがあんま分かんねーが、何か面白ぇことになりそうだなッ！」

「ああ、うん……そう、だね？」

「あら、外から見物するかのような物言いでは困りますわね、村長様。貴方に矢面に立って動いていただくんですのよ？」

アーシャはテーブルに広げた資料から目を上げて、ビシリと扇でシャレイドに突きつける。

すると彼は、かくんと首を傾げた。

「あん？　それも嬢ちゃん達がやりゃ良いじゃねーかッ！　そっちのが早そうだぞッ!?」

それに、ナバダが呆れた目を向ける。

「バカね。外との交渉ごとはともかく、中の人間の説得は今まで村を纏めていた人の言うことの方が聞きやすいに決まってるでしょ？　で、村長はアンタでしょうが」

「まぁ、説明の時に横に付くくらいは、やぶさかではなくてよ！」

アーシャが言い添えると、シャレイドは納得いかなそうな顔のまま、ウォルフガングとベルビーニを見る。

「そんなもんかッ？」

「……まぁ、村長が言うなら、ってところはあると思うぜ。認めたって言っても、新参者の言うこと聞きたいかって言われると、そうじゃねー奴らも多いだろうしよ」

「オイラも同じ意見だよ」

「この村はかなり好き勝手に、作物を集めていたり獲物を狩ったりしてますわ。もう少し計画的に運営する方が良いですわね！」

「ガハハッ！　だが、皆自由だからなぁッ！　あんま窮屈にしたら出て行っちまうぜッ!?」

シャレイドはあっけらかんと笑うが、それで共同体として成立しているのは、奇跡に近い。

けれど、彼の懸念は杞憂である。

「別に、窮屈にする必要はございませんわ。元々、村の皆で助け合う必要のある部分は助け合っていたわけですし、皆に必要な分を纏めて管理する形にするのです。一種の税ですわね」

「だが、今まで貰ってた取り分を余計に取られるようになるヤツは、納得するか？」

ウォルフガングの疑問に、今度はナバダが淡々と答える。

「税を取ることで目指すのは、全員への食料の安定供給、それから住みやすいように村の設備整備を行うことよ。目に見えて生活がしやすくなれば、不満は出ないでしょう？　結果が出る前の不満を抑えるのは、そもそも村のまとめ役であるアンタ達の仕事じゃない」

「いやまぁ、そりゃそうだが……」

「なぁ……？」

きっぱり言われて、ウォルフガングとシャレイドが顔を見合わせる。

「特に危険な仕事をしている連中には、働きの貢献度に合わせて食料の他にも十分な報酬を渡せばいいわ。それに、弱い連中は村から出なくて良くなれば、そっちの方がありがたいでしょう。ねぇ、ベルビーニ」

「あぁ……うん。まぁ、森は怖いしね……」

ベルビーニは、恐る恐るまとめ役達の顔色を窺いながら、小さく頷く。

「と、いうことですわ。説得、していただけますわよね？」

ニッコリとアーシャが告げると、シャレイドはポリポリと頭を掻き、ウォルフガングはバツの悪そうな顔をした。

「だとよ、ウォルフよッ！」

「丸投げしようとすんな！　村長もやるんだよ！」

言われて、面倒臭そうながらも『村の為になるなら』とシャレイドも一緒に勉強を始め、少し経ったある日。

アーシャ一人で帳簿を見ていたところに、ふらりと現れたのは、ダンヴァロだった。

「……嬢ちゃんだけか」

「あら、お久しぶりですわね！　村長とナバダは、畑の方に行っておりますわよ！　ベルビーニはもうすぐ戻ってくると思いますわ！」

笑顔で告げたアーシャは、『体の調子はいかがでして？』と問いかける。

「……そのことで、礼を言いに来た」

「あら？」

あの日から、ダンヴァロは言われたとおりに、茶と酒を断ったらしい。

すっかり手足の痺れは取れたようで、近づいてくる動きから不自然さはなくなっており、足も引きずっていなかった。

「助かった。腕はだいぶ落ちたが、今までに比べりゃよっぽどマシだし、その内カンは取り返す。それで……」

ダンヴァロは言いづらそうにしていたが、アーシャが待っていると、呻くように告げた。

「ベルビーニを、迎えに来た。……職人の技を、アイツに覚える気があるなら、だが」

相変わらず、自分勝手でぶっきらぼうな物言いだけれど、アーシャはその表情から後ろめたさを感じてクスリと笑う。

「優しさの示し方を、あまりお間違えにならない方が宜しくてよ？」

アーシャはベルビーニの話を聞き、忠告に行った後の様子を聞くにつけ、ダンヴァロの内心を悟っていた。

彼は、ただ不貞腐れていたのではなく、ベルビーニを自分から遠ざけようとしていたのだ。

あの少年は心優しい。

もし仮に父親が何もしなくなったところで、見捨てたりはしないだろう。

だから、自分から遠ざけるように動いていたのだ。

「前も言いましたが、まずはベルビーニに謝罪なさいませ。それから彼が戻ることを望むのであれば、わたくしから申し上げることは何もございませんわ！」

「……ああ」

「そういえば、聞いていなかったことですけれど、貴方は一体、何職人ですの？」

前にウォルフガングが『ダンヴァロの方が結界用の呪玉に詳しい』と言っていたので、興味を覚えたのだ。

アーシャが尋ねると、彼は軽く片眉を上げた後、ニヤリと笑みを浮かべた。

「魔導具職人だ。ベルビーニを押しつけた詫びに、そのマントに下にある銃のメンテナンスくらいならしてやれる」

そう言われて、目をぱちくりさせたアーシャは「なるほどですわ」と小さく頷きながら、二丁の魔剣銃をコトリとテーブルに置く。

しかし、持ち上げようと手を伸ばしたダンヴァロを、軽く手で制した。

「これがそうですが、貴方が手がけた魔導具を一度見せて下さいませ。それが良質なものであれば、お願いいたしますわ」

「ほぉ？」

試すような物言いになってしまっているが、魔剣銃はアーシャにとっては命綱だ。

ベルビーニは腕が良いと言っていたけれど、もし仮に自分よりも腕が劣るようなら、預けるわけにはいかないのである。

ダンヴァロは魔剣銃とアーシャを交互に見比べると、何故かさらに面白がるように笑みを深めた。

そして軽く手のひらを上に向けて、机の上を示す。

「なら、よく見てくれ。俺の作品をな」

「……え？」

示されたのは、魔剣銃だった。

「俺は昔、西の大公領に住んでてな」

差別されて仕事を評価されていなかったダンヴァロが、頼まれて作った品らしい。

「そいつに貰った報酬を使って、俺は西を抜けて〝獣の民〟を頼ったんだ。……それも、その男に忠告されたんだよ。えらく気取った喋り方をする男でな」

ダンヴァロによると、それは『黒髪で、えらく目つきの鋭い男』だったそうだ。

彼は『〝獣の民〟を頼り、そなたの能力を正当に評価する者達のもとへ行け』と告げたという。


——陛下。


アーシャは、その男の正体を一瞬で悟った。

魔剣銃は、父が、皇宮で紹介された商人から買い受けた物だという。

黒髪の、目つきの鋭い男が誰かだなんて、考える必要もなかった。

思わずじんわりと胸が熱くなり、両手で胸元を押さえる。


——本当にあの方は、いつだってわたくしの上を行っておられる。

自分の知らない陛下の話が聞けて上機嫌になったアーシャは、ダンヴァロに告げた。

「作った本人であれば、断る理由はございませんわね！　お願いいたしますわ！　それと、わたくしの魔剣銃を、お作り下さってありがとうございますわ！」

「こっちこそ。大事に使われて嬉しいと思ってるぜ」

アーシャは、彼と笑顔で頷き合った。

ベルビーニは、その後きちんとダンヴァロに謝罪されて、家に戻っていった。

第六章　騎士令嬢の断罪劇

「ベリア・ドーリエン伯爵令嬢！　私は貴女との婚約を解消する！」

皇帝アウゴは、夜会の折に目の前で突然繰り広げられ始めた茶番劇を、肘掛けに頬杖をついた姿勢のまま、ひどく冷めた気持ちで見ていた。


それを始めたのは、西の大公子息……ウルギー・タイガだ。


彼の横には、色気しか取り柄がなさそうな女を侍らせている。

どこかの令嬢だったのは記憶しているが、名前まで覚える価値がないと判断していた女だ。

得意げな顔をしているウルギーも、この件が終わったら忘れるだろう。


——くだらぬ、が。


アウゴは、それと相対する、武人のような雰囲気を纏った伯爵令嬢に目を向ける。

西部領にある武の家系、ドーリエン家の長女、ベリアだ。

左右を編み込みつつ、藍色の髪を馬の尻尾のように纏めた髪型をしている。

飾り気のない上質な深い青のドレスを身に纏っており、背は少し高く、凛とした印象の少女だった。

切れ長の涼しげな一重の目には、ウルギーやこの状況に対する、何の感情も浮かんでいない。

逆に、冷静にこちらをチラリと気にするような素振りを見せた。


──ほう。


その冷静さに、好感を持つ。

ベリアは、ウルギーに視線を戻して言葉を返す。

「ウルギー様。陛下の御前で、非礼とは思わぬのでしょうか」

淡々と述べられたその言葉に、ウルギーが疎(うと)ましげに顔を歪める。

だが、すぐにその表情を嘲(あざけ)るようなものに戻すと、彼は言い返した。

「皆にお聞きいただくために、わざわざこのような場で告げているのだ！　ベリア、貴様の貴族令嬢として相応しからざる振る舞い、そして学舎での悪行、目に余る！　人を虐げ、排除せんとするその性根は、やがて西の地を預かる私に全く相応しくない！」


──愚かな。

アウゴは、思わず溜め息を吐きそうになった。

どう見ても、ウルギーの侍らす令嬢よりも、そしてウルギー自身よりも、ベリアの方が為政者に向いている。

まず、この場での振る舞いを見る限り、判断力の時点で落第だ。

「令嬢として相応しからざる、ですか。ウルギー様が、伴侶となる私が武に長けることを疎んじておられるのは存じておりましたが」

まるで気にした様子もなく、ベリアは淡々と答える。

「我がドーリエン家は、辺境守護を任としております。命を賭ける兵らを導く者として、先頭に立つ気概をもって励むのは当然のこと。また、学舎での悪行とやらには身に覚えがございません。人を虐げ、排除せんとしたこともございません」

「言い逃れをす……」

るな、と愚か者が言い切る前に、瞳に強い光を宿したベリアが言葉を重ねる。

「――皇帝陛下のご威光に誓って。無実と宣誓いたします」

ベリアの言葉に、ウルギーは息を呑み、夜会の参加者がざわめいた。

アルゴの名の下に無実を宣誓するということは、虚偽であった場合に死罪を賜る(たまわ)ことを受け入れるのと同義。

――良い覚悟だ。

その宣誓を面白いと思ったアルゴは、ベリアを気に入った。

「リケロス」

アウゴが口を開くと、その声が通ったのか、一斉に視線がこちらに向けられた。

問われた宰相は、静かに答える。

「は。貴族子女の通う学舎内で、ベリア嬢に関するそのような噂があるのは事実でございます。同様に、取り巻きと思しき者による嫌がらせの類いもあったと、報告が上がっております」

リケロスの言葉を受けて、ウルギーの目に愉悦が宿り、勝利を確信したように笑みを深めた。

しかしその表情は、続けられた内容を受けて、すぐに強張る。

「が、ベリア嬢ご自身の関与は、認められておりません」

「ふむ」

ベリアは、人を使って能無しを排除しようとしたか……あるいは、実際に関わりがないか。

どちらの側にせよ、行動としては最低ライン。

たかが学舎内での序列争いに、自分の手を汚す程度の者は、皇国の支配層に必要ないのだ。

「関与が認められぬ。つまり、無実ということか？」

アウゴの言葉をどう受け取ったのか、ウルギーは、少し焦ったようにベリアに向き直ると、再度口を開いた。

――口を利くのを許した覚えはないが。

あの愚か者は、いつそれに気付くのだろうか。

「わ、私はこちらのガーム嬢と出会い、真実の愛を見つけた！　しかし決して、慎ましやかな関係を崩したわけではない！　にもかかわらず、貴様が嫉妬して彼女を傷つけたことには、証人がある！」

「どのように言われても、誰が現れようとも、わたくしの答えは一つです。陛下のご威光に誓って無実にございます」

「では、死ぬがいい！　こちらへ！」

そこで、ウルギーに証言者として目を向けられたどこかの令嬢が、青い顔で前に出てくる。

「……西のドーリエン領を狙っている、との噂がある家のご令嬢にございますね」

リケロスが密やかに呟くのに頷いて、アウゴは声を上げた。

「質問者を我とし、虚偽を禁ずる」

その瞬間、ざわめいていた夜会の空気が凍る。

元々騒いでいたのは、アウゴ自身が口を開いた時点で、この場が皇帝預かりになっていることを認識していなかった愚物のみだが。

「証人、答えよ。ベリア・ドーリエンが、ガームとやらへの嫌がらせを行ったという証言、真実か、虚偽か、あるいはそなた自身の行いか」

おそらくは、ガームとかいう令嬢への嫌がらせは、行われている筈だ。

あるいは、行われているように見せかけられている。

その程度の小細工は、自らの手を汚さぬのと同程度に、なすべき事柄である。

問題は、それが誰の手によってどのような経緯で行われたか、だ。

「この件に関しては」

証人が口を開き、吐息を漏らす程度の段で、アウゴは言葉を重ねた。

「追って、調査を行う。もし仮に、そなたが虚偽を申告し、それが発覚した時」

軽く目を細めて見据えると、証人は目に見えてガクガクと震え始めた。

「その身のみならぬ罰、家門のみならぬ罰が降ること、心せよ」

証言者の一族郎党ですら済まさず、協力者全てに罰を降す。

そう宣言したアウゴに、ウルギーは顔色を土気色にして、ガームは発言の意味すら理解出来ていないのか、証人と横の愚物に視線を交互に向けている。

証言者の令嬢は、己の運命を悟ったのか、ヒュ、と喉を鳴らした。

アウゴはこの茶番が、ウルギーが仕組んだものと最初からほぼ確信している。

故に、証人の逃げ道を塞いだ。

ベリアの行いである、と口にすれば、証言が虚偽。

ウルギーの策略である、と口にすれば、そもそも訴えの根幹自体が虚偽。

西に領地を構える証人の家門にとって、皇帝の不興も西の大公の不興もさして変わらぬ死刑宣告に等しい。


――脅されていたのだとすれば、まだ情を加えてやる余地はあるが。


最初から青い顔をしていたのが、強要によるものか、あるいは協力する約束はしたが、ウルギーがアウゴの前でやらかすと思わなかったからか。

ドーリエン家と対抗する家の出であるのなら、前者である可能性は限りなく低い。

証人は、迷った結果。

絶望を滲ませた声色で、小さく呟いた。

「……此度の件、ベリア様は、無関係に、ございます……わ、わたくしが一人で、勝手に、行ったことで、ございます……」

と、証言者自身が自らの罪を認めた。

ベリアは小さく息を吐き、ウルギーの顔が再び歪む。

証人は、おそらくこれ以上何かを口にするつもりはないだろう。

しかしウルギーは、それを自身の策略と漏らされるのを恐れたのか。

「そのような嘘を吐いて、ベリアを庇う必要は……ッ！」

「誰が発言を許した」

これ以上、愚か者の発言を聞くのは不快が過ぎる。

アウゴが、トン、と魔石の埋まった玉座を指先で叩いた瞬間。


ウルギーとどこかの令嬢ガームに、〝呪い〟が降りかかった。


二人のそれなりに整った顔が紫の靄に包まれ、ウルギーは利き腕である右腕も同時に同じものに包まれる。

いきなり襲いかかった苦痛に、二人が絶叫した。

「ぎぃぁあああああ!!　顔、顔がァ……!!」

「ああああああ……!!」

ボトリ。

腐り、千切れて床に落ち、音を立てたのは、ウルギーの右腕。

それを目にした者達から短い悲鳴が上がり、輪が二人を中心に二回りほど大きく広がる。

やがて紫の靄が晴れると、二人の顔は二目と見れぬ膿の滴る醜いイボに覆われ、紫に変色して腫れ上がっていた。

「沙汰を告げる」

ガームは、一瞬で変化した相手の顔を呆然と見下ろし、膝をついたウルギーは、失った腕を押さえて痛みに呻いていた。

「一つ。真実の愛で結ばれたウルギー、ガーム両名は、婚姻せよ。
二つ。我が求めに応じる場合以外は、幽閉とせよ。
三つ。週に一度の昼の褥(しとね)を義務とせよ。
四つ。二月(ふたつき)に一度、皇宮に顔を見せよ。
五つ。顔の治癒を禁ず。癒した場合、癒し手と共に極刑とす。
六つ。自死を禁ず。成された場合、一族郎党八つ裂きとす。
七つ。殺害・病死を禁ず。成された場合、当主一家を斬首とす。
八つ。南西、『魔性の平原』に赴く場合のみ、自由を赦す。
以上だ」

淡々と告げたアウゴに、夜会の場はもはや皆が氷の彫像かと思うほどに、動かなくなった。

――アウゴの〝処刑〟。

年嵩の者はそれに、久方の畏怖を思い出しただろう。

歳若の者は初めて見たそれに、皇帝に逆らうことの愚かしさを心に刻んだだろう。

そして一部の者は思った筈だ。


――アーシャが居れば、と。


アウゴが冷酷に走らずにいたのは。

デビュタント以来、常に彼が参加する夜会の場に彼女がいてアウゴを楽しませ、手を煩わせぬよう、何らかの騒ぎとなる前に封じていたからに他ならない。

アウゴは、少しでもアーシャの好まぬであろう振る舞いをした者を、全て平等に、容赦なく切り捨ててきた。

大公位に在る者すら例外ではなく、東の前大公は、その愚かさ故に沈んだ。

北の前大公も、アウゴの即位に反旗を翻した故に、同調した者諸共に心を破壊し、奴隷に沈めた。

アウゴに敵対することは無謀だと、魂の底に刻みつける為に、見せしめとして。


――我一人在れば国一つ程度、滅ぼすに容易い。

仮に皇国を治めきれずとも、逆らえば危険な異常の皇帝だと……そうと認識し、噂する者は多ければ多いほど良いのだから。

それが、アウゴ・ミドラ＝バルアという男だと。

故にアーシャの行動は、アウゴが赦すから看過されているお遊びに過ぎない、と周りから思われている。

ベリアはどうか、と、アウゴは目を向けた。

「ベリア・ドーリエン」

「は！」

「婚約者の愚行を御(ぎょ)せぬことを罪とし、真実の誓いをもって減刑とす。

選択肢を三つ与える。

一つ。現状にて我の選びし者と番うこと。

二つ。貴族籍より自身の身を放逐とすること。

三つ。リボルヴァ公爵家アーシャのもとへ赴き、これに仕えること。

選べ」

彼女は、アウゴの問いを聞き終えて即答した。

「アーシャ・リボルヴァ様に忠誠を誓います」

社交界でもなく、自由でもなく、迷いなく第三の選択肢をとった彼女に……アウゴはアーシャも居らぬのに、珍しく頬が緩む。

「では、往(ゆ)け」

「畏(かしこ)まりました」

ベリアが優雅さよりも凛とした潔さを感じる淑女の礼の後に、踵を返す。

アウゴは、彼女の背中を見送ってから一人の男を呼んだ。

「ハルシャ卿」

「ここに」

す、と前に出たのは、ウルギーの父である壮年の男だった。

白いものの混じり始めた髪に、冷酷さを感じる目の色をした偉丈夫である。


——西の大公、ハルシャ・タイガ。


最もアウゴに敵対的でありながら、領土内の小さな男爵領一つ生贄に捧げるだけで、アウゴの〝処刑〟を逃れた男。

かつては一国を支配した王の血筋に相応しく、武に長け、知に長ける者。

であると同時に、その才覚を民の血を搾り取る為に発揮する、強硬な貴族主義者でもあった。

しかし、子には恵まれなかったようだ。

あるいは、あえてか。


——この場で、処断してやっても良いが。

それでは、アーシャが納得すまい。

故にアウゴは、軽い罰のみでこの場を終えることにした。

「子息の責を負い、見張れ。次はなく、失敗も必要ない」

「謹んで」

ハルシャは、まるで感情を揺らさぬまま静かに頭を下げると、手で合図を出した。

ウルギーとガームが、彼が密かに連れていた私兵に腕を取られて、連行される。

彼らはこれから、死ぬことも許されず。

お互い好んだのだろう美しい顔も失い、それでも褥を強要される罰を与えられ、命じた通りに絶望を生きることになる。

そのまま、ハルシャもその場を辞して夜会が再開されるも、アーシャが現れた後から少しずつ緩んでいっていた空気は、もはやどこにもなく。

再び数年前のように、恐怖と緊張に支配された者達を前にして、アウゴが微かに目を細めていると、リケロスが口を開く。

「陛下。戯れが過ぎるかと」

「アーシャが民を得た。次は、兵が必要だろう」

アウゴは視界の片隅で、ドーリエン家の当主と夫人が、挨拶もそこそこに入り口から去っていくのを追っていた。

ベリアは、ドーリエン家から与えられた己の私兵を率いて、アーシャの元へ馳せ参じるだろう。

皇帝の命令を全うする為に、ドーリエン伯爵も兵を惜しみはしない筈だ。

そしてくだらぬ余興に交えて、邪魔なタイガの勢力を少し削いでおいた。

〝西の虎〟にしてみれば大した痛手ではないが……アウゴの牽制を受けている現状では、すぐにアーシャ暗殺に自分直属の駒を使うことはしない。


――その間に、アーシャなら準備を整えるだろう。


あの虎の地は、平民や獣人を最も軽んじる。

生得の要素を理由に他者を虐げることは、アーシャが最も嫌う振る舞いである。

しかし今すぐにぶつかるには、それなりに強大。

為政者たる西の大公は、過去の処断された迂闊（うかつ）な大公達と違い、その誰よりも強い叛意を行動に表さず、慎重に隠しきっている強者であるが故に。

「アーシャに兵を与える程度のことは、些細な盤面の変化に過ぎん。クイーンとナイトのみで挑む者にポーンを与え、対戦相手のルークを駒落ちさせておいただけだ」

大公の息子ウルギーは、大して優れたところがなさそうな男ではあったが、多少の采配が出来、学舎卒業後は『魔性の平原』方面の国防を担う予定だった筈だ。

「アーシャは、圧による支配ではなく、仁による支配を望む」

上手くいくかどうかは、アーシャ次第。

しかし、と、アウゴは横に立つ宰相リケロスの、眉根の寄った生真面目な渋面を見上げる。

「——革命の行く末に、お前とて興味はあろう？」

からかうように問いかけるが、リケロスは沈黙を持って答えた。

アウゴは知っている。

彼が必要であると認めてはいても、決してアウゴのやり方に賛同しているわけではないことに。

そして、アーシャのやり方に興味を覚えていることに。

必要とあらばいくらでも冷酷になれるアウゴとは違い、この男は、心優しき者であるが故に。

✦✦✦✦✦✦✦

里の為に色々と動き、アーシャとナバダがすっかり〝獣の民〟に受け入れられてきた頃。

魔導具職人としての腕を取り戻してきたダンヴァロが、アーシャを呼んだ。

「何ですの？」

「よう、来たな」

訪ねると、ニヤリと笑った彼は、魔導具職人の技術を習い始めたらしいベルビーニに顎をしゃくる。

「平原を巡回してる連中の中に、自由にどこにでも出掛けて行く、えらく強ぇ爺さんが一人いてな。アーシャが来てから一回もここにゃ帰ってきてねーが、前に『拾った』って置いてったモンの修理が終わったんだよ」

ダンヴァロは、どこかご機嫌な様子で、工房の奥にある布が掛かった大きな『何か』を指差した。

馬ほどの大きさのそれから、ベルビーニが布を外そうとしている。

「一体、何ですの？」

「前に馬が欲しいって言ってたからな。代わりになるソイツをくれてやる」

馬が欲しいと言ったのは、ウォルフガングと共に南の大公領に向かった時のことだった。

獣人でもないのに足が早い彼なら数日で往復出来るのだが、アーシャが一緒だと三日ほど、移動時間が増えてしまったのである。

普通にウォルフガングの歩みについていくナバダからは、『足が短いんじゃない？』などと言われてしまう始末。

ナバダに任せておけば商談自体は安心なので、初回以降アーシャは外されてしまったのだ。

特に問題があるわけではないけれど、なんとなく悔しかったのでダンヴァロに愚痴ったことがあり……どうやらそれを覚えていてくれたらしい。

アーシャが興味津々で目を向けると、バサッと布が外されて、その下から現れたものは……緑がかった艶のある、黒い金属で出来た『何か』だった。

見ても全く、その正体が分からない。

鋭い流線形のフォルムをした『何か』の背中に当たる部分に、馬の鞍(くら)のように跨(また)る場所がある。

伏せた獣のようにも見えるそれの頭部には、緑色の巨大な魔玉が一ツ目のように嵌まっていた。

どうやら、鞍のようなものがついた胴体の前後下腹部にも同様の魔玉が埋まっているようだ。

「これは？」

「【風輪車(ツインサイクロン)】って名付けたんだがな。こりゃ、魔術を利用した浮遊する移動用魔導具だ。めちゃくちゃ珍しいモンだぜ？」

「ふゆう……う、浮くんですの!?　こんな大きな魔導具が!?」

アーシャは口元に両手を当てて、驚愕した。

物を浮かせる風魔術は確かにあるけれど、現在使われているそれは、せいぜい手のひらに乗る大きさのものを浮かせる程度。

陛下が飛翔魔術を行使しているのを見たことがあるけれど、莫大な魔力を持ち、誰も扱えない転移魔術を使う陛下であらせられるので、俗人と同等に考えてはそれこそ失礼にあたる。

その飛翔魔術を大昔は多くの人が使えていた、という記述があるけれど、現在は術式そのものの継承が途絶えており、遺失魔術に分類されている。

今、空を制するモノは、村長シャレイドのような鳥人や、それこそ鳥。

あるいはモルちゃんのような【擬態粘生物(スライムボガード)】や、陛下が作り出すような使い魔。

他には虫や、魔獣の中でも怪鳥、そして竜くらいのものだ。

飛竜は人がある程度飼い慣らしている個体はいるものの、その総数は皇国軍一万に対して竜騎士一人、というくらいの希少さである。

「ただ跳ねる魔導具とかでは、ないのですわね!?」

アーシャは胸元に手を当て、ぴょんぴょんと飛び跳ねて……はしたないけれど抑えきれない……興奮をあらわにしてダンヴァロを見上げる。

そんなこちらの様子に満足したのか、彼は顎を指先で撫でながら訳知り顔で頷く。

「正真正銘『浮く』魔導具だ。古代文明の発掘品で、コイツを一から作るのはそれこそ皇国貴族レベルの金持ちが職人を総動員しても無理だ。何せこれだけのデカさの魔玉がそもそも採掘出来ねーし、人の手で作れねぇ」

「確かに、そうですわね……!」

古代の人々が飛翔魔術を行使していた、というのは、もしかしたらこの魔導具のことだったのだろうか。

現在遺失しているというのも、魔玉の採掘量などが原因なのかもしれない。

といううか、魔玉単体で考えても、競売などにも出せない……正直『売れないくらいお高い』ものである可能性が十分にあった。

「これ、これは……とんでもない代物(しろもの)なのではなくて!?」

目の前のそれから、もう目が離せない。

しかもダンヴァロは、これをアーシャにくれるというのである。

これが興奮せずにいられれようか。

――ただ馬の代わりになるわけではなく、空が飛べるなんて！

「お察しの通り、浮遊魔導具の完品は、レア中のレアだ。ちょっと壊れてたくらいで、直したら動くモンなんてぇのはほぼほぼ現存しねぇ。あの爺さん、一体どこから拾って来たんだかな」

ダンヴァロが呆れたように鼻を鳴らして、のしのしと魔導具に近づいていったので、アーシャもちょこちょことついていく。

彼はその金属製の黒い胴体に手を添えると、さらに言葉を重ねた。

「コイツは、操縦するヤツの魔力を、風魔術の動力にして動くモンだ。使い方は後で説明するが……上手く使いこなせりゃぁ、速度は馬どころか、飛竜とタメ張るだろうな」

「そんなにですの⁉　凄すぎですわッ‼　ちゃ、ちゃんと動くんですのね⁉」

「ああ。お前の足になるんだから、動かなきゃ話になんねーだろうよ。馬の代わりだ、って言っただろうが」

「馬よりもすんごくすんごくとんでもないですわ〜〜〜ッ‼　飛竜は、速い個体なら音と競うほどの速さを出す、と言われているのですのよ⁉」

もちろん、そんな速さで動かれたら人間は乗れないのだけれど。

「その分、出せる高度は低めだがな。通常で高い建物の屋根くらい、魔力が強ぇ奴で低い山を越えられるくらいのモン、って試算だ」

「十分ですわ！」

「俺にゃ大した魔力がねぇから、腰の高さで浮いて亀が這うくらいの速度しか出なかったが、嬢ちゃんならもうちょっとマシに扱えるだろ」

アーシャは、ワクワクしていた。

ダンヴァロは魔導具のことになるとすっごく饒舌で、中でもこの【風輪車】というのはロマンの塊みたいな存在だということが、彼のキラキラした目を見ればよく分かる。

「早く！　早く乗りたいですわぁ〜〜〜っ!!　本当に貰っていいんですの!?　返してってって言われても返しませんわよ!?」

「ああ。多分、コイツを扱えるくらいの魔力操作能力を持ってるのは、この村じゃ嬢ちゃんとナバダの姉ちゃんくらいだからな。村長は自前で羽根があるし、いらねーだろ」

「感謝いたしますわ！　ダンヴァロは凄いですわ！」

アーシャは思わず彼の手を両手で取って、ぶんぶんと上下に振る。

ダンヴァロは、どこか照れ臭そうに頷いており、横で見ていたベルビーニは嬉しそうにしていた。

職人としての腕が戻って、ダンヴァロが謝罪に来てからこっち、アーシャと彼の関係は大変良好である。

この村に連れてきてくれたベルビーニにも恩返しが出来たので、上々だと思っていたけれど。

——これはまた借りが出来てしまいましたわねっ！

その後、嬉々として【風輪車】の使い方を習ったアーシャは、跨って前傾姿勢になり、手元のハンドルとやらで操作する方法を覚えた。

頭部にある一つ目の魔玉に魔力を流し込むと、連動して魔導具の下にある魔玉に内蔵された術式が起動。

そして、車体の下にある二つの魔玉に魔力が流れ込み、竜巻のような渦を巻く風を二つ起こし、竹トンボの羽のような役割を果たして全体を浮かばせる。

その浮遊状態（ホバリング）で、さらに魔力を流し込みながらハンドルを捻ると加速、戻すと減速。

ハンドルは左右連動しており、重心を傾けたり、ハンドルを切ったりすると方向転換が出来る。

魔力の供給量によって加速度が上がり、右ハンドルの前と右足元のレバーを引いたり踏んだりすると加速に使われていた魔力が逆転して減速力が増す、という仕組みだ。

左のレバーは、魔力の供給を強制的にカットし、左足のレバーは、内蔵された術式を、浮遊術式から高速移動術式に切り替えたりする為に使用するもの。

馬の手綱と同じように、ハンドルから手を離しても、挟み込んだ足の力加減によって、ある程度バランスを崩すことなく操作が出来ることも発見した。

そして、自在に飛び回ることを覚えた結果……。

「フフフフフ……！　フィィイイイイバァァアアアアですわぁあああああッッ‼」

今まで、魔力に頼らない状態では馬や獣人のような持続的な脚力がなくて、村周辺にぼちぼち現れる魔獣の撃退しかしていなかったアーシャは、積極的に離れたところにも魔獣を狩りに行けるようになった。

魔剣銃やモルちゃんをぶっ放して、空から一方的に虐殺する手段を得たのである。

嬉々として魔獣を狩り……どちらかというと目的は【風輪車】を操縦することだったが……〝獣の民〟に利益をもたらしまくったことで、アーシャはますます村での地位を盤石にした。

しかし、そんな風に高笑いしながら、血と魔力の閃光を撒き散らすアーシャに。

「……なぁ、ナバダ。アイツ本当に貴族令嬢なのか……？」

「残念ながら、正真正銘筋金入りのね」

帯同していたウォルフガングが頬を引き攣らせ、誠に遺憾そうな表情を浮かべたナバダが虚無の視線で答えつつアーシャを見守る、という構図がしばらくの間、散見された。

さらに自ら交渉に赴けるようになったことで、二人乗りで伴ったナバダと悪辣な脅しでもって……もとい、精力的かつ淑女的に……輸出入の販路を拡大しまくったことで。

〝鉄血の乙女〟アーシャ・リボルヴァの名は、近隣の取引ある相手にも徐々に広まっていくのだが……。

――それが、二つの災いをアーシャのもとに呼び込むことにも繋がってしまった。

✦✦✦✦✦✦✦

――『姉を殺せ』。

その任は、腕輪と共にナバダの弟であるイオに与えられた。
西の大公ハルシャ・タイガの命令に、逆らうことは出来ない。
与えられた腕輪に込められているのは、死の魔術。
発動条件は、裏切ること、逃亡すること、あるいは腕輪を外そうと試みること。

――姉さん。

共に生き延び、その美しさと才覚から皇帝暗殺の刺客として旅立った姉が、失敗し放逐された時から、こういう命令が下ることは分かっていた。

彼女を殺すか、自分が死ぬか。

その絶望以外に道はないのだと。

すぐに殺されずに、今生きているだけマシなのかもしれない。

イオは南部に赴いて姉を捜し始めた。

しかし、南部に送られる途中で、アーシャ・リボルヴァと共に失踪したという彼女の手がかりは掴めなかった。


――このまま、見つからなければ良いのにな。


ふと、そんな風に思う。

捜すのをやめるという選択肢もあったが、単に自分の死期を早めるだけで、何の解決にもならないことも理解していた。

淡々と、何も考えないように、しらみ潰しに手がかりを追っていたところで、ある日、アーシャの噂を聞いた。

随分と派手に振る舞っているらしく、名前を聞く頻度が増えていき、情報が集まってきた。

〝獣の民〟の村に住んでおり、最近とてつもなく羽振りがいいこと。

南の領地に現れては、商人達に取り入り、お得意様として存在感を増している、ということ。

西にも手を伸ばすようだ、という話も聞いた。

希少な宙を舞う魔導具を駆っており、街に現れる時、彼女の側には常に浅黒い肌の美貌を持つ女が付き従っているそうだ。

その人物が、イオの姉、ナバダ・トリジーニであることに間違いはないだろう。

——姉さん。

見つけてしまった。

ならば、動かなければならない。

イオもナバダも、西の大公にとっては元々、使い捨ての駒だ。

多少なりとも上手くいけばいい、程度で、イオが失敗しても大して問題とはしないだろうが……ハルシャがわざわざ『皇帝陛下の命令である』と口頭でイオに伝えてきたのは、多分嫌がらせなのだろう。

『もしイオが自害して果てたとしても、すぐに次の刺客が放たれる』、と言外に伝えているのだ。

——皇帝も、その場で姉さんを殺せば良かったんじゃないのか。

ハルシャが皇帝を狙っているのは、西の権力者の間では公然の事実だ。

その手駒が皇帝の命を狙ったのに、処刑されずに南に送られている意味が分からない。

姉を苦しめることが目的だったのだろうか。

あるいは、姉が命を狙ったにもかかわらず、ハルシャを処分出来なかった皇帝からの、嫌がらせなのかもしれない。

巻き込まれた方はたまったものじゃないが。


——姉さんに、伝えないと。


彼女の命を狙っている者達の存在を。

姉に限ってそれはないと思いたいが、処刑されずに放逐されたことで、許された、あるいは逃げおおせたと思っていたら油断するかもしれない。

イオ自身が姿を見せて姉を襲い、警戒してもらわなければ。

その上で死ぬ。

きっと、それが一番良い形だろう。

決意を固めたイオが〝獣の民〟が住む村に潜り込む手立てを探していると、ちょうど『魔性の平原』に向かうという、騎士の一団と出会った。

どうやら頭が白い飛竜を駆っている女性騎士が率いているらしい。

彼らの掲げる旗と女性騎士の顔には、見覚えがあった。

ハルシャの息子、ウルギー・タイガの婚約者である、ドーリエン伯爵令嬢ベリアだ。

——何故彼女が、こんなところに？

あの騎士団の目的がなんであれ、『魔性の平原』に赴くというのなら、潜り込めれば都合が良い。

「我らが主人たるアーシャ様が『魔性の平原』にいる、というのは間違いのない情報か？」

「はっ！　聞き込みによると、身体的特徴が一致しております。顔に火傷痕、二丁の魔剣銃を所持しているとのことです！」

駐屯地に潜り込んで聞き耳を立てると、そうしたやり取りが聞こえてきた。

イオがかすかに頷くと、いきなりベリアがこちらに視線を向けたので、さらに息を潜めて気配を殺す。

「何者だ？」

気づかれた。

軽装鎧に身を包んだ彼女は、剣の柄に手をかけ、怜悧な美貌をこちらに向けてジッと注視したまま動かない。

不思議に思った部下が「何か？」と問いかけるのを手で制して、ベリアはイオが身を潜めた木立に近づいてきて声を上げた。

「感じていた気配が消えたら、『そこに居る』と言っているようなものだぞ？」

「……！」

イオは、特に気負った様子もなく問いかける彼女に、息を呑む。

姉と共に地獄のような環境を生き抜いてきたイオ自身も、元から相手に悟らせるような甘い気配断ちはしていなかった筈だ。

視線を向けられてより息を潜めたことを、ベリアは悟った。

現にイオに気づいていない部下達は今、戸惑ったように声を発した彼女を見ている。


——どうする？


迷ったのは瞬間。

イオは、振る舞うべきかを瞬時に判断して、姿を見せることにした。

するりと木を降りると、ベリアの前に跪く。

ベリアの部下達がザワリとさざめき警戒を高める中、イオは告げる。

「ご無礼をお許し下さい、ドーリエン伯爵令嬢。皇帝陛下の命により、陰ながらリボルヴァ公爵令嬢の元へ赴くまでの間、見張りをしておりました」

イオは、嘘は吐いていない。

皇帝の命を受けてイオが『姉を暗殺する為』にアーシャのもとへ向かうことと、その為に見張りをしていたのは、事実である。

アーシャの名と、西の大公と、隠れていたことへの言い訳と。

それらの内、どれをどう組み合わせて口にしたか、というだけの話だ。

「陛下も疑い深いことだ。私の皇国への忠誠を、命を対価に誓ってもまだ足らぬと見える」

ベリアは、面白そうに笑みを浮かべながら、イオに告げた。

「こそこそする必要はない。堂々と共に居ろ。自分ばかりが、一方的に見張られるのは性に合わん」

随分と勝気な女性のようだ。

こちらの行動も監視したい、ということなのだろう。

が、特に問題はなかった。

どちらにせよ、アーシャと……姉のナバダと出会うまで、行動を起こすつもりはない。

「承知いたしました」

イオは丁寧に頭を下げる。

逃亡しても良かったが、それだとアーシャのもとへ向かうらしきベリア達を追跡するのに、更に警戒されてしまうことになる。

——彼女は、アーシャと姉を狙う側ではない。

先ほどのやり取りを聞くに、ベリアがアーシャを守る役目を仰せつかったとするのなら、当然、居場所を知っているだろう。

ドーリエン伯爵家は西の勢力ではあるが、〝化け物令嬢〟の話は有名だし、皇帝陛下も寵愛する相手に危険な人物をわざわざ近づけはしまい。

上手く同行出来ることになったイオは、道中、どうやら意外とお喋りであるらしいベリアに、様々なことを語られた。

「正直、くだらない婚約者から逃れられて清々している」

「アーシャ様を尊敬している。あの陛下に不快と斬り捨てられることもなく、懐に入り込む賢明さと、美貌の傷を『誇り』とする心根の強さに」

「皇帝陛下が容赦のないお方であらせられるのは事実だが、誠に公平なお方でもある。その最愛であるアーシャ様の手助けが出来るなど、これほど嬉しいことがあるだろうか」

また、イオにも色々なことを尋ねてきた。

「ふむ、影としての訓練か。それは具体的にはどういうものなのだ？　一つ教えてくれ」

「む、難しいものだな。貴殿はどのような武器を扱うのだ？　短剣か。一度手合わせをしてくれ。ああ、大丈夫だ。手の内を全て明かせとは言わない」

「強いな……まさか私が勝ち越せぬとは。貴殿が尊敬するという姉君は、もっと強いのか？　一度お会いしてみたいものだ」

そんな風に。

『魔性の平原』での旅は穏やかに進み、そのことによってイオは徐々に迷いが生まれてくる。

——このまま一緒に居てはいけない。

ベリアは、今まで出会ったことのないタイプの女性だった。

明朗快活、表情こそさほど変わらないが一本芯の通った真っ直ぐな気性。

イオは暗殺者だ。

迷惑をかけてしまうのではないか。


――だけど、何故ダメなんだ？


同時に、別の自分が囁きかけてくる。

ベリアは、姉のもとへ向かう為に利用するだけの相手に過ぎない。

姉を殺さないのなら、どう転ぼうとイオは死ぬし、その後のことを考える必要はないのに。

イオの正体がバレたことでベリアが迷惑を被っても、構いはしないのではないか。


――何故それが、ダメだと思うんだ？


イオは、ベリアに触れ合う機会が多くなるにつれ、そう自問自答するようになっていた。

判断は間違っていない筈だ。

最初から、利用するつもりで姿を見せたのだから。

イオを惑わせているのは。

——きっと、あの目だ。


藍色の、涼しげな瞳。

自分を見つめるあの目に、フラフラと、火に飛び込む虫のように惹かれてしまっている。

その自覚が芽生えた時に、イオは決意した。

遠くから誰かが来ることを、頭上の飛竜からベリアが合図してきた時に、警戒をそちらに向ける一団の中から、そっと姿を消した。

気づかれないよう遠く離れた位置から、アーシャと思しき少女に、部下と共に一斉に跪くベリアの姿を見る。


——そして、アーシャと共に現れた、姉の姿も。


ナバダは、別れた数年前よりも遥かに美しくなっていた。

土埃にまみれ、飾り気のない外套に身を包んでなお、その浅黒い肌と黒い髪は艶めいている。

信じがたいことに、姉は他人に対して笑みを浮かべるようになっている。

共に地獄を生き抜き、イオ以外には無機物を見るような目を向けていた姉が……。

――姉さんが今、幸せなら。

やはり、イオは消えるべきだ。
これからベリアらが案内される先にあるだろう、〝獣の民〟の村。
彼らは、驚異的に強いと噂されている。
そこを襲撃したら、イオは姉ではなくとも誰かに殺されるだろう。
村の者達か、アーシャか、ナバダか、あるいはベリアか。
ただ出来れば。
姉とベリアの悲しげな顔だけは見たくないと、ふと、そう思った。

✦第七章　〝獣の民〟とぶつかりましたわ！✦

「皇帝陛下のご下命により、ドーリエン伯爵家が長女ベリア、馳せ参じました！　我らベリア私兵団は今後、リボルヴァ公爵家が長女、アーシャ様の指揮下に入ります！」

『騎士の一団が来る』と警鐘が鳴り、アーシャやナバダを含む面々が警戒に向かった先で。

ベリアが落とした発言は、〝獣の民〟にとっては爆弾に等しかったようだった。

「……どういうことだッ？」

低い声を上げたのは、普段は快活な村長、シャレイドだった。

鎌のように内に反っている、ぶ厚い刀身の斬馬刀を肩に担ぎ上げた姿勢で、【風輪車(ツインサイクロン)】に跨ったままのアーシャを、睨むように見ている。

「公爵家の、長女!?　皇帝の命令ってのは、どういう事だッ!?」

「あら、何を怒っておりますの？」

アーシャは、シャレイドの反応を不思議に思いながら、首を傾げる。

「お前は、皇国から追放されてうちに来たんじゃねぇのかッ!?　皇帝と繋がってるってのは、どういう意味だッ!?」

「貴様……アーシャ様に無礼な口を……」

怒鳴るシャレイドの言葉に反応したのは、ベリアだった。

学舎で見たことのある一つ年下の少女は、割と直情的だった印象がある。

そんな彼女をアーシャは手で制し、シャレイドに言い返した。

「わたくしは、皇国から追放されたなどと、一度も口にした覚えはありませんわ！　大体、最初はシャレイド、貴方が話を聞かなかったのではなくって？」

別に、アーシャはそれを一度も隠そうとはしていない。

逆に眉根を寄せたのは、ナバダだった。

「アーシャ。アンタ、言いたいことは分かるけど、言葉は選びなさいよ？」

「分かってますわ！」

シャレイドだけではなく、ウォルフガングも厳しい面持ちをしている。

アーシャは村の面々を見回すと、静かに胸に手を当てた。

「では、改めて自己紹介をいたしますわ！　わたくしはバルア皇国リボルヴァ公爵家が長女、アーシャですわ！　過分にも、アウゴ・ミドラ＝バルア第三代皇帝陛下の筆頭婚約者候補として名指されておりましてよ！」

その発言に、ベリアは深く頷き、ナバダは頭が痛そうにこめかみに指先を添える。

「皇帝の婚約者だとォオオオオッッ!?!?」

「筆頭候補、ですわよ。シャレイド」

「どっちでも良いだろうが、ンなことはッ！　テメェ、何が目的でうちの村に来やがったッ!?」

「それは勿論」

アーシャは【風輪車】を降りると、胸を張ってパン！　と扇を開く。

「――西と南を叩き潰す、皇国革命軍を結成する為ですわ！」

と、堂々と宣言した。

「……この皇帝の雌犬は、本当に……言葉を選べって言ったでしょうが……！」

ますます苦悩するような表情を見せたナバダが、ポカンとするシャレイド達に向かって、口添えをする。

「村長、それにウォルフも皆も、ちょっと聞いて。良い？　この女は、めちゃくちゃ頭がおかしいの。〝恋する狂気〟とか呼ばれてて、皇帝を崇拝する余り、これをアタシが断罪される場で、高位貴族どもの目の前で堂々と口にして、ここまで来たのよ。分かった？」

「……いや、全然分からねーわッ！」

シャレイドがぐしゃっと頭のトサカを手で掴み、私兵団を率いてきたベリアが、今度はナバダを睨みつける。

「罪人ナバダ、貴様も貴様で、アーシャ様を罵倒するなど……！」

「アンタが話に入ってくると余計にややこしくなるから、ちょっと黙ってなさい」

「罪人の言うことなど聞かん！」

「……アーシャ！」

そろそろ、ナバダが爆発しそうだ。

仕方がないので、アーシャは口を挟んだ。

「ベリア、申し訳ないけれど、少し黙っておいて下さるかしら？　ナバダの口が悪いのは、育ちが悪いので仕方がないのですわよ！」

「………今この場で、アタシが殺してやろうか………」

そんな風にわちゃわちゃした状況で、足を踏み出したのはウォルフガングだった。

目が、光沢を失ってぬらりとしている。

「アーシャ」

「何ですの？　ウォルフ」

「お前は、皇帝の手先だったのか？　あの、腐れ貴族どもの頭にいる、愚鈍の……！」


その瞬間、アーシャは——魔剣銃を引き抜いて、ウォルフガングの鼻先に突きつけていた。

「訂正なさい、ウォルフ。陛下への侮辱は、相手が誰であろうと許しませんわよ！」

「アーシャッ！」

ナバダが怒鳴り、〝獣の民〟の間にも、私兵団の間にも緊張が走る。

しかし、ウォルフガングは怯まなかった。

「事実をどうして訂正しなきゃならねぇ。西の大公も、南の大公も、そいつが野放しにしてるんだろうが。ダンヴァロが、そして俺が、奴らにどんな扱いを受けたか……！」

「陛下のせいではございませんわ」

アーシャは、ウォルフガングの目を見て、キッパリと言い切る。

するとそこで、アーシャと彼の首に、それぞれ刃物が当てられた。

刃を握っているのは、ナバダとシャレイドである。

「アーシャ。アンタ、皇帝のことになるとすぐにブチギレるのやめなさいよ。それで、話が伝わると思ってるの？」

「ウォルフ、気に食わねぇのは分かるが、話し合う気がねぇならすっこんでろッ！」

それでも、アーシャとウォルフガングはお互いに睨み合ったまま動かなかったが。

——冷静に。

という意識は、心の片隅にはあった。

アーシャは深く息を吸い、吐き、魔剣銃を下ろす。

「……ええ、そうですわね」

相手の言い分も聞かなければならないのは、その通りだった。

「ですが、話を聞いた上で、謝罪はして貰いますわよ！」

「そんな事にゃ、絶対にならねぇ」

ウォルフガングは軋るほど歯を噛み締めて歯茎を剥き、憎悪を込めた言葉を吐いた。

「――俺の幼馴染みの女はな、南の貴族に犯された。挙句に、その罪をあの野郎は、俺に押し付けやがったんだ……！」

それが、ウォルフガングが南の地を追われた理由だという。

元々裕福な商家に生まれた彼には、懇意にしていた取引先の子爵家の令嬢だった幼馴染みがおり、いずれはその少女に仕える執事か護衛として、と望まれていたのだという。

頭を使うより体を使う方が性に合っていたウォルフガングは、体と、身体能力を強化する魔術を鍛えていたそうだ。

しかし。

「アイツの家に婚約を断られた伯爵家のクソ野郎が、アイツを……！」

伯爵家側も息子の希望で婚約を申し込んだものの、双方に政略的にも領地経営的にも、あまり旨みがなく。

さらにその当時、ウォルフガングの父親が男爵位を得ることが決まっており……ウォルフを、その子爵令嬢の伴侶としてはどうか、という形で話が進んでいたのだ。

その為ウォルフガングは、改めて実家に戻って商売のことや、子爵家に行って領地経営のことを学んでおり、令嬢の側を離れていたのだと。

そうした諸々の事情から断られた腹いせに、伯爵家の子息は、街に出かけた子爵令嬢を無理やり馬車に乗せると、乱暴を働いたらしい。

しかも、憲兵に金を握らせた伯爵令息は、同時にウォルフガングを拘束して、罪をなすりつけた。

彼の父と子爵は南の大公に訴えたが、訴えは退けられたそうだ。

「俺が自力で牢獄から脱走した後、会いに行ったら、アイツはもう、自分の命を断ってた……！」


握り締めた拳に、白くなるほどに力を込めて。

まるでその伯爵令息が目の前にいるかのように、ウォルフガングは凄まじい殺気を放っている。

「俺はあの野郎と憲兵をぶち殺して、ここに来た。……南の大公も、高位貴族も、そんな奴らを野放しにする皇帝も、全員クズどもだろうが……ッ！」

「……なるほど、貴方の言い分は分かりましたわ」

それと陛下を一緒くたにされたことに、アーシャはこめかみが再びひくつくのを感じたが、その気持ちを抑えつけて、言葉を重ねる。

「その上で、不思議に思うのですけれど。……なぜクズを野放しにしていることが、陛下の御心と思うのか。ご説明いただけましてて？」

「あ？」

「陛下の御心が、クズどもの方にあるとするのなら、なぜ陛下はわたくしがこの地に向かうのを許しましたの？」

「そんなもん、俺が知るわけ……」

「先ほど言いましたでしょう。わたくしがこの地に来たのは、西と南を叩き潰す、革命軍を結成する為であると！　貴方、耳は聞こえてまして!?」

アーシャは魔剣銃を仕舞うと、再び扇を取り出してビシッとウォルフガングに突きつける。

「――これ以上野放しにする気がないからこそ、わたくしは、この地に居るのですわ！」

✦✦✦✦✦✦

「……それがどうした。今まで放っておいたのは事実だろうが」

ウォルフガングは、既に喪った者だ。

アーシャの言葉が響かないのは、理解できる。

けれど。

「そうですわね。ですから、これからは放っておかないという話をしているのですわ！」

「今更遅ぇんだよ！　アーシャ。テメェを殺せば、皇帝が俺と同じ痛みを感じるんだろ？」

彼が不穏な空気を纏うのに、アーシャは目を細める。

「下らないですわね」

「何だと？」

「自分と同じ痛みを他人に味わわせれば、貴方はそれで満足なんですの？　志が低すぎてお話になりませんわ！」

パン、と扇を広げたアーシャは、口元を隠して顎を上げる。

ウォルフガングを、見下すように。

「喪ったものしか見えないのでしたら、生き恥を晒さず、今すぐに亡くなられたご令嬢の後を追えば宜しいですわ。わたくしはこれから、貴方のような思いをする者を増やさぬ為に、この命を費やしますの。命の価値にあえて優劣をつけるのなら」

アーシャは、わざと悪し様な物言いをした。

「喪われたご令嬢の命よりも、他者を傷つけることを望む貴方よりも、わたくしの命の方が、よほど未来に対して価値がありますわ」

「テメェ……ッ！」

ウォルフガングが、全身から怒気を立ち上らせてアーシャに向かって踏み込み地面を蹴ろうとしたところで。

「――言ったぞ、ウォルフッ！」

その横腹を、シャレイドが蹴り付けて吹き飛ばした。

「ガッ……ァ……！」

「話をする気がねぇなら、引っ込んでろってなッ！」

そして、地面に転がって呻くウォルフガングから目を離したシャレイドは、アーシャに向き直る。

「が、アーシャッ！　お前の答え次第では、俺もお前を殺す側に回ることになるぜッ⁉」

「何なりと、お答えいたしますわよ」

「志はご立派なようだが、俺らにそれを信じる価値を示せるのか⁉　もし示せないなら、俺はお前の身柄を盾に、皇帝に身代金でも要求してみることにするが⁉」

アーシャは、呆れてため息を吐いた。

「シャレイド、貴方、〝獣の民〟を滅ぼしたいんですの？」

「どういう意味だ？」

「結局、貴方がたは陛下の御心を何も理解していないのですわ。この平原に住む者達くらい、陛下であればお一人で滅ぼすことも可能ですし、併呑するのも容易いんですのよ。あなた方は、ただ見逃されているに過ぎませんわ」

「ざれ……ごとを……！」

転がったウォルフガングが燃えるような瞳を向けるのに、アーシャは冷たい視線を向ける。

「戯言？　ただの事実ですわ。シャレイド。貴方、数年前にダンヴァロが住んでいた西の男爵領が、一夜で滅んだ件をご存知？」

「ああ！　西でも、特に獣人差別が酷かったところだからな！　……ここでもだいぶ話題にゃなったが……それが、どうした⁉」

「あれは、陛下がお一人で成されたことですのよ」

アーシャの言葉に、シャレイドがピクリと眉を動かす。

ダンヴァロから元々住んでいた場所のことを聞いた時、聞き覚えがある気がしていたのだ。

そして思い出した。

「彼の地は、獣人を不当に働かせ、皇国法に反する重税を課していたことを理由に罰され、不徳の地として滅ぼされた……と、されていますけれど」

その真意を、アーシャはもう気づいている。

「彼の地に住んでいた獣人は、誰一人として死んでおりませんの」

「あ？」

おそらくきっかけは、ダンヴァロのことだったのだと思う。

アーシャに、魔剣銃を与える為に探した腕の良い職人。

彼の妻……ベルビーニの母は、過酷な労働から逃げ出した別の獣人を庇って、殺されてしまったのだと聞いた。

ダンヴァロは、ベルビーニがいたから、妻を殺されても歯向かうことが出来なかったのだろう。

だから、陛下は。

「残らず生きておりますのよ。獣人と、獣人に味方していた人々だけが。それ以外の全てが、陛下の御手によって土へと還ったのです」

ねぇ、とアーシャは首を傾げる。

陛下のなさることは、アーシャは皇宮の図書館で記録を閲覧し、詳細にその中身を見て勉強している。

どういう意図で陛下が選別をなさったのか、生き残った者の一覧と調書を見れば理解できた。

「滅びた領地の男爵は、西の大公の子飼いだったそうですの。汚いことをさせる為の手駒だったのでしょうね。陛下は獣人を救い、西が力を蓄えるのをお防ぎになられたのですわ！」

あの件以降、西はさらに動きが大人しくなったように思う。

「ねぇウォルフ。これが陛下のお慈悲でなくて、一体何なのですの？」

彼の身に起こった悲劇は、本人にとっては決して小さいものではないだろう。

しかし、陛下が何もなさっておられないという認識そのものは、誤りであると必ず認めさせる。

「自分を助けなかったから、何もしていない、クズも同然だと言うのなら。幼馴染みだというご令嬢を救えず、復讐して逃げただけの貴方も同じように……いえ、生きている間に何も出来なかった分、『貴方の思う陛下』以下のクズですわ。そうではなくて？」

「……っ!!」

「わたくしはこれから、貴方の身に降りかかったような悲劇を減らすために、動きますわ。陛下と同じように」

扇を口元から離したアーシャは、次にシャレイドに嫣然と笑みを向ける。

「〝獣の民〟もまた、陛下によって……その『自由を望む』選択を尊重する意図をもって、捨て置かれていること。ご理解いただけたかしら？」

「アーシャ」

見逃されている、という言葉に矜持を傷つけられたのか、シャレイドが低く呻く。

「もしそいつが本当だったとして、だ！　獣人を助けたのがたまたま気に入らねぇ奴を殺した時の、ただの気まぐれじゃなかった証明にゃならねぇぜッ!?　今をもってまだ、皇帝は大公どもを放置してんだからなッ！」

「シャレイド。……領王、というのがどういう存在か、貴方はご存知？」

アーシャは彼の疑問に、他の皆にも講義するように、ぐるりと周りの人々を見回す。

「彼らは、元は一国の王でしたの。初代皇帝によって併呑された国々の王族ですわ。この中にも、領王によって虐げられた者達が多くいるのは存じておりますから、詳しく話しておきますけれど」

扇を閉じて振りながら、アーシャは笑みを深める。

「皇国の法を守る限りにおいて、彼らには自領……つまり、元の国土を自治する権利が認められておりますの。皇国内での、武力による他領への侵攻禁止や、納税など。そうした決まりを守り義務を果たすことによって、ですわ。そして皇国の外に対する侵攻や開拓は、陛下の許可が下りなければ認められません」

それが、どういう意味かというと。

「逆に、法を守る限りにおいては、陛下側から不当に罰することも出来ない、ということなのですわ。陛下ご自身が法を守らなければ、他の者に守らせることなど到底出来ないでしょう？」

法ある限り。

皇帝陛下とて、無法なことは出来ないのだ。

「いかに強大な力があろうとも、表向き罪なき者を罰することは出来ないのですわ！　ウォルフ、貴方が気に入らないというだけの理由で村の者を殺せぬのと、それは同じこと」

南や西の大公は、皇帝に処罰されるほどの表立った失態を犯していない。

「そして陛下の御心と大公らの振る舞いに関係がないことは、この地が存在し続けていることが証明しておりますのよ！」

その証拠に、とアーシャは周りを……『魔性の平原』そのものを、両手で示す。

「村長様。陛下が御即位なされてから、この平原が皇国を挙げて侵攻されたことが、ありまして？」

斥候は西や南から来ているだろうけれど、大きな衝突自体は起こっていない筈だ。

シャレイドは、アーシャの言葉に嫌そうに頷く。

「確かに、最近は賊や魔獣の襲撃ばっかで、軍が攻めてきたって話は聞かねぇが、それがどうしたってんだッ!?」

「賊の裏に大公がいないとは言い切れないのですけれど、必要なのは、ここを攻めない陛下の御心の有り様を、皆様が理解することですわ！」

陛下が、アーシャの選択を何故尊重してくれるのか。

「『誰もが、己の選択により生きることの出来る国』を、陛下は望んでおられるのですわ！　ですからこの平原も、『自由に生きる』ことの出来る場所として、陛下は留め置かれているのです！」

皇国の支配を望まない者のことまでも、陛下は理解しておられるのだ。

「そしてその御心に沿っているわたくしの行動は、今まで皆様のご覧になった通りですわ。例えばですけれど、わたくしが来てから、ベルビーニや、他の弱き人々が『大岩の森』に赴いたことがありまして？」

それに対する返事はない。

もちろん、そんなことをしなければならない状況そのものが、起こっていないからだ。

「食料の足りなさに飢えて苦しんだことはあって？　資材が足りなくて、困ったことは？　それが起こらないようにすること、共に在る者に分け与えることが出来る能力を『治世の才』と呼ぶのですわ！　ですが、その手を取らぬ者に対しては、何も与えられはしないのです！」

アーシャは、転がったウォルフガングに向けて手を差し出す。

彼は、その手を払って、脇腹を押さえながら立ち上がり、吼えた。

「皇帝に、本当にそれだけの力があるならッ……部下の手綱一つ握れねぇこと自体が、怠慢じゃねぇのか！」

「では、お訊きしますわ。ウォルフは、西や南をなんとかしてやるから従え、と陛下が御手を差し伸べられたら、その手を取りますの？」

アーシャは、ウォルフガングにたった今払われた右手をヒラヒラと振る。

「今、村の為に尽力したわたくしの手を、出自と立場だけを理由に、振り払った貴方が？」

「ぐ……っ、取らなくて当然だろうが！　俺はもう、皇帝の民なんかじゃねぇ！」

「北と東は、前大公が沈んだ後、民草のために陛下の御手に頼り、陛下はそれに応えられましたわ。そして西と南は振り払った。そもそも、大公や領王に自治を認めたのは初代皇帝陛下であり、現帝陛下ではございませんわ」

「詭弁だろうが！」

「事実ですわ。戯言だの詭弁だのと、自分が信じたくないことを勝手な理屈で否定するのは、おやめなさいな。愚物に成り下がりますわよ！」

　それぞれが『選んだ』のですわ、と。

　アーシャは、ウォルフガングの目を真っ直ぐに覗き込む。

「北と東の今代大公は、苦しんでおりました。北は豊富な鉱物資源があれど、大半の財貨を、厳しい冬を凌ぐ資源とせざるを得なかった。東は、作物が豊かに実る土地でしたが、作物を蝕む病が広がっていたのですわ」

　前大公らは、それを放置した。

　税額は変えず、状況改善もせず、他から奪うことをよしとし、民の苦しみを捨て置いた。

「陛下は刃向かった前大公を処刑した後、恭順を示した北の現大公に、技術を与えましたわ。魔鉱石の加工によって地熱から暖を取る方法と技術を。結果、どうなったか」

冬場、家の中を温める大量の木やそれを伐採する重労働から解放され。

陛下に与えられた魔鉱石加工の技術を独占して他所と取引をすることで、工業と民の暮らしを飛躍的に向上させた。

「麦の病に苦しんでいる民を見かねた東の現大公も、同様ですわ。税を下げさせる代わりに、病の解明や、しばらくの間の支援を行った。……現在、皇都は東から安く小麦を仕入れております。しかし民も東の大公も、豊かになりましたわ。ウォルフ、何故だと思われまして？」

「……知るかよ。ウルセェな、俺が何も知らねぇのが、そんなに面白ぇかよ！」

彼の目は、陛下の功績を聞いて揺らいでいた。

自分には関係ない、という気持ちがありながらも。

本来誠実で商売に通じている人物である彼は、その陛下の功績の偉大さを、話に聞くだけで理解しているのだ。

「東の地において陛下は、土を肥やす魔術を広く民に伝授し、麦の病に効く農薬の作り方を教えたのですわ。そして、収穫量は倍になった」

八割の値で卸しても、税が軽くなっても、今までに釣りが来るほどの収入が、今の東の大公や民にはあるのだ。

「西と南は、陛下の御手を取らなかった。……陛下に、差し伸べる気がないのではありませんわ。差し伸べられたとて払いのけているのです。己が権を守る為に生きるとは、そういう事ですわ」

シャレイドは嘴の下にある羽毛を撫でて、何事か考えている。

彼は大雑把で面倒くさがりだが、決して考えることが苦手なわけではないのだろう。

強さが重要な〝獣の民〟とはいえ、それだけの男に務まるほど、村長の立場は軽くないのだ。

「西や南の大公とあなた方がやっていることに、なんら変わりはございませんのよ。ウォルフ」

「……あんな連中と俺らを……俺を、一緒にするな……」

ウォルフガングの瞳に憎悪は宿れど、声にもう、力はなかった。

「己の信じる『自由』を守りたいという一点においては、同じですわ。悪いと言っているわけではありません。ですが、わたくしや陛下にとって、あなた方の自由は許されて良いもので、西や南の大公の自由は、わたくしどもにとっても許されてはならぬもの、なのです」

アーシャは扇を仕舞い、両手で、脇の下に差した双翼の魔剣銃を引き抜く。

「ですから、わたくしが来たのですわ！　よくご覧なさい。そしてわたくしの姿と、行動こそが、陛下の御心であることを、存分に理解なさいな！」

胸元に下げたペンダントに魔力を流し込んで、アーシャはそれを起動する。

赤い光が渦を巻き、アーシャの薄汚れた外套が、旅装が、変化していく。

身に纏うのは、赤いドレス。

両手に持つのは、竜の翼にも似た二丁の魔剣銃。

誇り高き火傷の痕を顔に刻み、誇り高く在らんと願うアーシャの、本来の色を取り戻したブロンドは、縦ロールに巻かれ。

その瞳の色は、左目は鮮やかな碧眼。

右目は、陛下と同じ漆(うるし)のような黒色。

変化したアーシャの姿に、驚きを見せたのは〝獣の民〟と私兵団の面々。

驚いていないのは、本来の姿を知っている、ベリアとナバダだ。

「西と南が、陛下の御手を取らぬのなら。別の誰かが、その御心を民草に届かせる為に動かねばなりませんのよ！　それがわたくしですの！」

両手に魔剣銃を握ったまま、アーシャは聞き入る者達に向かって、完璧な淑女の微笑みを浮かべて見せる。

「わたくしは、あなた方の自由を侵害致しましまして？　傘下に降れと強要致しましまして？　わたくし自身の身をもって、陛下の御心の有り様を示してきたつもりですわ！」


――『誰もが自由に、生き方を選べる世を』。


「わたくしはその言葉に恥じる行いを、一つでも致しましまして⁉」

右手の魔剣銃の背で、アーシャはトントンと心臓を叩く。

そう投げかけられたシャレイドはしばらく黙った後、首を小さく横に振る。

「……いいや」

「皆様自身が、その目で見て、その頭で考え、そしてその心で、理解なさい！　西と南が陛下の御心に沿わぬのなら、わたくしが地の底に降しますわ！　そして大公らがあなた方の自由を侵害するのなら、共に引き摺り下ろす決断をするのは、あなた方自身でしてよ！」

心臓を叩いた右手の銃口と銃剣の先を、アーシャは騎士が剣に誓いを立てるように真っ直ぐ天に向け、振り下ろした。

「自らの願いは、行動で示すのですわ！　自由に生きるとは、そういうことではなくって!?」

ウォルフガングを見ると、彼はこの期に及んでまだ、呻いて反抗する。

「……西や南の大公の自由を、お前が奪うことは、そのご大層な理想とやらに反してるんじゃねぇのか？」

「あら。それぞれが選んだ結果ぶつかるのなら、叩き潰して当然ではなくって？」

アーシャは、彼の言葉に冷たく嗤（わら）う。

「結果に責任を負うこと。それが、〝選ぶ〟ということですわ！」

西や南の大公が選んだ先に待っているのが『破滅』だったところで、陛下も、そしてアーシャも知ったことではない。

嫌なら、陛下が手を差し伸べている時に、手を取る選択をすれば良かっただけなのだから。

「そして陛下は、『選ぶ自由』を保障なさっているだけ。その先に配慮して差し上げる必要は、ございませんわ！　ですから、恨みで濁るのではなく、これから未来に起こる悲劇を減らす為に。わたくしの革命に協力なさいな、ウォルフ！」

アーシャは堂々と胸を張り、左手の魔剣銃を握ったまま、拳を突き出す。

「喪った過去を嘆いても、時を戻すことは出来ませんのよ！　わたくしの顔の、喪った皮膚が戻らないのと同じように！」

「……！」

「癒えぬ傷を負う程に人を愛し、それでも生きるのなら、せめて愛したことを誇りなさい！　生きる理由が復讐ならそれでも構いませんわ！　思い出を胸に道を選び、前に進むのです！　わたくしと共に！」

ウォルフガングの瞳に、悲しみと、怒りと、迷いと……それらがないまぜになった色が浮かび、ぐにゃりと顔が歪む。

小さく何かを呟いたのは、恋人の名前だろうか。

アーシャは、最後にウォルフガングに対して名乗りを上げる。

「わたくしは、〝鉄血の乙女〟アーシャ・リボルヴァ！　リボルヴァ公爵家の長女にして、陛下の横に並び立つ女でしてよ！」


——ついてきて、後悔はさせませんわ！

そんな気持ちを込めて、ウォルフガングの選択を促すと。

彼はしばらく口を引き結んだ後に、仏頂面のままノロノロと拳を上げて……。

ゴン、とアーシャの突き出した拳に、軽く叩きつけた。

そして、ボソリと謝った。


「テメェの覚悟は分かった。……悪かったよ」

✦✦✦✦✦✦✦

「……協力するのは良いがよ。大公を倒した後は、どうするつもりだ？　皇帝すら手を出せないってんなら、大公を倒したらお前が処刑されんじゃねーのか？」

ウォルフガングは、少し落ち着いたようだ。

そんな彼から発された当然の疑問に、アーシャは満足して頷いた。

彼は面倒見が良く、頭も決して悪くはない。

憎悪に曇っていなければ、そういう部分にもきちんと頭が回るのである。

そして表情を見るに、決して自分の身の安全を考えているわけではなく、大公を弑すことによって〝獣の民〟が皇国に敵視され、皆が苦境に追い込まれることを心配しているのだろう。

「そうですわね……ただ西や南の大公を殺すだけでは、正当な革命にはなりませんわ。ですが……」

と、答えようとしたところで。

「おい、全員警戒しろ！」

シャレイドが遮るように鋭い声を上げて、翼を羽ばたかせた。

犬や猫の顔をした獣人達も、鼻をひくつかせたり、耳をピクピクと動かしたりして、同じ方向に目を向ける。

『魔性の平原』の中にある、『大岩の森』の方角だ。

「ん？　酔いそうな匂いが……？」

「なんか、デカいモノが来てる！」

彼らの言葉に、いち早く反応したのはナバダだった。

短剣を引き抜くと、空を飛んでいるシャレイドを追うように平原を駆けて行く。

アーシャは【風輪車】に跨ると、ベリア達に向かって声を張り上げた。

「警戒なさい！　おそらく、魔獣ですわ！」

「……総員、整列！」

ベリアが表情を引き締めて号令を放ち、私兵団達が一斉に動き出す。

慣れている村の者達は、村の方に向かって移動を始めていた。

シャレイドの方針で、倒すことよりも守ることに重きを置いているので、そちらに魔獣が向かった場合には別の場所へと誘導する為だ。

アーシャはその間に、【風輪車】を起動してシャレイドとナバダに追従する。

「妙だな⁉」

「何がですの？」

空を飛んで眼下に目を凝らしながらシャレイドが声を上げるのに、アーシャは首を傾げる。

「ここ最近、アーシャの嬢ちゃんがこの近辺の魔獣を狩ってたお陰で、近くをナワバリにしてる魔獣はいなくなってたはずだッ！　しかもそろそろ日が暮れるッ！」

「魔獣は、ナワバリ意識が強い、でしたか？」

シャレイドの言いたいことを察して言葉を重ねると、彼は深く頷いた。

「ああ。夜は魔獣の動きが活発になるッ！　自分のナワバリをほっぽって、わざわざ外に出るたぁ思えねぇッ！」

「誰かが魔獣を誘き寄せた……？　ベリアが、そんなことをするとは思えませんけれど！」

今、この場にいる中で疑いをかけるとしたら彼女くらいしかいないけれど、それならわざわざ姿を見せずとも、こっそりやればいいだけの話だ。

「私兵団の中に、彼女の意志に反して行動している誰かがいるのかしら!?」

「アーシャの嬢ちゃんは頭が良いが、結論を急ぎ過ぎるきらいがあるなッ！　全然別口ってぇ可能性もあるだろうよッ！」

「それもそうですわね！」

タイミングが良すぎるだけで、偶然の可能性は確かに捨てきれない。

「でも、これが誰かの意志による可能性は高いですわ！　獣人の方が酔うような匂いを感じておられましたの。多分ですけれど、【魔物寄せの香】が使われていそうですもの！」

香の匂いは人間には感じられないけれど、嗅覚が鋭敏な獣人であれば、きちんと嗅ぎ分けることが出来るらしい。

シャレイドは舌打ちすると、沈みかけた夕日を見て目を細めた。

「そろそろ日が暮れるぞ!?　時間が掛かるなら、俺は役に立たねぇッ！」

「分かってますわ。陽があるうちに見つけましょう！」

シャレイドのような鳥人族は、非常に目が良い。

昼間なら、人間には視認できないような遠くまで見渡すことが出来る。

けれど、夜目は人間以上に利かない。

今、ダンヴァロが夜でも見えるようなゴーグルを彼の為に開発しているらしいが、まだ完成していないそうだ。

すると地上の方で、ナバダが火の魔術で何やら合図を送ってきた。

色は紫で、意味は『伝達』。

その曳光(えいこう)弾の軌跡が描いたのは、皇国でよく使われる暗号だった。

ナバダが魔獣の位置を察したようだ。

「ナバダの暗号を伝えますわ！　右斜め前方！　『這う、毒、地中』！」

「【遁甲蛇(ゴルゴンダ)】かッ！　厄介だなぁッ！」

読み取った単語を口にすると、シャレイドは即座にその正体を看破した。

遁甲(とんこう)と呼ばれる土の魔術を扱う、成体の全長が１００ｍほどある蛇型の魔獣だ。

胴回りはアーシャの身長ほど。

距離を取っていれば比較的安全な類いではあるけれど、臨戦態勢に入ると全身から毒を発して、周りの土地を腐らせてしまうらしい。

村の畑が襲われたら、一大事である。

おそらく、ナバダは遁甲している【遁甲蛇】の魔力の気配を感じ取ったのだろう。

暗殺者の一部では、そうして気配を読む技術が培われているのだと、以前彼女は言っていた。

「まずは地上に誘き出さないと！」

「デカい音か衝撃を与えりゃ飛び出してくるが、『炸裂符』は持ってきてねーぞッ！」

魔導具の一種で、爆発を引き起こすものだ。

持ち歩くには物騒なので、必要な時以外は保管してあるから、仕方がない。

ナバダに、『音、衝撃』という合図を送ると、『可能』と返ってきた。

「ナバダが出来るそうですわ！」

「なら、飛び出させてくれッ！　……一息で狩るぞッ！」

シャレイドが鎌の刃を持つ斬馬刀を構えると同時に、アーシャはナバダに合図を出した。


——ベリアの私兵団が、来る前に。

彼らは【遁甲蛇】が相手だと知らない。

油断はしないだろうけれど、近接した時に毒を撒かれたら被害が出てしまう。

アーシャも万一に備えて魔剣銃を構えながら、ナバダの合図に備えた。

そして地上で、カッ、と閃光が走ると同時に火球が発生し、草地を薙ぎ払うように炸裂すると。

ドォンッ！　と音を立てて、地中から巨大な蛇が空に伸び上がるように顔を出した。

瞬間、シャレイドが急降下してその無防備な首に迫り……一撃で、斜めにそれを断ち落とす。

「流石ですわ！」

硬い鱗（うろこ）を苦もなく突破した鳥人に賞賛を送るが……。


——ドンッ！　と、音がもう一つ聞こえた。


「に、二体目ですの⁉」

番（つがい）だったのか、シャレイドが首を落とした【遁甲蛇】よりも一回り小さい個体が、シャレイドに憎悪を込めた目を向ける。

「モルちゃん！」

咄嗟に、アーシャは【擬態粘生物（スライムボガード）】を放って、魔獣の意識をシャレイドから逸らそうと動いた。

同時に風の弾丸を放つが、暗くなりかけていて狙いが甘かったのか、目ではなく額に当たり、弾かれる。

──っ、わたくしの魔力では！

あの強固な鱗は、火の弾丸でも突破出来るか怪しい。

急所を狙わなければいけない。

ナバダも【遁甲蛇】を誘き出す魔術を放ったばかりで、おそらく、倒すほどの威力をもつ魔術を練り上げるには時間が掛かるはずだ。

意識を逸らしている間に、シャレイドは魔獣の攻撃範囲から逃げ出したが……。

「ダメだッ！　もう見えねぇッ！」

陽が落ちかけて、シャレイドの目が役に立たなくなったようだ。

気配だけを頼りにアレを退治するのは、流石に厳しいだろう。

同時に、【遁甲蛇】の体から、ゆら、と黄色い不穏な瘴気が立ち上る。

周りを腐らせる毒を放とうとしているのだ。

「まずいですわ……ナバダ!!」

暗くてよく見えないが、逃げ出していなければ巻き込まれてしまう。

『警戒』の赤い光を放ちながら、アーシャがモルちゃんを手元に引き寄せた直後……。

──〝喚べ〟。

「……!?」

そう呼びかけられたような気がした後、不意に脳裏に、召喚魔術の魔導陣が浮き上がる。

同時に浮かんだ呪文を、誰かに操られたようにそのまま唱えると、右の瞳が燃えるように熱くなり、思わず上を向く。

「〝出よ……黙示録の獣〟！」

「ぁ……!!」

閉じようとする意思に反して見開かれた右目から、血のように紅い光が天に伸び広がり。

一瞬の後に、そこに。

九つのツノを持ち、赤い光を纏う漆黒の龍が、現れていた。

悠然と鎌首をもたげたソレが目を細めて金の瞳で、【遁甲蛇】を見据えると……大蛇の魔獣は、毒を放つ直前にいきなり燃え上がった。

ボッ！　と瞬く間だけ輝いた二体目の【遁甲蛇】は、ピタリと動きを止めた後、ボロボロと消し炭になって崩れ落ちる。

――い、一瞬で……？

あっという間に灰の塊になって朽ちたそれを、唖然として見つめる間に、龍はゆらりとその姿を揺らめかせて虚空に消えた。

「今のは……陛、下……？」

自分の右目に、アーシャはそっと触れる。

痛みも熱もすぐに消えたが、それは最初、陛下に視覚を与えていただいた時のそれに、よく似ていた。


――ずっと見ている、と。


陛下はそのような意味合いの言葉を述べられた。

本当に見守っていらして、きっと助けてくれたのだろうと、嬉しさに頬が緩むのと同時に。

「情けないですわ……」

アーシャは、そう呟いていた。

自分の力で革命軍を作ると言っておきながら、危機に際して陛下の手助けにすがってしまうだなんて。

「わたくしは、まだまだ陛下の横に添わせていただくには、未熟ですわ……」

ちょっと悲しくなりつつも、アーシャは聴こえているかどうかは分からないけれど、陛下に対してお礼を口にする。

「ありがとうございます、陛下」

一つ間違えば、ナバダやシャレイドの命を喪っていたかもしれない。

もしそうなっていれば、自分の未熟さを嘆く程度の後悔では済まなかっただろう。

そんな風に思いながら、シャレイドやナバダと合流する。

「アーシャの嬢ちゃん……なんだ、ありゃぁ」

「多分、召喚魔術ですわ。奥の手というやつですわね！」

陛下が助けて下さったのだ、と言いたい気持ちを堪えて、アーシャはシャレイドに笑みを向ける。

右目のことは、陛下とアーシャだけの秘密なので、話したくなかったのだ。

多分、ナバダは気づいているだろう、とチラリと彼女を見やると……何故かそれどころではない様子で、青い顔を全然違う場所に向けていた。

「ナバダ？　どうなさいましたの？」

すると彼女は、ハッとした顔をこちらに向ける。

「あ、何でも……」

と言いかけて、ナバダは唇を噛んだ。

「いえ。ダメね。〝獣の民〟に迷惑がかかるもの。……魔獣を、才能がある人間はある程度使役出来ることを知ってるわね？」

「それは勿論ですわ」

モルちゃんのような、魔術によって創り出されたのではない使い魔や、飛竜なども、厳密には魔獣の一種である。

「アタシの弟には、その才能があるの……」

ナバダは、また、先ほど見ていたのと同じ方向に目を向ける。

「まさか」

「あの子の姿を、見たわ。成長していたけど、分かる。あれは、イオだったわ……」

アーシャは、シャレイドと顔を見合わせた。

「どういうこった⁉　あの魔獣を誘き寄せたのが、ナバダの嬢ちゃんの弟だってことかッ⁉　でも、何の為だッ⁉」

シャレイドの疑問に、アーシャはナバダの許可を取ってから、事情を説明する。

「おそらく、ですけれど。西の大公に命じられて、ナバダやわたくしを始末しに来たのではないかしら？」

その可能性が一番高いだろう、と口にすると、ナバダが俯く。

「……」

彼女の考えていることは、手に取るように分かった。

それが弟の意志ではないと思いつつも、大人しく西の大公の言うことに従っている理由を考えているのだろう。

何らかの方法で従わされている可能性が一番高い、と思いつつも、アーシャはこう口にした。

「良かったですわね！　ナバダ！」

「「は……？」」

彼女とシャレイドの、ポカンとした声が重なるのに、アーシャは腰に両手を当てて二人を見下すように顎を上げる。

「何を暗い顔をしているんですの？　言った通り、生きていたでしょう？　後は捕まえて、こっちに引き込むだけですわ！」

そして胸に右手を当てて、得意げに見えるように背筋を伸ばす。

「やっぱりわたくしについてくれば、全て上手くいきますわね！」

そうして、しばしの沈黙の後。

クッ、とシャレイドが喉を鳴らして肩を震わせた。

「アーシャの嬢ちゃんのその前向きさは、どっから出てくるんだ!?」

全く敵わねぇな、とガッハッハと大きな声で笑い出す彼に、呆然としていたナバダも口元を引き攣らせる。

「元はと言えば、アンタがいたせいでめちゃくちゃ災難に巻き込まれてんのよ！」

「あら、思ったより元気ですわね。なら、下らないこと考えてないで、村に戻りますわよ！」

アーシャは、私兵団を空から導いてきたのだろうベリアの駆る頭の白い飛竜を見上げながら、ガサガサと大勢の立てる音が、近づいてくるのを聞いていた。

✦✦✦✦✦✦✦

その後。

【遁甲蛇】を誘き寄せたイオを連れてきたのがベリアだ、ということで、少しだけ揉めた。

が、被害らしい被害が特に出ていないことと、ベリアがナバダと同じくらいショックを受けていた様子だったのを見て、シャレイドが不問に付した。

一応イオによる魔獣の襲来を警戒して、しばらく村の外で夜の見張り番を私兵団も行う、ということで手を打ったのだ。

とりあえず、私兵団は住む家屋を準備するまでは野宿。

ベリアは、現在アーシャとナバダが住んでいる家で寝泊まりすることになった。

彼女の私兵団は、飛竜一体を含む、西部国境線を守護していた精鋭の一団である。

アーシャとしては……他の〝獣の民〟の面々がどうであれ……これから、西部制圧に打って出るつもりなので、西部の内情や地理を知っているベリアの存在はありがたかった。

それにアーシャは学舎でのベリアの人となりを、伝聞ながら把握している。

陛下の命令であればともかく、元・婚約者である西の大公の息子、ウルギーに操(みさお)を立てて潜入工作、などという真似はしない人物だ。

この場に訪れた経緯を聞けば、尚更だった。

「まさか……イオが皇帝陛下の名を騙っていたなど……」

「まぁ、よくあること、とは言えませんわね」

部屋の中でしょぼくれるベリアを、アーシャは一応慰めた。

陛下の御名を騙ったことがバレれば死罪、というのは貴族の常識であるし、それでなくとも名前だけでも陛下を利用する相手に、良い感情が湧くはずもない。

が、アーシャにはイオが嘘を吐いている、と言い切れないだけの理由もあった。

「『皇帝陛下の命により、陰ながらリボルヴァ公爵令嬢のもとへ赴くまでの間、見張りをしておりました』……でしたかしら？」

「はい」

「なら、嘘ではないかもしれませんわね」

「え？」

アーシャの一言に、ベリアが驚いた顔をする。

「真実を言っていないだけ、という話ですわ。わたくしを発見する為にベリアを見張っていたのなら、筋が通りますもの」

西の大公を通じて何らかの命令が下されたのなら、それが陛下から齎されたものであって、何もおかしくはない。

ナバダが陛下の御身を狙った理由が、弟のためであることは、ご存知のはずだから。

——陛下がナバダに告げたことと併せて、本当に陛下のご下命である可能性は高いですわね。

『死せば諸共、希望が潰える』というのは『ナバダの暗殺を命じて、西部領からイオを出す』ということだったのではないだろうか。

姉弟同士で殺し合わせる、などという趣向も、西の大公が好みそうな傲慢な方法である。

——それに、陛下も。

わざわざ暗殺を命じさせたということは『イオを、自分達で助け出してみせろ』ということに違いない。

もう三ヶ月も会っていない陛下の、面白がるような瞳の色と笑みを思い浮かべて、アーシャはちょっと切なくなった。

——その御目を楽しませて差し上げるくらい、幾らでもやりますのに……目の前で楽しんでいるさまを拝謁することが出来ないだなんて……っ！

陛下の一挙手一投足全てを我がものとしたいアーシャにとって、そこが一番の問題だった。

イオは、助ければ良いだけである。

そんなことを考えながら、手ずからベリアにお茶を注いで差し上げると、彼女は生真面目に頭を下げてカップを受け取る。

「あ、アーシャ様のお茶をいただけるなど、光栄の極み……！」

落ち込みながらも感激している器用なベリアに、大げさな、と思ったものの、最近のナバダのように、当たり前にアーシャにカップを差し出してくるような無礼さよりは気分が良い。

「ナバダ？　貴女はご自身でお淹れになっても良くてよ？」

「アンタが料理が苦手なように、お茶を淹れるのは得意じゃなくてね」

暗に『食事を作らなくても良いの？』と鼻を鳴らして挑発されれば、ぐぅ、と黙るしかないアーシャである。

ナバダも、手の込んだ料理が作れる、というわけではないのだけれど、アーシャの料理の腕前はそれこそ壊滅的である。

何せ生まれてこの方、包丁すら握ったこともない。

一度、見よう見まねで野草を煮たスープを作ったら『二度と作るな』と、試食させたナバダに視線で射殺されそうになったので、よほど不味かったのだと思われた。

「で、これからどう動くの？」

先ほどまで思い詰めた顔をしていたくせに、アーシャが反論できないのを見て多少は気分が良くなったのか、ナバダがそんな風に問いかけてきた。

「そうですわね。資金をある程度とベリアの私兵団も手に入れたことですし、イオの件を解決したら本格的に動き始めたいですわね！」

「……イオのことを解決するのは、当然みたいに言うのね」

「あら、弱気ですわね。その程度のことを解決できなくて、革命など成し得ませんわ！」

アーシャがにっこりと言い返すと、ナバダは再び鼻を鳴らし、皮肉な口調で言い返してきた。

「今だけは、アンタのその過剰な自信を見習ってやるわ」

「過剰ですって？　陛下の横に並び立つなら、当然備えているべき自尊心ですわ！　どこかの負け犬と、わたくしは違いますのよ！」

「ああ、そうね。皇帝の雌犬じゃなくて、威光を借る狐だってことを忘れててごめん遊ばせ？」

ホホホ、と口に扇を当てたアーシャと目を細めたナバダが、そんな風にバチバチと火花を散らしていると。

「……学舎の頃から気になっていたが、ナバダ、貴様はどうしてアーシャ様にそのような口を利いているのだ！」

と、いつものやり取りに対して、今日は口を挟む少女が一人。

その怜悧な美貌には、明らかな怒りが浮かんでいる。

「かつてのライバルとはいえ、貴様はもう罪人！　優雅にして高潔たる公爵令嬢、凛とした皆の憧れであるアーシャ・リボルヴァ様に、そのような無礼な態度を取るべきではない！」

ベリアに、どこかうっとりとした視線を向けられて、アーシャは首を傾げる。


——どちらかと言えば西の勢力の方には、あんな傷顔がなんで陛下のお気に入り、と陰口を叩かれていたような気がしますけれど。


ベリアはその派閥ではなかったのだろうか。

すると、ナバダが彼女に対して小馬鹿にしたようにヒラヒラと手を振る。

「口の利き方？　ここは『魔性の平原』で、肩書きなんて何の意味もないの。立場は対等。アンタは頭も剣もナマクラなんだから、少し大人しくしときなさい。寝首を掻かれたくなければね」

「っ……それは、騎士に対する侮辱か！　この薄汚い暗殺者が！」

「あらごめんなさい。正面から叩き潰されたら『騎士のプライド』とやらが傷つくかもと思って、寝首にしておいてあげたんだけどね」

顔を真っ赤にするベリアに、余裕極まるナバダ。

煽りスキルだけは、何が起こっても絶好調なようだ。

そういえば、二人はどちらも西の派閥だったけれど、あまり一緒にいるところを見たことがない。

学舎内で、ベリアはアーシャ派で距離を取っていたのかもしれなかった。

いつの間にか二人の喧嘩になってしまったので、何となく仲裁に入る。

「そのあたりにしておきなさいな。皇都から遠く離れた地まで赴いて内輪揉めで潰れました、だなんて陛下に顔向け出来ませんわ！」

「……別に皇帝はどうでも良いけど、確かにそれは間抜け過ぎるわね」

「アーシャ様がそう仰るのであれば！」

二人はそれぞれに頷いて、矛を収めた。

――何だか、一気に姦しくなりそうですわねぇ。

と、アーシャは自分のことを棚に上げてそう思った。

第八章　迫る敵

ベリア達を迎えてから数日。

あの日から、微妙に折り合いをつけきれていないのか、態度が少し変わったウォルフガングが、ベルビーニを連れて現れた。

「あら、お二人ともどうなさったんですの？」

「俺は父ちゃんに言われて【風輪車（ツインサイクロン）】の整備に来ただけだよ。ウォルフの兄ちゃんとは、さっきそこで会ったんだ」

ベルビーニは特に何も聞いていないのか、アーシャへの態度に変化はないものの、何か感じ取っているのだろう、チラチラと彼の顔を見上げている。

「でしたら、小屋の裏に置いてあるので見てきていただけましてて？」

「うん。……なんかあったの？」

「大したことではございませんわ」

彼の父で魔導具職人であるダンヴァロは、ウォルフガング同様に村の顔役である。

手足の痺れも治ってすっかり信頼を取り戻している彼なら、多分アーシャの素性に関してもシャレイドから聞いているはずだ。

それでもベルビーニに何も言っていないのなら、必要がないと判断したのだと思う。

元々、彼の作った魔剣銃をアーシャが所持してることから、薄々何かを察していたのだろう。

「それで、ウォルフは何の用ですの？」

ベルビーニが小屋の裏手に回っていくのを見送りながら、アーシャが問いかけると。

「……こないだ、【遁甲蛇(ゴルゴンダ)】が出る前、なんか言いかけてただろ。そいつを聞きに来た」

「出る前？　……ああ、大公を倒して大丈夫か、という話で合ってまして？」

「そうだ」

ウォルフガングは、硬い表情ながら敵意は感じない。

話しても特に問題もなさそうなので、アーシャはあっさりと『大丈夫ですわ』と答えた。


「──別に、この革命に正当性は必要ないのですもの」


「……必要ない？」

左目の下に傷のある顔が、凶悪に歪む。

「そいつは、お前は大公どもをぶっ殺せりゃ、皆がその後死んでもどうでもいい、って意味か？」

「あら、不穏ですわね。そんな話はしておりませんわよ。それで『あなた方の選んだ生き方でしょう？』などという言い訳は致しませんわ」

つん、と唇を尖らせたアーシャは、すぐにクスクスと笑って前髪を掻き上げる。

「そもそも、陛下や臣民に対して、正当性を主張する必要そのものがない、という話ですわ」

「何でだ」

「最初から、わたくしの行動を陛下がお認めになっているから、ですわよ」

表情が固いままのウォルフガングに、片目を閉じて右手の人差し指をピッと立てる。

「皇国は、陛下が絶対ですのよ。法の上に陛下が在らせられ、誰一人として、表立って歯向かうことは出来ませんの。大公でさえ。……それはご存じでしょう？」

「ああ」

大公は、言うなれば属国の王であり、勝者に対して逆らう権利などあろうはずもない。

民に対する以外の多くの権利は皇帝陛下のもので、税を納めることを義務として課せられている。

「絶対的な権限を持つ陛下に対して、わたくし、ほぼ全ての上位貴族が集うナバダ断罪の場で、宣言致しましたのよ。革命軍を作ると。そして、陛下はそれをお赦しになられた。つまり、わたくしを旗頭に革命を起こした者は、皇国においては罪には問われないのですわ！」

本来であれば、陛下とて法を守らなければならない。

だけれど、それは陛下が法に縛られる、という話ではないのだ。

陛下の名の下に定まりし法を、陛下ご自身が無下にすることは、即(すなわ)ち法の正当性が失われる、という意味である。

故にこそ、絶対的な権力を持っていても、陛下は基本的には法の制限の中で行動を起こす。

本来であれば。

「多くの目があり、異を唱えようと思えば、唱えることが可能な状況でしたわ。ですが、誰もそうとはしなかった。それはつまり、貴族の多くが、法によらぬ宣誓と許可のやり取りを認めたということになりますのよ」

現実的には、あのやり取りに口を挟めたのは、ごく少数の貴族だけだっただろう。

けれど、建前上は誰であろうと、陛下に許可を求めれば発言することそのものは、可能だった。

ウォルフガングは、アーシャの言葉の意味を理解するまでに時間が掛かったようだ。

じわじわと、その表情が驚愕に染まっていく。

「そいつは……お前が居る限り、平民が貴族を殺そうが、大公の領をぶっ潰そうが、罪にはならないってことか……⁉」

「そういうことですわ！」

アーシャとて、ただ自分の身を考えなしに投げ出したわけではない。

最初に『魔性の平原』を訪れたのだって、ある程度勝算があってのこと。

西や南の圧政に苦しんで逃げた者、恨みを持つ者が多く居て。

魔獣の支配する場所で暮らすだけの気骨もあり。

何より、出自に依らずアーシャ自身を認めてくれるだろう者達の、居る場所だったからだ。

「もちろん、あくまでも表向きは、ですけれど。反対をしなかった者達も、『表向きは』わたくしの行動を許したという事実が重要なのですわ！」

もし本当に許さないのであれば、あの場で異を唱えるのが最善だったのだ。

あくまでも最初は陛下の発言ではなく、アーシャの発言だったから。

しかし誰も遮らず、陛下からお赦しの言葉が出たことで、場が決したのである。

「じゃあ、裏向きには？」

ウォルフガングは、ギラリと目を光らせていた。

貴族の横暴を許して放置した、南の大公への報復を実現できるかもしれないと思い、熱が籠っているのだろう。

「貴方がご存じのように、わたくしは現在、陛下の唯一の妃候補ですの」

アーシャは、自分の胸に手を当てる。

もちろん、アーシャが最初に名乗りを上げた段階では、無数の女性がその座を狙っていた。

しかしそうしたライバルを、己の能力と後ろ盾の権威をもって退け、あるいは汚い手を使う者達は、相応の報復でもってしっかり蹴り落としてきたのだ。

その結果、最終的にナバダと二人で競い合う形になり……彼女が下手を打ったのである。

つまるところ、現状はライバルたり得ない令嬢しか、皇都には残っていないのだけれど……その後ろにいる貴族の当主達の中には、まだ諦めていない者も多いのだ。

アーシャは、その事実をウォルフガングに説明した。

「ナバダが候補から消え、唯一の候補たるわたくしが陛下の庇護が届かない場所にいる。これがどういう意味かは、流石にお分かりでしょう？」

「……格好の暗殺の的、だな。そう見えるだけだとしても」

「ええ。有力な令嬢が皆、高位貴族に嫁いだり婚約が決まっている現状、わたくしが消えれば、妃の位は空白地帯となる。今までチャンスすらなかった方々が、付け入る隙が出来るのですわ！」

アーシャの宣言を、本気に取った者も取らなかった者も、誰も反対をしなかった。

皆が、己の欲に目を眩ませたから。


そのお陰で、存在自体が治外法権ともいえる公爵令嬢、すなわちアーシャが誕生したのである。


「もしそうだとしても、本当に貴族どもは納得するのか？　大公を殺すんだぞ。貴族を守らない皇帝に、本当にそのまま従い続けるのか？」

「陛下に？　……ふふ」

アーシャは笑みの種類を変えて、酷薄に咲（わら）う。

「逆らうのなら、むしろ好都合ですわ。だって――」

何故かゾクリとしたように、ウォルフガングが肩を震わせた。

「――陛下は、一人全軍ですもの」

「……とんでもねぇ化け物だとは言われれちゃいるし、実際にダンヴァロの住んでた男爵領を滅ぼしたのも本当、なんだろうが」

それでも『本当に一人で皇国そのものを相手に出来るのか』と言外に問われるのに、アーシャは肩をすくめた。

「忘れましたの？　北と東の前大公が不満を唱えて挙兵した結果が、どうなったのか。……貴方、この国で陛下と領地の間で戦争が起こって被害が出た話など、聞いたことがありまして？」

「いや……だが戦争が起こってねぇなら、北と東を相手にしたって話自体が、眉唾ってことになるじゃねぇか」

ウォルフガングの言葉に、アーシャは頭を横に振る。

「なりませんわよ。挙兵した大公軍を、陛下がお一人で蹴散らして終わったのですもの。一日も保っていませんわ」

「は？」

『一日平定』と呼ばれる、陛下御即位直後のその事件について、アーシャは詳しく説明する。

北と東の前大公は、そもそも先代皇帝陛下に不満を抱いていたのだ。

良くも悪くも事なかれ主義の二代目に対する鬱憤と野心が、現帝陛下の即位に際して発露したのである。

「指揮系統の移行に際する混乱……その隙をついた行軍のつもりだったのでしょうけれど、陛下は、そもそも兵を動かさなかったのですわ」

代わりに、転移の魔術を使って自ら本陣に突入した。

そして共謀した北と東の前大公、及び挙兵の賛同者に呪いを掛けたのだ。


——害意を持つ者にのみ、死以上の苦しみを与える呪いを。


逆に陛下を害することが目的でなく、真摯(しんし)に領地を憂いていた者は軒並み、難を逃れた。

呪いを逃れた者の中に、大公の息子や娘が残っていたのは、僥倖(ぎょうこう)だったが……それでも、将や兵長を含む多くの者が死に絶えたという。

「そのような経緯があったからこそ、残りの大公も貴族達も、鳴りを潜めたのですわ。陛下ご自身に逆らうことの愚かしさを、晒された死体の凄惨さと共に、魂に刻み込まれたのです」

アーシャは、ホホホ、と口元に扇を当てて笑う。

「ということで、狙うならわたくし、と皆が考えているのでしょうね」


——わたくし程度が死んだところで、陛下が隙を見せることなどないでしょうけれど。

それでもアーシャの生死が、勢力図的に非常に重要な位置にあることは、ウォルフガングにも理解出来ただろう。

「では、改めて問いますわね。貴方は伸りますの？　それとも、反りますの？」

「伸るさ」

ウォルフは、今度は躊躇わなかった。

「俺は、とんでもねぇ貴族令嬢を、全力で守ることにする。お前が生きてる限り、この手で南の大公(あの野郎)をぶち殺せる機会が巡ってくるんだろ？」

「ええ」

「そして、ぶち殺した後に罰を受けることもねぇんだろ？」

「間違いなく」

「なら、断る理由がねぇからな」

アーシャがその答えに、満面の笑みを浮かべると。

ウォルフガングも、牙を剥くような獰猛な笑みで応えた。

✦✦✦✦✦✦✦

「どうしたもんかな……」

イオは、十分に離れた草原(くさはら)の陰から、遠くに見える〝獣の民〟の村を見張っていた。

連れてきて、近くに潜ませていた【遁甲蛇】の番が一瞬で始末されたことには驚いたものの、イオの目的は、皇帝の指示を達成することではない。

——どう殺されるのが最善かな。

出来るだけ、自分が本気で相手を狙って殺されたように見せかけたい。

が、相手に被害が出るのは避けたいので、向こうがきちんと警戒している時に襲いたいが……そうなると、次はいつ動くかが、かなり難しかった。

イオ一人で〝獣の村〟に潜入するようなパターンは、万が一捕まってしまえば、腕輪の効果で死ぬのが先か、その前に洗いざらい吐かされることになるだろう。

そうなると、姉の心労が嵩む。

——姉さん、気づいてたしな。

衝撃を受けていた顔を思い出し、胸が痛む。

優しい姉である。

なるべく負担にはなりたくない。

多分警戒はしただろうし、このまま逃げて、腕輪の効果で野垂れ死にも考えたが……そうなると、もしかしたら、姉がずっと自分を捜し続けることになるかもしれない。

残る手段は外から、相手が迎え撃てる形で行うこと。

それなら、襲撃に魔獣を使うのはほぼ確定だ。


——あの森の辺りには、魔獣が多そうだったな。


イオは、割れた大岩の周りにある森を思い浮かべた。

あの辺りは何故か魔力や瘴気が濃いようで、魔獣自体も他の地より強大そうだった。

イオが操れる魔獣の数には限界があるし、あまり数を揃えて暴れさせると〝獣の民〟に思わぬ被害が出るだろう。


——なるべく強力な魔獣を一匹、かな。


あまりに強すぎる魔獣だと、こちらの支配を撥ね除ける可能性があるので、そのラインの見極めには注意が必要だ。

そう思いながら、一旦監視を切り上げて『大岩の森』へ向かったイオは、ふと、森の中……ちょうど割れた大岩の中心辺りから何かの気配を感じた。

――なんだアレ。

背筋がゾワゾワと怖気立つような感覚に、警戒を最大級に跳ね上げたイオは、慎重に音を立てないよう、気配のある場所を目指す。

イオは、魔獣の気配を感じることが出来る。

今の気配は、普段感じるものとよく似た気配ではあるものの、明らかに異質だ。

そうして割れた大岩の片側に辿り着いたイオは、岩の割れ目から生えた細い木立の裏側から、真下を覗き込む。

するとそこに、妙なモノがいた。

大きさは人とそう変わらないが、高級そうな服を身につけた〝それ〟には……肉がなかった。

――紫の光を淡く放つ、黄金の骸骨。

【放浪骸骨】という下級の魔物と似た外見だが、纏う瘴気の濃度が尋常ではない。

その周りが暗く見えるほどの瘴気の中に〝それ〟は立っていた。

足元に、肉が腐れたような女の死体が転がっていて、胸には黄金のナイフが突き刺さっている。

――アレは、マズい。

イオは、理屈も何もなくそう思った。

尋常の存在ではない〝それ〟の名を……多分、イオは知っている。

昔、魔獣を操る力を見出された後に、徹底的に叩き込まれた『魔のモノ』に関する知識の中に、同様の外見をした存在がいた。


――〝傲慢なる金化卿(バベル・ド・ゴウル)〟。


〝六悪の魔性〟と総称される、最上位の魔物として名を刻みしモノ。

かつて幾万の異形の軍勢を従え、『神にも勝る』と誇った傲慢の罰として魔に堕し、山をも砕く雷に撃たれて封じられた、とされている。


――なんでこんなところに、あんなモノが？


そんな疑問を抱いた瞬間。

金化卿の視線が、ゆっくりとこちらに向けられた。

その眼窩(がんか)の奥に、チラチラと瞬く紫の熾火(おきび)のような瞳を直視する前に、イオは後方に跳ねていた。

そして、一目散に逃げ出す。

捕まれば死ぬ。

それが分かってしまった。


――こんな場所で、死ぬわけには。


そして、どうにかして知らせなければ。

姉の前で死ぬことになるよりも、あんなモノが〝獣の民〟の村を襲ったら……と、そこまで考えたところで、イオは衝撃に見舞われて、いきなり跳ね飛ばされる。


――っ!?


叩きつけられた茂みの向こうには、足場がなかった。

断崖の真横だったのだ。

真下に、渓谷を走る川が細く見える。

空中で、ゆっくりと放物線を描き、徐々に滑落感が襲ってくる。

吹き飛ばされた崖上に視線を向けると、そこには【火吹熊(ベアングリード)】の姿があった。

その気配すら感じられないほど、自分が焦っていたのだとイオは悟る。

明らかに普通ではない様子の魔獣は、崖から身を躍らせてこちらを追ってきた。

死ぬことなどまるで考えていない……いくら興奮していても、魔獣とて生き物なので、あり得ないことだった。

十中八九、金化卿の仕業、だろう。

――姉さん……！

【火吹熊】に掴まれながら、なす術もなく落下していったイオは、水面に叩きつけられた瞬間に、意識が吹き飛んだ。

✦✦✦✦✦✦✦

『ハハハ……！』

どこかで見覚えのある子どもが川に沈んだのを、目線に頼らない視界で眺めた金化卿は、ひどく爽快な気分で笑みを漏らした。

とてつもない力が、絶対的な支配者たる昂りが、魂の内側から湧き起こっている。

『コレゾ、我ガ身ニ相応シキ力ダ……！』

金化卿は、黄金の骨になった自分の指先を、うっとりと眺める。

もはや、何も恐れるものはない。

怒りのままに、全てを薙ぎ払ってくれよう。

西の地に住まう、自分を嘲笑した愚物どもも。

自分に逆らった、ベリア・ドーリエンも。

父たる西の大公、ハルシャ・タイガも。


――ソシテ、アノ忌々シキ皇帝モ。

全員、全員、なぶり殺してくれよう。

『我ハ〝傲慢なる金化卿(バベル・ド・ゴウル)〟――ウルギー・タイガ、デアル』


金化卿と化したウルギーは、足元に転がる死体……恋人であったガームに目を向ける。

己も、ウルギー同様に包帯の隙間から紫の皮膚を晒す無様な顔をしているくせに、腰を振る自分から、汚らしいモノであるかのように目を逸らし続けた女。

胸に突き立てた黄金のナイフは、勿体無いので持って行こう。

そう思いながら指を軽く動かすと、魔術によって勝手に抜けたナイフが手に収まる。

『ハハハ』

愉快だ。

人間だった頃には難しかった魔術も、『思う』だけでこなせる。

魔獣の気配も感じられ、それを従わせる方法も簡単に分かる。


――我コソ、支配者ニ相応シキ者ナリ。


あのアウゴ・ミドラ＝バルアの代わりに、皇国を支配してやろう。

今の自分ならば、倒すのも容易かろう。

ウルギーは、あの皇帝に右腕を腐り落とされ、顔を潰されてからのことを、思い返していた。

醜悪な顔に変わり果てたガームとの褥も、月に一度の皇都での謁見も、苦痛で仕方がなかった。

『魔性の平原』に赴く僅かな時間だけ自由を許され、死ぬことも出来ない。

他の者などどうでも良いのに、父の命令で丸一日中、それこそ褥の間までも監視されていた。

元々死ぬつもりなどなかったが、ウルギーは、自分はこのような目に遭って良い存在ではないと、思い続けていた。

他人は、全員が自分の思う通りになって然るべきなのだ。

今の状況は間違っているのだ。

ガームは死にたがっていたが、この女が死んだせいで処刑など冗談ではなかった。

平原まで行くことだけ許されたのは、おそらく魔獣や、下賤な〝獣の民〟に殺されろということなのだろうと分かってはいても、他の自由などなかったので、数度、馬車で赴いた。

だが、ある時。

人目に晒されることの屈辱に耐えかねて、屋敷の蔵書室に赴いて……何かの声に導かれるように手に取った、奥の奥に眠っていた書物が、運命を変えた。

そこには、『魔性の平原』に眠る力についての記述が、あった。

黄金のナイフで胸を差し貫き、他者の魂を大岩の間で生贄に捧げることで、何者にも脅かされぬ不死の肉体を得られるという。

ガームを無理やり連れて行き、監視役を、隠していた秘蔵の魔術……飲み水を毒に変える魔術で、殺し。

そして、今。

『我ハ、全テヲ手ニシタノダ……』

他人の生殺与奪の権利を得た。

不死の肉体を得た。

そして、圧倒的な力を、得た。

『マズハ、ベリア、ダ……』

あのクソ生意気で思い通りにならぬ女を、絶望の中で縊り殺してやろう。

そう思いながら、ウルギーは動き始めた。

彼は、気づかない。

傲慢で貪欲な魂の在りようが、金化卿の依代（よりしろ）として相応しいと、一体何が判断したのか。

彼は気づかない。

なぜ普段、本など大して読まない自分が、図書室のさらに奥にある蔵書室の数ある本の中から、それを選び出せたのか。

ウルギーは、気づかない。

己の魂に宿る力はただの力ではなく、自分の身の内に巣くい始めたモノから貸し与えられているに、過ぎないことを。

その対価として、何を支払っているのか。

ただ己は全能であるという意識のみが残り、ウルギー・タイガという自我が徐々に崩壊し始めていることに、気づかない。

気づかないまま力に酔い、そして無差別に振るい始めた。

✦✦✦✦✦✦✦

「村長。完成したぜ」

ダンヴァロが姿を見せたのは、イオの行方を捜索する会議をしている最中だった。

「何がだ!?」

「何がって、作るって言ってたヤツだよ！」

声の大きい村長シャレイドが首を傾げると、彼は手に持ったものを持ち上げる。

それは巨大なゴーグルだった。

どうやら退治した後、素材として解体したらしい【遁甲蛇】の頭にあったものを使っているようで、シャレイドの嘴に合わせた形の黒いそれは、レンズ部分がなく顔全体を覆うものだ。

額の辺りが、少々盛り上がっている。

「暗視の仮面（ロレンチーニ）だ！　足りない素材が見つかったからな！」

「でも、それでは前が見えないのではなくて？」

メガネのようなレンズ部分がなく、目元を完全に鱗状の皮張りが覆っている。

アーシャの問いかけに、ダンヴァロは『よくぞ聞いてくれた！』と言わんばかりに目を輝かせた。

「コイツはな、目で見るんじゃねぇんだ！　元々、シャレイドの目は暗闇では役に立たねぇからな、別の感覚器官で補うんだよ！　地中を動く【遁甲蛇】にゃ、目じゃないモンで周りを感知する器官が備わってる！　そいつが、このデコの部分に埋めてあるもんさ！」

革製の頭に引っ掛ける部分を手で持ち上げ、コンコン、と盛り上がり部分を逆の手で叩いたダンヴァロに、シャレイドが立ち上がる。

「まぁ、着けてみりゃ分かんだろッ！」

「おうともよ！　昼でも使えるが、お前さんの鳥目よりゃ視界が狭まるだろうからな、状況に応じて使い分けろよ！」

ダンヴァロがゴーグルを差し出すと、シャレイドは躊躇いなくそれを身に着ける。

すると。

「お、おぉッ!?　何だこりゃ、不思議な感覚だなッ！」

「どうやら、【遁甲蛇】は周りの魔力流を鋭敏に感知するらしくてな！　それぞれの魔力流を見分けることで、色々見てるって寸法らしくてよ！　そいつをヒトに連結する魔導式を、ゴーグルに仕込んでんのさ！」

ダンヴァロは、本当に変わった。

以前のやさぐれた様子など、見る影もないくらい毎日生き生きしているようだ。

きっと元々、魔導具を作るのが大好きなのだろう。

しかし、妻を失い、職も奪われたせいで、自分を見失っていたのだ。

陽気で、ある種の子供っぽさが目立つ、しかし気持ちの良い笑い方をする獣人は、とても楽しそうだった。

そして彼が作るものは、どうしてこう、アーシャの興味を引くのだろう。

「ちょ、ちょっと着けさせていただけなくって!?」

アーシャがトコトコとシャレイドに近づくと、ナバダが呆れた顔をする。

「魔力流を感知するくらい、訓練すれば人間でも出来るわよ」

「お黙りになって！　それは才能がある者の物言いですわよ！」

暗殺者として優れた素質のある彼女は、魔力量も多く魔術の扱いにも長けている。

しかしアーシャには出来ないことが多いのだ。

訓練をしなかったわけではない。

しかし、優れた魔導士に師事しても、その感知能力は習得できなかった。

『そなたには、魔術に関して優れた才はない……』


――？


覚えのない記憶の中で、誰かがそう言っていた気がした。

男性のようだが、誰なのだろう。

ほんの少しだけ思索に沈んでいると、ゴーグルを外したシャレイドがそれを差し出す。

「まぁ、いいじゃねぇかッ！　俺も出来ないし、誰だって苦手なもんはあるッ！」

「そうだぞ、ナバダの嬢ちゃん。そういうのを補う為に、俺ら魔導具職人がいるんだぜ。火だって、魔術を使えりゃ起こせるが、誰でも出来ねぇから火を起こす魔導具があるんだからな！」

「まぁ、そうね。ああ、ダンヴァロの魔導具を馬鹿にしたわけではないのよ？」

「分かってるよ！」

「……ちょっとお待ちなさい！　それはわたくしのことは馬鹿にしているという意味ではなくて!?」

言葉の意味を少しの間考えてから、アーシャがナバダを睨むと、彼女はふふん、と鼻を鳴らして口の端を上げる。

「当然じゃない。全くこの程度のことも出来ないヤツに負けただなんて、口喧嘩と男に媚びることしか取り柄がないいんじゃない？」

「そろそろいい加減にしないか、罪人ナバダ！」

バン！　とテーブルを叩いて、黙って話を聞いていたベリアが立ち上がる。

「魔導具を無邪気に喜ぶアーシャ様も、大変お可愛らしくてあらせられるだろう!?」

「まぁ、可愛いわね。まるで赤ん坊のようだわ」

「大体、貴様の弟を捜すために、あのように熱心に取り組んでくれていらっしゃるアーシャ様に、少しは感謝の念を持ったらどうだ!?」

「何でよ？　私がアーシャに協力している条件は、そもそも『イオを見つけて助け出す』ことよ。やって当然じゃない。むしろやらなきゃ殺してるわよ」

「なんだと……!?　やはり貴様は危険だ……！　今ここで、剣の錆にして……」

「ダメに決まっているでしょう、ベリア。わたくしの許可なくそういうことはしてはいけなくってよ！　それにテーブルを叩くなんて、淑女としてはしたないですわ！」

今にも剣を抜きそうなベリアに、アーシャはため息と共にそう告げる。

「ぐぬぬ……！　申し訳ありません……！」

悔しそうに拳を握り締めるベリアに、ナバダが勝ち誇った笑みを浮かべた。

「そうそう、してはいけなくってよ？」

「それは誰の真似かしら⁉」

「誰とは言わないけれど、皇帝の雌犬の真似ね」

「ベリアではないけれど、少しは遠慮というものを覚えた方が宜しくてよ！　それと形容が一辺倒でつまらなくてよ！　頭が足りないようだから、辞書でも呑めば宜しいのではなくて⁉」

「あら、貴女にレベルを合わせたつもりだったのだけど、申し訳なかったわね。次からはもっと遠回しな嫌味……いえ、淑女言葉を練習しておくわね」

そんなやり取りに、ダンヴァロが片眉を上げて顎の毛皮を撫でる。

「いや、コイツら実は仲良いな？」

「そうだな‼」

ダンヴァロが呆れたように言い、シャレイドが笑うのに。

『良くないわよ（ですわ）！』

と声をハモらせて、なんとも言えない空気が流れる。

それを払うようにアーシャはシャレイドが差し出し続けていたゴーグルを受け取り、いそいそと身につけた。

すると、とても不思議な感覚が流れ込んでくる。

視界が塞がれているのに、そこに『在る』ものが分かるのだ。

生き物や無機物の形をした魔力、とでもいうのだろうか。

ナバダなら赤く、ベリアなら緑の緩やかな流れの魔力のカタチがそこに見える。

無機物は、もっと緩やかな渦で、足元の地面はさらにゆったりと、しかし濃密な魔力が流れているように見えた。

空気にすらも軽く魔力が流れていて、それがモノに当たると岩に当たる水のように割れてふわふわと漂っている。

「ふわぁ……これが魔力流というものですのね……凄いですわ……！」

動きながら見分けるには訓練が必要になりそうだが、確かにこれなら昼も夜も関係ない。

「逆に、昼間は外でゴーグルをつけてると、太陽の魔力量が巨大すぎて見づらいかもしれんなッ！」

「ああ、そいつは確かに。外で試したことはなかったが、あり得るな。……だから【遁甲蛇】は夜に活発になるのか……」

何気ないシャレイドの呟きに、ダンヴァロが何か考え込んでいる。

「貸してくださって、感謝いたしますわ！」

「アーシャ様が楽しそうで何よりです！」

上機嫌になったアーシャが礼を言いながらゴーグルを返すと、何だか自分の方が楽しそうに口を開いたベリアに、ナバダがまた口を挟む。

「そんなこと言ってるけど、アンタも素で見えるでしょ？　飛竜を操れるくらいなんだから」

「べ、別に出来るからと言って、アーシャ様が感動しているのを喜んで悪いことはないだろうが！」

なぜか焦ったようにこちらを見るベリアに、アーシャはにっこりと笑う。

「気にしてませんわよ！　ええ、全然気にしていないので、そんな焦らずとも宜しくてよ！」

「それは気にしてるヤツのセリフだな！」

ニヤニヤとデリカシーなくツッコんでくるダンヴァロの脇腹を、アーシャは淑女の笑みを浮かべたまま、肘を使って全力で小突く。

「ぐぉ……!?」

鈍い音の後に脇腹を押さえて沈んだ彼に、にっこりと首を傾げた。

「あら、どうかなさいまして？」

「いや……何でもねぇ……」

呻くダンヴァロに、ベリアが青ざめ、ナバダが顔を背けて肩を震わせていた。

――い、良いんですわ！　良いったら良いのですわ！　わ、わたくしは魔力流が見えなくたって、陛下と繋がっている右目があるのですわ！

だから、魔力流を感じることが出来なくたって、陛下に相応しくないなんてことはないのだと、自分に言い聞かせていると。

「あー……なんだ。まぁ、【遁甲蛇】は番だったから、もう一つ雌の器官がある。そいつをアーシャの嬢ちゃん用に加工してやるよ」

「本当ですの!?　さすがダンヴァロですわ!!　世界一の魔導具職人ですわ!!」

彼の提案に、先ほどから一転して態度を変えたアーシャが、両手を顔の横で合わせて全力で持ち上げると、何故か、ダンヴァロは苦笑していた。

第九章　〝鉄血の乙女(アイアンメイデン)〟アーシャ・リボルヴァ

「魔獣が、こっちに向かってきているですって……!?」

夜中、突如として鳴り響いた見張り台からの警戒の鐘の音。

ショールを羽織って寝巻き姿で起きてきたアーシャは、伝令からナバダと共に報告を受け、表情を引き締めた。

夜間に外で警邏(けいら)をしていた、私兵団の兵士から合図があったらしい。

その規模が問題だった。

【覗見小鼠(ピーピングトム)】と呼ばれる、透明化して獲物を探り、集団で襲う小型の魔物を含む、かなりの数らしく、村が危ないという。

「……イオ、ですの？」

伝令が去った後にアーシャが問いかけると、ナバダが頭を横に振る。

「いいえ。いくら成長していても、あの子に操れる魔獣の数はせいぜい普通の魔獣数体から、小物で十数体程度のはずよ。でも、侵攻の規模は数十体以上。【魔物寄せの香】を使った可能性もあるけど、それだと制御は出来ていないはずだわ」

「……！　いえ、香は使われていないでしょう」

【魔物寄せの香】を使うと、普通の動物も引き寄せられる。

魔獣だけが侵攻してくることは、あり得ない。

しかし、何らかの理由で魔物の大侵攻（スタンピード）が発生しているのは事実だった。

一大事である。

「わたくし達も出ますわよ！」

「元からそのつもりよ！」

ベリアは今日、イオを〝獣の民〟の村に連れてきた罰の一環で、村周辺の見張りに当たっているのでこの場には居ない。

アーシャは部屋に戻って寝巻きを脱ぎ捨てると、魔剣銃のホルスターを肌着の上から体に巻き付けて、胸元の祖母のペンダントを握った。

魔力を流し込んで【紅蓮のドレス】を身に纏い、金髪縦ロールの元の姿に戻って、外套のフードを羽織りながら駆け出す。

「化粧をする時間が欲しいですわね！」

すっぴんを人目に晒すのは、いくらアーシャでも恥ずかしい。

今は夜。

【風輪車（ツインサイクロン）】に乗って空に上がれば、見えるのは暗視ゴーグルを着けたシャレイドと、頭の白い愛竜と共に魔獣を警戒しているだろうベリアくらいだ。

急いで【風輪車】に跨ったアーシャは、起動してナバダを待つ。

すると、部屋の窓から顔を覗かせた彼女は、漆黒の暗殺服に着替え終えた姿で、窓から直接庭に飛び降りてきた。

ご丁寧に、顔布を巻いている。

「一人だけ顔を隠して、ズルいですわよ!?」

「アンタも巻けば良いでしょうに」

「……それもそうですわね」

ナバダが後部座席に飛び乗る(ニケツ)する間に、外套のフードを被って備え付けの口布を引き上げたアーシャは。

浮遊待機状態(アイドリング)の【風輪車】のハンドルを握って、魔導陣接続機(クラッチ)を滑らかに繋ぎ、魔導陣指定足柄(ギア)を蹴り入れて加速魔術機構(アクセル)を解放した。

ゴッ！　と音を立てて斜めに高度を上げていく【風輪車】が、小屋の屋根ギリギリを飛び抜けて、警戒の狼煙(のろし)が上がる方向へと駆け抜ける。

まんまるに輝く月を正面に見て急上昇した後、アーシャは車体を水平に戻した。

「アンタって乱暴よね」

「公爵家にいた頃は、馬に乗るのは禁止されておりましたわ！」

「でしょうね」

話しながらも、二人で眼下に目を凝らす。

村を囲う柵の辺りでは、夜番の者達が松明(たいまつ)を手に忙しく走り回っているのが見えた。

そして視線の先に、空から迎撃態勢を整えようと指示を出しているベリアと、村長の家の方向からゴーグルを着けて羽ばたいてきたシャレイドの姿が見える。

「シャレイド！　話は聞いてましてし!?」

「おうよ!!」

「少しでも数を減らしたいので、『炸裂符』を……」

「持ってきてるぜッ！　ありったけなッ！」

と、アーシャの言葉を遮って、手にした紙束を掲げる。

「流石ですわ！　……貴方も、飛べまして？」

流石に貰ったばかりでゴーグルに慣れていないシャレイドが、戦地でいつも通りに振る舞うのは厳しいだろう。

夜間という時間が、単身強大な魔獣を狩れる貴重な戦力である彼の力を削いでしまうのだ。

が。

「飛んで爆撃程度なら、問題なくやれる！　飛べる魔獣がいたら、始末するのをサポートしてくれりゃなッ！」

後は使って慣れる、と笑うシャレイドに、アーシャも一瞬笑みをこぼしてから、頷いた。

「ええ！　では、参りましょう！」

ベリアと合流して『炸裂符』を分け合い、襲撃に備える。

「ナバダ。わたくしには、闇夜に紛れる【覗見小鼠】が見えませんの。わたくしが飛んで、貴女が符を使う形で行きますわ！　場所を指定なさいな！」

「自分で出来ないくせに、何でそんなに偉そうなのよ？」

「貴女も【風輪車】には乗れないでしょう!?」

そう指摘すると、ナバダは黙った。

アーシャが魔力流を感じるのが苦手なように、ナバダはこの魔導具の操作が壊滅的に下手くそだったのだ。

一度乗りたそうなので貸してあげたけれど、魔力を流し込んだ途端に一気に浮き上がった【風輪車】から落ちる、乗れたと思ったらクラッチが繋げない、と散々だったのである。

ちなみに空高く浮き上がった【風輪車】には安全装置が備わっているそうで、ゆっくりと降りてきて普通に着地した。

優秀な子である。

そうして準備を整えて、戦場に着いて待機していると。

「……来たわね」

ナバダの言葉と共に、風が草原を渡る音に似た不気味な音が、徐々に迫ってきた。

「村に、被害は出させませんわ！」

「当然よ。右、水平、二時方向！」

符を手にしたナバダの指示が飛び、アーシャは斜め前に【風輪車】を進ませる。

「もう少し速く！　そう、ここ！」

ナバダが魔力を込めた符を真下に向けて投じると、淡く赤に光るそれが尾を引きながら、魔力に制御されて不自然なほどに真っ直ぐ落ちていく。

数秒後に、炸裂音。

パッと明るく輝いたところを見下ろすと、キィ！　と声を上げながら焼かれる、十数匹の魔物の姿が見えた。

符の輝きが薄れると共にまた闇に紛れてしまうが、一部の、驚いて隠形が解けたと思しきモノ達が、赤い目を光らせて逃げ惑っていた。

「次！　斜め下、九時方向！　地面を舐めるように走って！」

アーシャは方向を切り返すと、細かい指示を聞きながら地面スレスレを走る。

斜めに体を倒したナバダが、符を直線に並べるようにトン、トン、トン、と等間隔に地面に置いていき。

「上昇！」

指示と同時に、車首を上に向けて空に駆け上がる。

すると、進路上に罠のように置かれた符が、侵攻する小鼠達を吹き飛ばしていった。

シャレイドとベリアも、同様に小鼠達の始末を始めたようだ。

そうして、三人であらかた吹き飛ばし終えたところで、ナバダが口を開く。

「降りるわよ」

「どうしてですの？」

「符も残り少ないし、始末しきれなかったのは直接やるわ」

ナバダがダガーを引き抜きながら、ベリアを示す。

彼女も符を使い終えたのか、頭の白い飛竜の〝風の息吹〟で残った小鼠達を引き裂いていっている。

シャレイドは、続いて地上部隊の指揮を執る為に、村の方へと引いていく。

「残りは、飛竜とシャレイドの指揮する村人達に任せたらいいのではなくて？」

「見えないヤツらがまだ残ってるでしょう。他の連中には、大型を任せた方が良いわ」

キッパリと反論されて、アーシャは少し考えてから頷いた。

確かに、見えない相手に消耗させられるよりは、大型のモノを相手にする体力を残して貰った方が良いのかもしれない。

「でしたら、わたくしはもう少し先に赴いて、どんな魔物がいるかを確認し……」

と、前方に目を向けたアーシャは、深くため息を吐いて、魔剣銃を一丁引き抜いた。

「悠長なことを言っている場合では、なくなりましたわね」

視線の先に見えたのは、飛行する魔物達の姿だった。

【雷速隼】と呼ばれる種類の、雷撃を放つ高速で飛ぶ怪鳥である。

数頭が、月明かりの中に群れを成して、こちらに迫ってきていた。

「むしろ、こちらからお願いしなければならないですわね。降りて下さる？」

「一人でやれるの？」

「ベリアもいますわ。地上の【小鼠退治】の負担は増えますけれど。……それに、過積載荷物(デッドウェイト)を乗せた速度で、相手できるものではありませんわ！」

「随分な言い草ね。せいぜい死なないように気をつけなさいよ」

ナバダはそのまま、するりと空中に身を躍らせた。

アーシャも。怪鳥の雷撃に撃たれる前に動き出す。

バチバチ、と【雷速隼】の体の周りで弾ける火花と雷の範囲を見るに、相手の射程はおそらく《火》の魔弾より長く、《風》の魔弾よりは短い。

追いつかれなければ、そして《風》の魔弾で始末することが出来れば、どうにかなるはずだ。

「飛ぶモノは軽い……【火吹熊(ベアングリード)】や【遁甲蛇(ゴルゴンダ)】よりは外皮が薄いはずと思いますけれど」

試しに一発放つと、翼に当たって羽毛が数枚散る。

目を凝らすと、ポツンと小さく穴が開いていて、紫の血が少量ながら滲んでいるのが見えた。

一発で撃墜出来る程ではないけれど、効く。

「なら、負けませんわ！」

アーシャは、【風輪車】のポテンシャルを、フルスロットルで解放した。

「行きますわよ！」

【風輪車】でほとんど垂直に急上昇するアーシャに、【雷速隼】の群れは狙いを定めたようだった。

――そうよ、いらっしゃいな！

こちらを追うように旋回しながら高度を上げていく怪鳥達の風切り音と、出力を上げた【風輪車】のキュィィ……！　という駆動音が混じり合う中。

アーシャは、腰から取り上げて指に下げていた相棒の【擬態粘生物】に魔力とイメージを流し込むと同時に、体ごと車体を横に倒し、急旋回した。

急激な重圧が体に掛かると一気に血の気が引き、じわ、と視界の端が暗く滲む。

しかし生半可な速度と軌道では【雷速隼】達に追いつかれて、あっという間に爪でエサになってしまうだろう。

「くぅ……！　モル、ちゃん、お願いいたします、わ！」

制動をかけながら【風輪車】の尻を振って百八十度反転したアーシャは、一瞬停止した時にモルちゃんを解き放つ。

まるで投網（とあみ）のように網目状になってブワッと広がったモルちゃんが、その粘ついた体で蜘蛛の糸の如く旋回中の【雷速隼】の一体を搦め捕り、翼の動きを乱した。

いきなり制止をかけられて、きりもみ状に落ちていくそれを放っておいて、アーシャは右手でハンドルを保持しながら、左で魔剣銃の狙いを定める。
利き手ではない腕。
光源は、真円の月光のみ。

——ふん、きっちり当てますわよ！

アーシャは片目を閉じて、直近の一頭に極限まで意識を集中して目を凝らし……間髪容れずに引き金を絞った。
《風》の魔弾が宙を裂き、大きく開いた【雷速隼】の口腔から後頭部を貫く。

——二頭目！

それを確認した直後に、今度は浮遊する為の魔力供給を断って、落下。
腹の底が押し上げられるような滑落感を覚えつつ、右手と両腿に力を込めて車体から離れないように踏ん張りながら空を見上げた。
二頭の【雷速隼】が、先ほどまでアーシャの居た空間を挟み撃ちするように、高速ですれ違う。

——そのまま、ぶつかってしまえば僥倖でしたのに！

魔剣銃をホルスターに収めたアーシャは、浮遊力を再起させると、落ちていく【雷速隼】とモルちゃんを追いかける。

それに、追従してくる怪鳥が一頭。

「ふふ、これは避けられましてて?」

アーシャは指の間に挟み込んでいたそれに魔力を込め、わざとギリギリまで【雷速隼】を引きつけてから、指を開いて離す。


爆発。


残っていた『炸裂符』の一枚が、三頭目の【雷速隼】の頭を吹き飛ばして、爆風でアーシャはさらに加速する。

先ほどすれ違った二頭を引き離しつつ、耳元を轟々と流れる風の音に負けぬよう、迫り来る地上を前に声を張り上げる。

「モルちゃんっ!」

網目状になっていた【擬態粘生物】は、しゅるしゅると体躯を縮めると、小鳥に似た姿になってこちらに飛んでくる。

いきなり解放されても、【雷速隼】は浮力を回復できない。

モルちゃんを抱くように攫いながら、緩いU字を描き、アーシャは地表スレスレから再び上昇した。

轟音と共に【雷速隼】は地面に叩きつけられ、その風圧で【覗見小鼠】が何匹が巻き込まれて、吹き飛ぶのが見えた。

「っ……ぶな……！」

どうやら近くで魔獣の相手をしていたらしいナバダが、飛び退きつつ何やら口にしたようだが、よく聞き取れなかった。

というか、まだ【雷速隼】二頭に追われているので、それどころではない。

流石に軌道を変更できないアーシャに、上から突っ込んでくる【雷速隼】。

もう一頭は、こちらよりも安全な軌道で追従してきている。


——もう一度、モルちゃんに……。


と、指示を出そうとしたところで。

唐突に、上から来ていた【雷速隼】が無数の刃に引き裂かれたようにズタズタになり、横に吹き飛んで落下軌道に入った。

「あら？」

「無茶をしすぎです、アーシャ様ッ！」

かなり離れているのに、耳をつんざくような怒鳴り声が届いた。

「べ、ベリア？」

「連携を取るつもりがないのですか⁉　一人で全て引きつけるなんて、何を考えておられるのですか！」

遠くで、頭の白い飛竜が高度を下げてくるのが見える。

どうやら先ほどの【雷速隼】は、ベリアの飛竜が〝風の息吹〟で始末したらしい。

「助かりましたわ！」

「そ、そんな礼で誤魔化されるとでも思っているのですか⁉」

顔を真っ赤にしていそうな様子が、容易に思い浮かべられる声音。

まるで間近で怒鳴られているようで、耳が痛い。

どうやら風の魔術に適性のある者が習得出来るという、伝令魔術でも使っているのだろうと推測したアーシャは、離れたところにいるベリアに小さく謝った。

「ごめんなさい」

「二度とやらないで下さいね！　残り一頭、確実に始末しますよ！」

「ええ！」

アーシャは、追従してきている【雷速隼】を、低高度で、ベリアの飛竜が狙いやすいように誘導した。

「そのまま右に。そうです、行きますよ……3、2、1、射て（ショット）！」

連携を取れば、残り一頭は呆気なかった。

飛竜が再び放った〝風の息吹〟を受けて、ファルドラが墜ちる。

「どうにかなりましたわね！　地上は……」

と言いかけたところで。


『――見ツケタ、ゾ』

と、背筋が怖気立つような不気味な声が聞こえた。

謎の声と共に、ベリアの飛竜が突然暴れ出した。

「シロフィーナ⁉　どうした⁉」

『キュルァアアァッッ‼』

雌だというその飛竜が、頭を左右に振って暴れ狂う。

まるで、相棒であるベリアを振り落とそうとするかのように。

「ベリア、飛びなさい！」

シロフィーナは白目を剥き、言うことを聞きそうな様子には見えない。

アーシャは飛竜の下に回り込み、ベリアを飛び降りさせて拾おうとしたが……突然、飛竜がこちらを向いて、〝風の息吹〟を放つ姿勢を見せた。

「なっ……!!」

【雷速隼】をズタズタに引き裂くような凶悪なそれを、流石に受けるわけにはいかない。

咄嗟に、首の可動域の範囲外……死角になるシロフィーナの体の下に潜り込むように【風輪車】の軌道を変更するが、ベリアを拾える位置から外れてしまう。

しかし、彼女は飛び降りた。

「ベリア!?」

尾の方に向けながら声を上げるが、彼女は『大丈夫だ』とでも伝えるように手を振り、竜槍を両手で握って風の魔術を発動する。

緑の輝きがベリアを包み込み、ぶわりと、彼女のコートとマントが一体になったような青い服の裾が、翼のように靡く。

真下に向けて槍を構えた彼女は、そのまま落下して……緑の光が、地面に衝突する瞬間に大きく広がる。

ドン！　という音と共に地面がクレーター状に抉れ、砂埃や土砂を巻き上げるほどの強風が吹き上げた。

衝撃がクッションの役割を果たしたのだろう、一瞬空中で静止したベリアは、ふわり、とその場に着地した。

「……竜騎士の、技ですの？」

そういえば、熟練の竜騎士は跳躍力が非常に高く、頭上から襲う縦の動きで戦うものだ、と聞いたことがあった。

飛竜の背から落ちても、怪我をしないような手段を持っていたのだ。

しかし、ホッとしたのも束の間、暴れるシロフィーナがベリアに狙いを定めてブレスを放つ。


――っ殺すわけには、いきませんわね……！


ベリアは避けたが、我を失っている様子の飛竜を傷つけないように無力化する方法は、一つしか思いつかなかった。

「モルちゃん、しばらく抑えて！」

【擬態粘生物】を目立たないよう黒い小鳥の姿で飛ばしたアーシャは、ベリアを追うシロフィーナを牽制する為に、追いながら《風》の魔弾を放つ。

背中に直撃するが、強固な鱗はビクともしない。

それ自体は予想通りだったものの、飛竜はこちらの攻撃を全く気にも留めずに、何かに執着するように、逃げるベリアを追い続ける。

「……もしかして、操られているんですの……⁉」

あの声の主。

となれば、そちらを叩かないとシロフィーナは止まらないだろう。

先ほどの怖気立つような声の主は、と眼下に目を凝らしながら、アーシャは飛竜の頭上にたどり着いたモルちゃんに指示を出す。

「目を奪って！」

先ほど【雷速隼】を搦め捕ったように、飛竜にも投網のように覆いかぶせたかったが、シロフィーナは怪鳥よりも二回りは大きく、動きを止めるほどの邪魔にはならない。

それに頭を覆うと、ブレスによってモルちゃんが傷つく可能性が高かった。

指示通り、体積を増してベタッとシロフィーナの目元に張り付いたモルちゃんは、そのましゅるしゅると触手を伸ばして首と後頭部、羽根の根元までをグルッと巻いた。

ギシ、と飛竜の羽根の動きが鈍くなり、徐々に地上に降りていく。

「ファインプレイですわ！」

飛竜は、翼の頂点に鉤爪（かぎづめ）があるものの、腕はない。

目元だけを覆うように張り付いたモルちゃんを、攻撃する手段がないのだ。

尾は恐らく、届いて背中と首辺りまで。

体を前に丸められないように抑え込んでいるモルちゃんには、届かない。

「アーシャ！」

そこで、ベリアと合流したナバダが声を張り上げる。

「何で飛竜が暴れてるの!?」

「おそらく、操られていますわ！　先ほど妙な声が聞こえたので、おそらくそれが術者……っ!?」

と、言いかけたところで、アーシャは息を呑む。

視線の先。

【風輪車】で浮いている位置と同じ高さに、薄ぼんやりとした紫の光が見えた。

その下に、三対(さんつい)の巨大な、血の色のような紅い光。

『何か』が、巨大な魔獣の背に乗っている。


「アレですわ……！」

ナバダと、シロフィーナに呼びかけていたベリアもそれに気付いたのだろう、振り返って、闇に紛れた巨大な魔獣の姿に、息を呑んでいる。

おそらくは、侵攻する魔獣の本隊。

小鼠と怪鳥はあくまでも先遣部隊だったのだ。

巨大な魔獣の足元近くに、数匹の【火吹熊】の姿があり、さらに【雷速隼】が先ほどの倍の数。

そして、前に退治したものよりも巨大な【遁甲蛇】が三体と……巨大な魔物。


「バカな……【二又女蛇王(ギドラミア)】だと……!?」

薄雲に翳(かげ)っていた満月が再び姿を見せて青い光が注ぎ始め、ハッキリとその姿が闇に浮かび上がる。

それは、三つの女性の頭と上半身に、一本の太い蛇の下半身を持つ魔獣だった。

上半身は首から肩口、腕まで鱗で覆われて、背骨の上には竜のような縦ビレが連なっている。

白い肌の艶かしい裸体の上半身と赤く瞳孔のない瞳を持つ整った顔立ちが、逆に異形感を強めていた。

上半身が三つ、つまり又が二つあるのが、二又（ふたまた）の名の由来である。


その全容を見て、ベリアがさらに驚愕の表情を浮かべた。

「あの顔は……ガーム!?」


それは、ウルギーがベリアに婚約破棄を宣言する際に、横に居たという令嬢の名前だった。

「何故、【二又女蛇王】がガームの顔をしている……!?」

「美シイ顔ヲ、取リ戻サセテ、ヤッタノダ」

クックッと喉を鳴らしたのは、【二又女蛇王】の頭の上にいる魔性のモノだった。

ベリアが声を届かせるのと同様の魔術だと思われるが、聞くだけで不快な、脳裏で金属を擦り立てられるような感覚になる。

ヒトの声ではない。

〝それ〟は、黄金の骸骨だった。

高級そうな衣服を纏い、趣味の悪い王冠のようなものを被っていて、眼窩で紫の炎のような瞳を愉しげに瞬かせている。

「何者だ！」

会話が通じると踏んだのか、ベリアが声を張り上げると。

「元婚約者デアリ、偉大ナ私ノ、声スラ覚エテイナイノカ。野蛮デ頭ノ鈍イ、ドーリエン家ノ忌々シキ女メガ」

一転して不快そうに言い返した魔性のモノに、アーシャは思わず眉根を寄せる。

「元、婚約者……？」

その尊大な喋り方を、知っているような気がした。

不愉快であまり関わらないようにしていたベリアの婚約者であった大公の息子。

「貴様……皇帝陛下直々に断罪されて懲りるでも己の身を振り返るでもなく、魔に堕したのか！　ウルギー・タイガッ！」

ベリアの怒りが混じった咆哮に、魔性のモノが鼻を鳴らすような仕草をした。

「口ノ利キ方ニ気ヲツケルガイイ。魔ニ堕シタ？　私ハ支配者ニ相応シク、成リ上ガッタノダ」

傲然と腕を振った魔性のモノは、嫌味ったらしい仕草で胸に手を当てる。

「後悔ト懺悔ノ中デ死ヌガ良イ。私ニ従ワヌ愚カ者、ベリア・ドーリエン。暗殺スラマトモニ出来ヌ役立タズ、ナバダ・トリジーニ。ソシテ、気色ノ悪イ傷顔ノ不要ナ存在、アーシャ・リボルヴァ」

それぞれに侮蔑を投げた魔性のモノは、嗤う。

「私ハ無能ナ皇帝ヲ降シ、新タニ皇国ヲ支配スル者――」

〝それ〟が口にした言葉に、アーシャはこの魔性のモノを、何をおいても完膚なきまでに滅ぼして、地獄に叩き落とすことを即決した。

「――〝傲慢ナル金化卿(バベル・ド・ゴウル)〟ウルギー・タイガ、デアル」

◆

「陛下に成り代わる、ですって……!?」

アーシャは、ブルブルと肩を震わせた。

ナバダ達のすぐ近くまで、緩やかに降下して、浮遊状態の【風輪車】に跨ったまま、軋(きし)るように呟く。

「……最上にして唯一たるわたくしの陛下を貶め……あまつさえ不遜極まりない唾棄すべき言葉を……今、口になさいましたわね……!?」

「あ、アーシャ様……？」

頭の中が真っ白になるほど激昂したアーシャに、何故かベリアが怯えたような目を向けてくるが、それどころではない。

「たかが……たかが六悪程度の力を得た西の大公の小倅如きが……ッ！」

「……逆鱗（げきりん）に触れたみたいね」

髪を掻き上げながら、ポツリとナバダが呟くと同時に。


「――万死に値しますわ!!」


アーシャは、カッと目を見開いて吼える。

「己の力で己の人生を選び取ることも出来なかった愚物程度が、口にして良い言葉ではございませんわよッ！」

「新タナ支配者タル私ニ、不遜ナ口ヲ利クナ、傷顔ガ……！」

「お黙りなさい、クソ野郎！　今ここで、このわたくしが、その身の程知らずな物言いを二度と出来ないようにして差し上げますわ！」

額に青筋をビキビキと立てて、アーシャは両手に魔剣銃を手にして、翼を広げるように大きく腕を開いた。


「――〝鉄血の乙女（アイアンメイデン）〟の名にかけて！」

漆黒の鉄馬に跨り、金の縦ロールを靡かせ、紅蓮のドレスの裾をはためかせて……騎士の誓いの如く体の前で、魔剣銃を叩きつけるように十字に重ねる。

「今、この場で散り果てませ！　〝傲慢なる金化卿（バベル・ド・ゴウル）〟ウルギー・タイガッ！」

「ロダケハ大層ダガ、貴様ニ【二股女蛇王】ガ倒セルノカ？　……殺レ、ガーム」

ウルギーが腕を振ると、キュルァアアアア!!　と、女の金切り声に似た耳障りな鳴き声を立てて、三つの頭と瞳のない六つの目が、一斉にこちらを見る。

「ヒトは……己のキャンバスを己の色に染める権利が、ありますのよ！」

アーシャは、目でナバダ達に合図を出しつつ、《風》の魔弾を放った。

両脇にいた【火吹熊】達の片目をそれぞれに射抜く間に、姿勢を低くして後ろに跳び、アーシャの後ろに跨ったナバダが魔力を体内に溜め始める。

飛竜を抑えている為、アーシャの手元にモルちゃんはおらず。

ベリアも、操られている愛騎シロフィーナを欠いたまま、風を纏って大きく上に跳躍する。

「無意味に人のキャンバスに墨を掛けるようなクソ野郎は、同じく墨を掛けられても相応の選択の結果であると、お知りなさい！」

素早く魔剣銃を【風輪車】に……ダンヴァロが増設してくれた、魔力充填機脇の魔剣銃収納部に……差し込んだアーシャは、浮き上がりながらギアをニュートラルに蹴り換えて、全力でアクセルを捻る。

「『出力解放』！」

【風輪車】にあらかじめ充填してある魔力が、呪文と共に解放される。

この魔導具には様々な機能があり、『出力解放』はその一つ。

魔鉱石やアーシャ自身から魔力を蓄えることが出来る機能があり、その魔力を解放することで通常よりも速度を上げたり、風の結界を形成して風防(カウル)とするのが主な用途だが……ギアをニュートラルに入れて空吹かしすると、溜めた魔力が溢れ出る。

魔術士がその指向性を定めることで、魔術の行使に応用出来るのだ。

アーシャが周りに濃密に集まった魔力が、竜巻のような渦となって全方位に吹き荒れ始める。

動き出していた【雷速隼】が、警戒するように周りを旋回し始めたところで……。

「行くわよ、アーシャ！」

「ぶっ放しなさい!!　全力掃射(フルファイア)ですわ!!」

「〝赫灼(かくしやく)の獄炎花よ！　現世(うつしよ)と幽世(かくりよ)の水面(みなも)を揺らがせ、我が敵に花開け！〟」

自身の魔力を体内に溜め込み終えたナバダが、その強烈な魔術を風に乗せて解き放つのと同時に、アーシャも魔力を解放した。


「「――《明王散華(みようおうさんげ)》!!」」


ぶわり、とナバダの体表が青い燐光に覆われて、その周りに青光(せつこう)の輪郭と色を持つこの世ならざる美しい蓮(はす)が花開く。

直後、青い炎に姿を変えた蓮の花びらが、吹き荒れて広がる暴風に乗って周りと前方下方へと散っていった。

生物のみを焼き尽くす幽玄の炎が、魔獣達と【二股女蛇王】の下半身を襲う。

阿鼻叫喚の断末魔が響く中、跳躍したベリアと、後ろにいるモルちゃんやシロフィーナが、その範囲から確実に逃れているのをアーシャは視認した。

ほんの数秒。

風炎が吹き荒れた後には、大半が焼き尽くされ炭と化した、魔獣達の姿があった。

【二股女蛇王】は苦悶しながらも、巨体故に耐え切ったようだ。

恨めしそうに眦(まなじり)を釣り上げて、再び吼える。

「……後は頼んだわよ」

「ええ」

この極大魔術は、切り札だった。

安易に先遣隊に使えなかったのは、ナバダがこの後行動不能になってしまうからだ。

【風輪車】に溜め込んだ魔力を放出し切ったので、自分の魔力だけで車体を動かすアーシャも、先ほど【雷速隼】を相手にしていたようには、もう飛べない。

額に脂汗を浮かべたナバダは、自ら【風輪車】から飛び降りて後ろに下がった。

もう今日は戦力としては期待できないが、それだけの戦果はあった。

アーシャは生き残った【雷速隼】が襲ってくるのに、至近から魔剣銃の抜き打ちで《火》の魔弾を叩き込む。

頭を焼いて始末すると、高度を上げた。

残ったのは無傷のウルギーと、負傷した【二股女蛇王】、そして少数の魔獣。

こちらはアーシャとベリア。

それに……。

「アーシャ様、私兵団が到着しました！」

生き残った瀕死の【遁甲蛇】の額を、降下と同時に手にした飛竜槍で刺し貫いたベリアが、アーシャに報告してくる。

見ると、魔獣の先遣隊を始末したと思しき兵士達が、こちらに向かってくるのが見えた。

✦✦✦✦✦✦✦

その頃、〝獣の民〟の村は、混乱に陥っていた。

「前に始末した【遁甲蛇】の骨が暴れ始めただぁ⁉」

村の周りで外を警戒していたウォルフガングは自分のもとに届いた報告に思わず顔を引き攣らせる。

「死骸が動き出したってのか⁉」

普通ではあり得ない事態だろう。

ちょうど戻ってきたシャレイドに、魔獣の先遣隊を掃討に関する指揮を任せて、ウォルフガングは急いで村の中に戻った。

少し広場から離れたところに、ダンヴァロが座り込み、ベルビーニが半泣きになっている。

「何があった⁉」

「と、父ちゃんがオレを庇って……！」

どうやら、万一に備えて広場に人を集めていたのが裏目に出たらしい。

暴れ出した骨の近くにいたベルビーニを助ける時に、ダンヴァロが負傷したようだ。

「あの程度の魔獣相手に、情けねぇ……鈍ってやがるぜ」

「酒浸りしてっからだよ！　まぁ、息子を守ったんだから働きとしては十分だろ！」

顔を歪めるダンヴァロを笑い飛ばすと、ウォルフガングは彼の肩を軽く叩いて言葉を重ねた。

「ッ……！　テメェ、怪我してるとこを……！」

「ベルビーニにこれ以上、心配させんなよ！　散々迷惑掛けたんだからよ！　……後は任せとけ！」

そのまま広場に向かうと、報告の通り、【遁甲蛇】雌雄二体の骨がそれぞれに動き出しており、闇雲に村の建物を破壊していた。

その骨は不気味な紫の靄に包まれていて、どうやら何らかの魔術で操られているように見える。

意思があるわけでも、人を積極的に狙っているわけでもないようで、無差別に周りにある物を破壊しようとしていた。

ウォルフガングは、骨が逃げた村人達を追うような行動をしていないことに多少は安堵したが、あまり家や畑を荒らされれば、村自体が立ちいかなくなる。

「ふざけやがって……」

魔獣を操っているのが何者か知らないが、これ以上、村を壊し、仲間を傷つけるような真似は許さない。

まだ二匹の骨が広場から出ていないのは、好都合だった。

ウォルフガングが暴れるのに支障がない。

「ウォルフ！　どうするんだ!?」

女子どもを逃していた獣人の一人が問いかけてくるのに、ウォルフガングは怒鳴り返した。

「俺が始末する！　……広場の周りを、松明を焚いた男どもに囲ませろ！」

「火!?」

ウォルフガングは、警戒の為に焚いた篝火を、骨どもが避けているのに気づいた。

理由はよく分からないが、火が苦手なのだろうと見当をつけたのだ。

「広場から逃すな！」

言い置いて、意識を集中する。

ウォルフガングには、特殊な能力があった。

実家にいる頃から使えたのだが、おそらくは特異魔術と呼ばれるもので、自分だけが使える力だ。

『周りには隠しておけ』と幼少の頃に父に言われたその力のことは、あの事件が起こるまで、死んだ幼馴染みと、自分の家族しか知らなかった。

母には気味悪がられたが、ウォルフガングは自分にこの力が宿っていて良かったという気持ちと、力がありながら幼馴染みを守れなかったという後悔が、自分の中にずっと同居していた。

自らの身体能力を何倍にも引き上げるその魔術の存在が、ウォルフガングが復讐を成し遂げて南の大公領から逃げおおせた理由であり。

この村で、頼りにされている理由でもある。


「〝集まれ〟！」


掛け声と共に周りの土が不気味に蠢き、ウォルフガングの体を包み込むように、足元から登ってくる。

大地の底には『龍脈』と呼ばれる、巨大な力の流れが血液のように巡っているのだ。

その『龍脈』の力が土には染み出していて、それが大地の魔力や瘴気になると言われていた。

特に濃くそれらが集まる土地は『気溜まり』という、龍脈の力が溜まる場所。

『魔性の平原』も、似たような土地だった。

魔獣も巨大になり多く生息しているが、その分、表面の乾いた土を掘り返せば、大地の実りも豊富な肥えた土が眠っている。

ウォルフガングの特異魔術は、そうした『魔力の籠ったもの』を身に纏う事によって、その力を借り受けるものだった。

多くは、いつもすぐそこにある土や、石などの鉱物。

自分に向かって放たれた魔術の炎や、あるいは豊富で新鮮な水なども、そうした対象だった。

真正面から警戒していれば、それがよほど強大なものでない限り、ウォルフガングは地水火風の魔術を吸収することが出来る。

そんなウォルフガングの顔に傷を負わせた者は、かなりの手練れだった。

だが、相手が単純な動きしかしない蛇の骨程度なら、負けるつもりは微塵もない。

「行くぞ！　下がれ！」

篝火を焚いて、広場の外に出ないように牽制していた男衆が、パッと蜘蛛の子のように散った。

時間を稼いで貰って身に纏った土の分、広場が抉れて、ウォルフガングはその体躯を何倍にも巨大化させている。


――力強い四肢を備えた、頭のない【土人形(ゴーレム)】。


その頭の部分に埋まるように上半身と頭を出しているウォルフガングは、巨体に似合わぬ素早さで動く【土人形】の体を操って、動き出した。

「大人しくしやがれ！」

今の自分と同じくらいの体躯の【遁甲蛇】の首根っこを掴むと、地面に押さえつけた。

肉があった時の半分以下の太さで、力を込めると簡単に頭が落ちる。

「……？　脆(もろ)すぎねーか？」

感覚的には、糸で骨を繋いだ程度の強度である。

しかし、引き千切った骨はカタカタと音を立てて元に戻り、再び動き出す。

「なるほどな」

ウォルフガングは二匹を同時に、崩れないように押さえつけながら、広場の中央に油を撒かせる。

松明を投げ込まれて燃え上がり、準備が終わったそれの中に、骨の頭を千切って放り込んだ。

紫の靄が火に炙られて煙と化し、夜空に溶けるように消えると、骨の頭が動かなくなる。

「よし！」

ウォルフガングは、残った体の骨も次々と放り込み、全て始末する。

「紫の靄が見えなくなったら、火を消せ！　俺はシャレイドのところに行く！」

そうして、【土人形】の体を維持したまま、ウォルフガングは魔獣の先遣隊残党を掃討し終えていた村長と共に。

村の護衛に半分を残して、本隊の方に向かっているというベリアの私兵団の後を追った。

✦ 第十章　第三代皇帝　アウゴ・ミドラ＝バルア ✦

私兵団が、残りの魔獣を掃討する間。

アーシャとベリアは、二人で【二又女蛇王(ギドラミア)】とウルギーを抑える形で動いていた。

が。


「隙が、ありませんわね……！」


三つの上半身は元が一体なだけあって、連携が完璧だった。

【二又女蛇王】の頭上で眼球を狙うアーシャと、縦に跳ねるように動き、首や頭を貫くことを狙うベリアに対して。

それぞれに二つの頭が対応し、それをカバーするようにもう一つが動くことで、攻撃が当たらなかった。

そして不気味なのが、何の動きも見せないウルギー。

「優雅サノ欠片モナイ……ソレデモ、イト気高キ貴族(青キ血)ノツモリカ？」

嘲るように、ウルギーが紫炎の瞳を瞬かせる。

「反吐ガ出ルアノ皇帝ニ、似合イノ女ダ。全ク人ノ上ニ立ツニ相応シクナイ。己モ、ソノ恩恵ニ与リナガラ、イト気高キ王族ノ血族ヲ蔑ロニスル愚物ダ」

「ふん、貴方が引いているのは、負けた王の血でしょうに！　一体、どれ程の価値があると勘違いしておりますの!?」

「何ダト……？」

アーシャは嘲りを返しながら、一瞬の隙を縫って【二又女蛇王】の瞳を一つ、ようやく射貫いた。

笑みを浮かべつつ、忌々しげなウルギーに対して言葉を重ねる。

「お互いに高貴な身分、生まれながらに恵まれた存在……確かにその通りですわね。で、それがどう、貴方がわたくしに尊ばれる理由になるんですの!?」

アーシャは、瞳を潰したことで大きくなった【二又女蛇王】の死角に回り込むように【風輪車】を動かして旋回しつつ、鼻を鳴らした。

ウルギーの神経を逆撫でしておくに越したことはない。


他の魔獣を私兵団が少しでも減らす間に、ウルギーの気を引き付けておくのが目的なのだから。

「わたくしが尊ぶのは、境遇など関係なく、誇り高き魂を有している者ですわ！　〝獣の民〟やナバダのように！」

気品は、生まれに由来しない。

貴族であっても下品な者は下品であるし、貧民であっても高潔な者はいる。

尊敬に値するか否かは、その人格によるのであり、『生まれただけで価値がある』と本当の意味で感じるのは、我が子を愛する親だけだろう。

「地位しか誇るもののない貴方など、そこらの鼠にも劣りましてよ！」

「アーシャ様の仰る通りだ！」

連携が少し崩れた【二又女蛇王】の隙をついて、左側の上半身が伸ばした腕を斬り落としたベリアが、同調する。

「私も、常に不満だらけの貴様には辟易していたからな！」

アーシャは、《颪》の魔弾を【二又女蛇王】に放って、ベリアが飛び離れるのをサポートする。

そして、ウルギーを睨み下ろした。

「それにわたくし、そもそも個人主義ですの！　弱き者を踏み躙ることを是とする方を、身分を理由に尊重しろと言われても、知ったことではございませんわ！」

黙って聞いていたウルギーは、聞き分けのない子どもを相手にしているかのように、首を横に振る。

「弱ク、ソシテ無様ナ様ヲ晒シナガラ、ヨク言エタモノダ、傷顔。ドレ程吠エヨウト、ギドラミア一体ニ苦戦スル程度。……故ニ染マルノダ」

ウルギーは、悠然と腕を広げて、まるで演説するかのように宣う。

「弱キ者ハ、踏ミ躙ラレテ、当然ナノダ。皇帝ガ支配者タル・ベ・キ・コ・ノ・私・ヲ・踏・ミ・躙・ッ・タ・ヨ・ウ・ニ・ナ・！」

まるで己の力に酔うように、これ見よがしに【二又女蛇王】の上半身の根本を踏みつける。

元は、自分の選んだ貴族令嬢であったはずの、ガームの体を。

「他人ヲ己ノ色ニ染メル事ノ、何ガ悪イノダ？　貴様モ、皇帝ノ色ニ染マッテイルデハナイカ。力コソ正義ノ思想ニ！　弱キガ故ニ染マルノダ！　人ヲ己ノ望ムママニ染メル事コソ、強者ノ証ナノダ！」

そこで、私兵団の一人が、ベリアに対して声を上げた。

「増援です！　〝獣の民〟が！」

聞きつけて目を向けると、空から村長シャレイドが、平原から【土人形】化したウォルフガングが、こちらに迫ってくるのが見えた。

ウォルフガングは近くまで来ると、ウルギーを見て声を張り上げる。

「紫の靄……そのキンキラが親玉か⁉」

「ええ！」

「なら、魔獣どもを遠くまで引き離せ！　親玉と距離が離れれば、多分、単純な命令しか受け付けなくなる！」

「いい情報ですわ！」

アーシャが目配せすると、ベリアが私兵団に指示を出すために対【二又女蛇王】の戦線を離れ、代わりにシャレイドとウォルフガングが参戦する。

少し余裕が出来たアーシャは、改めてウルギーに目を向けた。

「貴方、先ほど踏み躙られたと仰いまして？　何も分かっていませんのね！」

異形と化そうと、力を得ようと、ウルギーの浅ましい本質は何も変わっていないのが、その言葉に集約されていた。


「先にベリアの人生の踏み躙ろうとなさったのは、貴方でしょうに！」


被害を受けたのは自分、犠牲になったのは自分。

そんな風に、彼の世界には、自分ただ一人しかいない。

「己の行いが返ってきたに過ぎないことを、グチグチと逆恨みした挙句に、陛下と自身を並び立てて語ろうなどと……何億年経とうと、貴方如きに許されることではございませんわよ！」

「本当ニ……口ダケハ達者ダナ！　皇帝ノ雌犬ガァッ！」

「あら、わたくしの陛下への敬意を理解して下さっているようで、何よりですわ！　貴方に対して、それを光栄とは思いませんけれど！」

参戦したシャレイドが左側の上半身の頭を落とし、ウォルフガングが右の上半身の腕を叩き折る。

そしてアーシャが片目を潰した真ん中の上半身は、もう一つの目もアーシャが至近距離から《火》の魔弾で撃ち抜いた。

「〝選ぶ〟ということは、その結果を受け入れること！　故にこそ、己を何色に染めるかを決めるのは、己自身ッ！　決して、他人が決めて良いものではないのですわッッ！」

金切り声の三重奏に負けない声で、アーシャは吼える。

「好ましく色づくよう己で筆を走らせても、時に気に入らない色に染まることも、色が混じり合って暗く染まることもあるでしょう！　ですが、そうなることすらも、己の選んだ結果であることが、重要ですのよ！」

ベリアの指揮の下、私兵団と〝獣の民〟が連携して、魔獣を各個に誘き寄せて、どんどんウルギーから引き離していく。

魔獣の群れの本隊も、これで瓦解するだろう。

アーシャは、魔剣銃をウルギーに向ける。

「だからこそ、己の欲の為だけに他人を踏み躙る者達を、陛下は断罪なさるのです！　二人の大公や、貴方のように！　これから断罪を受ける西南の大公のように！」

そして陛下は、己の望みの為に、己を染め上げようと努力し、挑戦する者を好む。

ナバダやベリアのように。

妹のミリィのように。

そして〝獣の民〟の皆のように。

陛下は、果敢に前を向く者達を、決して害さない。

「だからわたくしは……己に、そして陛下に恥じない生き方を〝選ぶ〟のですわ！」

アーシャが、宣誓と共に放った弾丸は。

ウルギーの額を、狙い違わず撃ち抜いた。

✦✦✦✦✦✦

「……デハ、ソノ愚カナ盲信ニヨッテ死ヌガイイ」

弾痕を頭蓋骨に刻みながらも、ウルギーは全く痛痒を感じた様子もなく、そう口にした。

刻まれた弾痕とそこから伸びるひび割れが、スゥ、と滑らかに元に戻る。


——頭は、弱点ではありませんのね。


心臓が存在しなさそうな外見なので頭を狙ったのだが、もしかしたら、聖なる力が弱点であったりするのだろうか。

そうなると、【吸血鬼（ヴァンパイア）】に有効であるという白木の杭や、銀製の剣や鏃（やじり）、弾丸、聖水などが必要になるのかもしれない。

当然、聖女でもないアーシャに聖属性の魔力など扱えないし、ナバダやベリア達も同様だろう。

そうであれば、不味いのだけれど。

アーシャが目まぐるしく考えていると、ウルギーが動き出した。

ユラユラと体から放たれる紫の靄が濃くなり、風に乗って辺りに広がっていく。

するとアーシャの近くにそれが届いた時に、パチ、パチ、と周りで火花が弾け始めた。

——【風輪車】の風防障壁と、反発しあっている……？


風防障壁は、魔力によって周囲に形成されている風の結界である。

となれば、紫の靄は【遁甲蛇】の『土を腐らせる力』に似た、何か邪悪な魔術によって作られているものなのだろう。

あるいは、瘴気そのものか。

「皆、退避なさい！」

アーシャは、【二叉女蛇王】の相手をしていたシャレイドとウォルフガング、そして私兵団に指示を出し終えてウルギーを始末する隙を窺っていたベリアに、指示を出した。

しかし、遅かったようだ。

それまで緩やかだった靄の広がりが爆発するように加速して、後方に逃れていたナバダまでも呑み込み……全員が縛り付けられたように、動きを止める。


「——元ヨリ全テ、戯レニ過ギヌ」

ウルギーは、硬質な音を立てながら、顎を指先で撫でた。

「女ナド、見目ガ良ク、黙ッテ男ニ侍ッテ居レバ良イ。下民ナド、青キ血ノ為ニ家畜トシテ生キテ居レバ良イ。醜キ者、出シャバル者、歯向カウ者……ソンナ者ドモニハ等シク、何ノ価値モナイ」

「戯言ですわね。手垢のついた物言いに、退屈で欠伸が出ますわ！」

反論しながらも、アーシャは絶対的に不利な現状を打開する方法を思考する。

自分以外、誰も動けない状況。

【二又女蛇王】は下半身に火傷を負い、首や腕、目などを幾つか失っているが、まだ生きている。

幸い、魔獣を引き離す為に既に遠くに居る私兵団や〝獣の民〟の皆は無事に逃れているようだけれど……。

「傷顔。モウ一度ダケ特別ニ、愚カナ貴様ニ攻撃ヲ許シテヤロウ。身ノ程ヲ知ルガイイ」

「あら、では遠慮なく！」

アーシャは、躊躇わなかった。

今の自分が持てる最大の火力……残り一枚の『炸裂符』に魔力を込めて、【二又女蛇王】の背中に向けて撃ち落とす。

宣言通りに何も対処した様子もなくウルギーが受けて、火球が大きく広がった。

紫の靄は吹き飛び、火球と爆発の威力に背中を焼かれて、【二又女蛇王】が苦悶の声を上げる。

ウルギーは吹き飛び、四肢がバラバラになったが……カタカタと四散した黄金の骨が動き出して浮き上がる。

そして爆風でズタズタに引き裂かれて焦げた服のもとへと集まり、何事もなかったかのように復活した。

「分カッタカ？　私ハ不死ヲ得タ。貴様ラ愚物ガ、ドレ程足掻コウト、最初カラ無駄ナノダ！」

カカカカ、と嗤う魔性のモノは、自分のせいで余計な怪我を負った魔獣すらもどうでもいいようだった。

どこまでも傲慢。

その名に恥じない振る舞いは、アーシャの許容できる限界をとっくに超えている。

「サテ……」

ベリアのもとへ歩み寄るウルギーに、アーシャは魔剣銃を構えるが……。

「モウ一度ダケダト、言ッタハズダガ？」

濃縮した紫の靄を先に放たれ、攻撃をやめて回避する。

その間に、動けないベリアの前に立ったウルギーは、彼女に顔を寄せる。

「忌々シキ女、ベリア・ドーリエン……貴様ニ、罰ヲクレテヤロウ。ソノ手デ傷顔ヲ殺シ、一生人形トシテ、私ノ椅子ニデモナルガイイ」

「誰が、そんな事を……！」

「ソンナ口（クチ）モ、スグニ利ケナクナル」

「させると思いまして⁉」

風防障壁を纏ったまま、アーシャはウルギーに突撃しようとアクセルを開いた。

しかし。

「シツコイ羽虫ダナ。貴様ハ飛竜ト自分ノペットノ相手デモ、シテイロ」

と、ウルギーが指を鳴らすと。

モルちゃんが、ウルギーに支配されたのか、シロフィーナの拘束をシュルリと解いてコウモリの翼形態になると、こちらに向かって高速で飛んでくる。

「なっ⁉　モルちゃん⁉」

進路上に飛び出してきて網状になったモルちゃんに受け止められて、【風輪車】の動きが止まる。

同時にシロフィーナが襲いかかってきて、体当たりを喰らった。

『グルゥァアアアッ！』

「くっ……！」

【風輪車】が傾いでバランスを取ることが出来ず、アーシャは巻き込まれないように自分から手を離して跳んだ。

咄嗟に引き抜いた魔剣銃一丁を持って落下する最中、【風輪車】から離れたモルちゃんが、今度は触手状になってグルグルと巻き付いてくる。

地面に叩きつけられたが、巻き付いたモルちゃんがクッションになって衝撃に息が詰まった程度で済んだ。

「モル、ちゃん！　わたくしが主人でしてよ……⁉」

「漸ク大人シクナッタナ。ソコデ待ッテイロ」

ジタバタするが、そんなことで拘束は外れない。

ウルギーが再び指を鳴らすと、ベリアが槍を構えてフラフラと近づいてきた。

「お、お逃げ下さい、アーシャ様……体が、勝手に……！」

「わたくしも、動けるなら動きたいのですけれどね！」

潤んだ目でベリアが訴えてくるが、アーシャの力では、飛竜もある程度押さえ込めるモルちゃんの拘束は解けない。

魔術による精神共鳴も、ウルギーの強烈な支配によって弾かれてしまっている。

「アーシャ様……!!」

悲痛な声で訴えられても、なす術がない。


——マズいですわね。


流石に命の危険を感じたアーシャが、焦りで歯噛みしていると。

「……させない」

そこに、聞き覚えのない声が響き。

「行け、【火吹熊(ベアングリード)】！」

アーシャとベリアの間に、誰かが立ち塞がった。

さらに、背後から飛び出してきた【火吹熊】が、ウルギーに襲い掛かる。

「……イ、オ？」

間に現れた人物に向かって呆然と呟くベリアに対して、後ろから見るに、どうやらずぶ濡れらしい青年が頷く。

「アーシャ・リボルヴァは殺させない。一緒に逃げろ、ベリア」

そこに居るのは……どうやらナバダの弟、イオ・トリジーニのようだった。

✦
✦
✦
✦
✦
✦
✦

『だからわたくしは……己に、そして陛下に恥じない生き方を〝選ぶ〟のですわ！』

崖から落ちた、イオは。

落下の途中で〝傲慢なる金化卿(バベル・ド・ゴウル)〟の支配が解けた【火吹熊】を操り、その頑強な体をクッションにすることで、なんとか生き残っていた。

気絶した【火吹熊】が中洲に顔を出して引っかかったので、それが起きるのを待って荒れた川を渡り、なんとか〝獣の民〟の村近くに到着して、機を窺っていたのだ。

そして、アーシャと金化卿……ウルギーのやり取りを、聞いた。

「アンタの言葉、響いたよ。アーシャ・リボルヴァ」

振り向いたイオが告げると。

小柄で華奢(きゃしゃ)で、一体どこからそんな活力が湧いてくるのか分からない、火傷を顔に負った少女が、不思議そうな表情を見せる。

「姉さんを、助けてくれてありがとう」

「あら、そんなもの、陛下の臣下として当然のことでしてよ？」

間髪容れずに言い返してきた彼女に、思わず苦笑する。


——きっと、姉さんも。


この少女の強さを認めて、一緒に居ることを決めたのだろう。

彼女から来る手紙の内容は、イオを心配するものと、アーシャに関する愚痴が一番多かった。

あんなことを言われた、こんなことを言われたと……心底嫌そうな様子だったのに、どこか楽しげにも感じる手紙の内容だった。

そしてさっき聞いたアーシャの言葉と合わせて、納得した。

姉さんはきっと、彼女の真っ直ぐな生き方に……真っ直ぐに生きることが出来ている彼女に、嫉妬し、同時に憧れていたのだと。

「だから俺も、アンタに従って……自分と姉さんに恥じないように、生き方を選ぶよ」

——その結果、死ぬことになっても。

「イオ!!」

声を張り上げた姉さんに顔を向けて、イオは微笑む。

「元気で、姉さん。……ベリアも」

「イオ……!? 一体、何を……!」

イオは、ウルギーを威嚇する【火吹熊】以外にも、数匹、仲間の群れを操っていた。

潜ませていた彼らに合図を出すと、一斉に飛び出してきて、拘束されたアーシャと、ベリア、ナバダを担ぎ上げて、一目散に走り出す。

「イオ・トリジーニ!」

「離れれば、支配は解けるんだろう?」

最初からイオに支配されている【火吹熊】は、ウルギーの魔術の影響を受け辛い。

そして、精神支配の魔術に耐性のあるイオは、自分を支配しようとするウルギーの紫の靄に、抵抗することが出来ていた。

——後は、彼女達が十分に離れるまで、死なないようにしないと……。

支配が解けた【火吹熊】が、彼女達を襲ってしまう。

他に操られている〝獣の民〟には、残念ながら諦めて貰うしかない。

チラリと目を向けると、何故か動かない【二又女蛇王】の前に転がる鳥獣の男と、妙な【土人形】みたいな体をした男は、ホッとしたような表情を浮かべていた……が。


「生キテイルトハ、シブトイ虫ダナ。……ガ、無駄ナ事ダ」


ウルギーが指を鳴らすと、逃げ去ろうとしていた【火吹熊】の動きが止まる。

「なっ……！」

精神の糸が繋がったまま、魔獣達の操作が効かなくなったイオは動揺した。

「サァ、ドチラノ力(チカラ)ガ勝ツカナ？」


――失態だ。


ウルギーは紫の靄だけでなく、イオのように直接支配する魔術も使えたらしい。

多分、あの【二又女蛇王】も、直接支配している魔獣なのだ。

だからアーシャを【擬態粘生物】に襲わせる間は、動きを止めていたのだろう。

西の大公同様、イオの知るウルギーも他人をいたぶって愉しむような気質があった。

機会があれば即座に殺害に移る暗殺者とは、根本的に違うのだということを、失念していた。

強烈な支配力のせめぎ合いの重圧に、イオは棒立ちになったまま全身に脂汗を浮かべる。

「クソッ……！」

相手の力が強すぎる。

徐々に押されていくイオは、他になす術もないまま全力で抗うが、【火吹熊】は反転して、姉さん達を抱えたまま、ジリジリとこちらに戻ってきている。

「コノママ、力尽キルマデ遊ンデヤッテモ良イガ……ソノ腕輪ノ支配権ハ、タイガノ血族タル私ニモアル事ハ、理解シテイルカ？」

汗が、一瞬で冷えた。

【服従の腕輪】を起動させられれば、イオは死ぬ。

――どうする、どうすれば。

これ見よがしに黄金の指を上げて、これ見よがしに鳴らそうと指を合わせるウルギーに。

「イオ・トリジーニ！　後ろに全力で跳びなさい!!」

アーシャの声が響き渡り、イオは考える間もないまま、それに従った。

✦ ✦ ✦ ✦ ✦ ✦ ✦

イオが跳躍するのを見て、アーシャは奥歯を強く噛み締めて呼吸を止めた。

——もう少し……ですわ……っ！

失敗は出来ない。

手の魔剣銃の狙いを定める為に、極限まで意識を集中する。

——狙うは、腕輪……！

《風》の魔弾は十分に届く距離だけれど、【火吹熊】に抱えられた上にモルちゃんに拘束されたままで、姿勢が最悪なのだ。

アーシャの握力では、一発撃ったら反動の衝撃（ブローバック）で手から魔剣銃が飛んでいくだろう。

だから、確実に当たる距離に、イオが入った瞬間に……。

——ここッ!!

アーシャは、引き金を絞った。

銃口がブレる前に、キュン！　と宙を引き裂いて飛んだ《颪》の魔弾が、狙い違わずイオの腕輪だけを撃ち砕く。

「やりましたわ……!!」

しかし、同時に魔剣銃がどこかへ飛んでいき。

『グルゥァアアアアッッッ!!』

まだ、ウルギーに操られたままのシロフィーナが〝颪の息吹〟を吐き出して、アーシャは、【火吹熊】やイオごと、強烈な一撃に吹き飛ばされた。

✦✦✦✦✦✦✦

「アーシャ！　イオ！」

ナバダは、思わず叫んだ。

ブレスに吹き飛ばされたアーシャは、気絶したのか動かない。

目を凝らすと、微かに胸は上下している。

紅蓮のドレスと、【火吹熊】やモルちゃんの強靭な体のおかげで、なんとか即死は免れたらしい。

モルちゃんの拘束は解けており、同じように気絶したのか近くに転がっていた。

「無駄ナ足掻キダナ」

アーシャが気絶したからか、つまらなそうにウルギーが呟き、指を鳴らす。

すると最悪なことに、アーシャを抱えていた【火吹熊】も、瀕死の様子だが生きていたようだ。全身がズタズタに引き裂かれて、ほとんど力はないようだが……イオの支配も解けて完全にウルギーに掌握され、怪我を無視してアーシャの方に向かっていく。

「イオッ！」

ナバダが声を張り上げると、イオはピクリと指先を動かした。

後ろに跳んでいたのが功を奏したのか、鎌鼬(かまいたち)によって怪我を負ってはいるものの、動いて起きあがろうとしている。

けれど、上手くいかないようだ。

あの子は、アーシャを助けにには行けない。

そこで、ウルギーの声が聞こえた。

「興ガ削ガレタガ、続キダ」

ウルギーの両脇には、【二又女蛇王】とシロフィーナ。

ナバダやベリアを抱えた【火吹熊】も、ウルギーの命令に応じて、腕に抱いたこちらにギロリと目を向けてくる。

「……ッ！」

大きく口を開けて、こちらに噛みつこうとしてくる。

「私ニ逆ラッタ愚カシサヲ噛ミ締メ、恐怖ト絶望ノ中デ死ヌガイイ」

ウルギーの愉悦に満ちた声。

どうにも出来ない。
皆、死んでしまう。

——そんな、ことを……!!

アーシャがあれだけ頑張ったのだ。
それを無駄にさせて、良いわけがない。
あんな状況で、アーシャはイオの命を優先した。
『わたくしについてくれれば、全て上手くいきますわ!』
あんな、誇らしげで、何も疑っていないような、憎らしい顔をして。

——どこが、上手くいってるってのよ……ッ!!

馬鹿が。
こんな状況でイオを助けたって、どうにもならないだろうに。

——どこまでも……ッ!!

どこまでも、アーシャはナバダの神経を逆撫でする。

あの女は、見捨てないのだ。

ナバダに、イオを助けると約束したから、それを実行した。

だったら。


――アタシだって……一応、アレとタメ張るって、思われてたのよ……!!


極大魔術で疲れている程度で、良いようにやられて、終わってたまるか。

ナバダは、ブレスの影響で紫の靄が散り、ウルギーの支配力が僅かに弱まったのを感じていた。

ウルギーは、傲慢の名の通り、どこまでもナメ腐っている。

自分に勝てるはずがない、と。


――誰が、お前如きに……!!


ナバダは、残った魔力を無理やり捻り出して、全身から放出した。

「おぉぉおおお!!」

指先が僅かに、動く。

ナバダはそこを起点に、支配を打ち破り……腕を振り抜いた。

手にしたダガーを逆手に持ち替えて、【火吹熊】の喉を、魔力を込めた刃で一息に引き裂く。

頸動脈を断たれて、【火吹熊】の首からバシャバシャと飛び散る紫の血を浴びながら。

ナバダは魔獣の拘束を抜け出して、アーシャのもとへと跳んだ。

一歩、二歩、三歩。

速度だけなら、この場の誰にも負けない。

同じように拘束を解いたのか、シャレイドがウルギーに、【二又女蛇王】にウォルフガングが襲い掛かっている。

そこに。

「ホウ……ダガ、間ニ合ウカナ？」

再び飛竜が、アーシャに向けて〝颪の息吹〟を放とうとしている。


「シロフィーナ！　待機(ステイ)！」


【火吹熊】の顎を下から槍で貫いたが、硬く締め付けられた腕からは逃れられていないベリアの、渾身の呼びかけ。

飛竜が、ピタリと動きを止める。

「アーシャは……ッ！」

殺させない。

「アーシャ・リボルヴァは……ッ、こんなところで死んでいい女じゃ、ないのよッ！」

最後の力で爪を振り上げた魔獣と、倒れ伏すアーシャの間に。

ナバダは覆い被さるように体を滑り込ませ、体でその一撃を受け止めようとして……。


『──平伏せよ』

静かな声が響き渡ると同時に、アーシャの体から、彼女のものではない膨大な魔力が膨れ上がった。

──⁉


さらに間髪容れずに不可視の圧が天上から降り注ぎ、ナバダは飛び込もうとした前傾姿勢のまま地面に押し付けられ、思わず目を閉じる。

「ぐっ……！」

ウルギーの支配力など、比べ物にならなかった。

そして、巨人の手で押さえ付けるような圧で這いつくばらされたまま、背筋が怖気立つような怒りの気配を感じる。

力を込めて首だけ曲げると、そこに見えたのは、柔らかそうな紫の革で出来た靴。

それが、宙に浮いている。

視線を周りに走らせると、同じように【火吹熊】もうつ伏せに倒れて絶命していて……シャレイドやウォルフガングも膝をついている。

ウルギーや【二又女蛇王】ですら、倒れてこそいないものの、その動きを拘束されているようだった。

「コレ……ハ……!?」

初めて、苛立ちでも愉悦でもなく、狼狽えたようなウルギーの声が聞こえる。

靴の持ち主は、ふわりと地面に降り立った。

アーシャを、腕に抱いて。

その黒い瞳を、冷たく光らせ。

圧倒的な魔力の放出によって、黒い髪と服の裾をゆらめかせている。

「……アーシャ」

その男の呼びかけに、腕の中にいる少女がピクリとまぶたを動かし、目覚めたようだった。

彼女が、掠れた声で呼んだ相手は。

この土壇場で、現れたその男は。

「へい……か……」

——バルア皇国第三代皇帝、アウゴ・ミドラ＝バルア。

彼は怒りの気配を漂わせたまま。

「自由は、許した。――だが、死ぬことを許した覚えはない」

しかしどこまでも静かに、そう、口にした。

✦

アウゴは、全てを見ていた。

アーシャが己の手で〝獣の民〟の信頼を勝ち取る様も。

襲い来る魔獣に対処する様も。

そして〝六悪〟が一、〝傲慢なる金化卿（バベル・ド・ゴウル）〟に魂を売り渡した、ウルギー・タイガの所業も。

その、全てを見守ることが、アーシャの願いであり、望みであったが故に。

だが。

「アーシャ。たとえ、そなたが志半ばの死を本望としようとも。その本望は、我が想いに反する」

アウゴが選び取る未来に、アーシャの死は含まれていない。

アーシャが、手助けを望まぬとしても。

彼女に望み願いがあるように、アウゴにも思い描く未来がある。

それが害されるのならば、アーシャの願いを無下にすることになろうとも、動かねばならない。

アウゴは皇帝である。

アーシャの望みを叶えるために、この地位に在る。

しかしアウゴの唯一の願いは、誰のどんな願いよりも優先されるのだ。


――アーシャが、我の横に並び立つ未来は。


「死ぬことは赦さぬ。何が起ころうとも。……心に、刻むがいい」

腕の中のアーシャは、泣き出す直前のように顔を歪めると、目線を下げた。

「陛下……どうか、お慈悲を」

「否。アーシャを危機に晒す行為は、皇帝の名の下に赦されざる行為なれば」

目を細めて圧を強めると、ウルギーと【二又女蛇王】も地に伏し、〝獣の民〟の男が纏う【土人形】の体と鳥人族の男が押し潰れて、ミシミシと音を立てる。

「が、ぁ……！」

「ぬぅ……！」

「不甲斐なき者どもは、アーシャの側に侍る資格もない」

「陛下、どうか……！」

アーシャが腕の中で身悶えてすり抜けると、そのまま自ら頭を地に伏して、足元に頭を垂れる。

「どうか……どうか、わたくしに、お慈悲を」

「……？」

　珍しく意図が読めず、アウゴは一度留まる。

「申してみよ」

「畏れながら、この状況は、彼の者達に責のあることには、ございません。全ては、わたくしの力不足によるものに、ございます」

　ですから、とアーシャは地面に額を擦り付ける。

「罰を下す必要があると、陛下がお考えでありますれば、どうかわたくし一人に。相手の力を見誤り、無謀な攻めに及んだのは、わたくしにございます……!!」

　アーシャの声が、震えている。

「〝獣の民〟は、陛下の救うべき者どもなれば、どうか……平和への世の流れを、塞き止める者は彼らではございません。彼らは、未だ陛下の御心や御威光の、届かぬだけの者達にございます」

「……」

「わたくしは矮小であり、陛下に並び立つに相応しくない身に、ございますが、どうか、今一度、わたくしに機会を……陛下の御心の有り様に触れ得ぬだけの、者達に……その御心を伝え、彼らと共に、覇道を参ります機会を、お授け下さい……！」

　アウゴは、アーシャの土に塗れた金の髪を見下ろし、続いて周りの者達を見回す。

　ナバダ、ベリア、そしてイオと〝獣の民〟の二人。

地に伏しながらも、なるほど、瞳から火を消している者はいないようだ。

アーシャを案じ、その裁定を案じている。

己が身のみを可愛く思う者は……ただ一人を除いて、いないようだった。

「無様を、晒して、しまい、誠に、申し訳ございません……ですがどうか……お慈悲を……」

「……沙汰を、申し渡す」

アウゴは、身をかがめて、アーシャの肩に手を置く。

皇帝は地に膝をつかない。

それは臣下の行いであるから。

アーシャが顔を上げたので、その額の土を指先で払い、ついでに強く押し付けすぎてついた擦り傷を癒すと、言葉を重ねた。


「半月の間、都への帰還を命ずる。以て罰とする」


どうせ、夜会への参加準備には、時間が必要だ。

良き口実であろう。

罰をアーシャのみとせよと言うのであれば、不問とする以外の選択など、そもそもない。

「……仰せのままに」

ホッとした様子のアーシャに、アウゴは一つ頷いて、頬を撫でた。

「少し、眠るがいい」

魔術によってアーシャを眠りに落としたアウゴは、再び抱き上げて、始末をつけることにした。

「ナバダ・トリジーニ、イオ・トリジーニ。両名は、アーシャを救おうとしたその行為に免じ、罪状の一切を不問とする」

皇帝暗殺の罪も、連座でのイオの手によるナバダ暗殺の命も、これで解消となる。

二人の圧を解くと、イオは呆然としており、ナバダは不満そうな様子ではありつつも、大人しく頭を下げた。

「……ご厚情に、感謝いたします」

「殊勝なことだ」

微かに笑みを浮かべて、以前の断罪の場での暴言を揶揄(からか)ってやると、ギロリと睨みつけてきたが、何も言わない。


——気概は死んでいないようで、何より。


アーシャが救おうとした二人は、そもそも裁くつもりも無かった。

次いでアウゴは、圧を解くと即座に【火吹熊】の腕から抜け出したベリアに目を向ける。

「ベリア・ドーリエン」

「はっ！」

膝をついて、拳を地面に押し付けたベリアに、一言だけ伝える。

「アーシャを守れぬのであれば、辞すがいい。まだ従うのであれば、二度目はない」

「次は、命に代えましても」

深くうなだれた彼女に、それ以上言葉は掛けなかった。

「〝獣の民〟の者ども。我が臣下にあらざる故に、アーシャの嘆願に免じて永らえよ」

圧を解いてやっても、二人は答えず、こちらを警戒した様子を崩さずに姿勢を立て直す。

そして、最後に。

「価値なき者、ウルギー・タイガ。他者の力に、権に、魔性のモノに頼らねば何一つ成せぬ者よ……大人しくしていれば生きること程度は許してやったが、もはや、存在することそのものが無価値」

何があろうとも赦すつもりのない、無様な姿でうつ伏せになった黄金の骸骨に、アウゴは傲然と言葉を投げる。

「アーシャに対する蛮行、定めを破りガームを弑した罪、我への不敬。その全ての罪状において、死を命ずる。己が選択の結果に、沈むがいい」

「クク……」

動けもしないわりに、ウルギーには余裕があるようだ。

笑みを漏らして、眼窩の紫炎を揺らめかせる。

「不死ナル私ヲ、ドウ殺ストイウノダ？」

ウルギーの言葉に、アウゴはそんな能力もあったか、と思い出した。

おそらくは、何らかの制約を掛けることによって、身と魂を不滅とする禁呪の類いだろう。

その『死』の条件は様々で、一律ではない。

だが、いちいち探り出すのも面倒臭い話なので、アウゴは少々思案した。


――さて、どうするか。


すると沈黙をどう取ったのか、ウルギーがカタカタと嗤う。

「如何ニ強大ナ力（チカラ）ヲ持トウト、所詮、貴様ハ人間……イツマデ私（我）ヲ抑エ込メルカナ……？」

どうやら、本格的にウルギーの人格が〝傲慢なる金化卿（バベル・ド・ゴウル）〟に乗っ取られ掛けているのだろう、一人称に別の声が重なっている。

今囀（さえず）っているのは、おそらく、封じられていたという本物の金化卿なのだろうが……。

「我にとって〝六悪〟程度の相手など、戯れに過ぎぬ」

ウルギーの先の発言をそのまま返してやり、アウゴは対処を決めた。

一瞬のうちに魔力で魔導陣を描き出した後、つま先で軽く踏みつける。

「出(いで)よ。〝六悪〟が一、真理の探究に身を捧げ、異端の叡智を宿す者……」

「ッ⁉」

アウゴの詠唱を聞いて、ウルギーが大きく顎を開いた。

「馬鹿ナ……馬鹿ナ……ソンナ、ハズガ……！」

「契約において、疾く顕れよ。――〝貪欲なる胎児(エイワス・ホムンキユリア)〟」

魔導陣が紫に輝き、ゆらゆらとウルギーに似た邪悪な気配が立ち上ると、アウゴの肩辺りに濃縮して結実する。

紫の靄で出来た臍(へそ)の緒が繋がったままの、年老いた赤子。

それ以外に形容しようのない存在が、そこに居た。

臍の緒の先は、アウゴが人差し指に嵌めた指輪へと繋がっている。

『お喚びですか、我が主人(あるじ)』

しゃがれているのに甲高い声に、反応したのはアウゴではなかった。

「我ガ同胞(ハラカラ)ヨ……ッ！　何故、何故〝六悪〟タル汝(ナンジ)ガ、人ナドニ従ッテイル……ッ⁉」

『金化卿か……我が主人に喧嘩を売るとは、何とも愚かよな』

以前、魔導の探求をしていた時に出会い、戯れに降していたエイワスは、『フラスコの中の小人』とも呼ばれる存在である。

己の力で動く術を持たぬ代わりに、ありとあらゆる叡智に通じる……と言われているが、その正体は耳や目が広く、長生きしているだけの魔性だった。

知識は多少役に立ち、魔術もそこそこ扱えるが、ただそれだけだ。

だが、長生きしているだけあって雑学には通じている。

「金化卿の弱点を言え」

『複合魔術にて、不死たり得る者にございます。陽光に触れれば不死は絶え、魔獣に喰われれば魂が砕ける……そのような制約にございます』

「なるほど。代わりに、魔獣や人を操る力を持つか」

『是』

不死という、幽玄と現世の逆転した力の代償は昼夜の逆転。

他者を征服する力の弱点は、征服した他者に革命を起こされること。

そういう話なのだろう。

タネが割れてみれば、大した仕掛けでもない。

「陽光か。……では、浴びるがいい」

アウゴの言葉と共に、ウルギーの周囲に陽光が溢れ出た。

✦ ✦ ✦ ✦ ✦ ✦ ✦

「ガァアアアア!!　ヤメロォ!!　ヤメッ、ヌゥァアア……ッ!!」

陽の光に灼かれて、ウルギーがジタバタと暴れようとするが、押さえ付けている皇帝の力のせいでビクとも動けていない。

「何故、何故ェ……タカガ、ヒト程度ノ身デ在リナガラ……六悪ヲ従ェ……コレホドノ、力ヲォ……!?」

「たかが力一つ手にするのに、ヒトである己の本質と他者を犠牲にせねばならぬ程度の者に、負ける道理などない」

ナバダは、その光景に知らず知らずの内に息を詰まらせていた。

ウルギーの周りの空間が、ベキベキとガラスのようにひび割れて、牢の柵に似た形でウルギーを囲い込んでいる。

陽光はそこから漏れており……その先に見えるのは、真昼の太陽が浮かぶどこかの景色。


——あり得ないわ。


己を転移する魔術のみならず空間を支配する魔術を単身で、しかも即座に行使するなど……いや時間をかけて魔導陣を敷いたとしても、常軌を逸している。

しかも、その間にも皇帝がウルギーを地面に押し付けている圧を増しているのか、黄金の骨がミシミシと音を立ててひび割れ始めていた。

そのあまりにも理不尽な力の顕現を目の当たりにして、ナバダは思わず自嘲する。

——アタシは、こんなとんでもない奴を殺せと言われてたの？

絶対に無理だ。

ウルギーは、ナバダ達の相手をすることを、戯れだと言ったけれど。

アウゴにしてみれば、きっとこの世の全ての障害が、遊びのようなものなのだろう。

魔性も人も関係ない。

皇帝アウゴは、一人全軍どころか、一人でこの世の全てを支配することすら、赤子の手を捻るような気安さで可能な存在なのだと、思い知らされる。

それを、していないのは。

彼が執着するのが、腕に抱いているアーシャ・リボルヴァという公爵令嬢だけだから。

本当にただ、それだけのことなのだろう。

「ガァアアア……ッ!!　灼ケル……我ガ金色ノ肉体ガ……不死ナル我ガ……!!　全テヲ支配スル我ガ……！　馬鹿ナ、馬鹿ナァ……ッ!!」

陽の光に触れるだけで、黒い煙を放って、ウルギーの体が黒ずんでボロボロと崩れ落ちていく。

「そして、魔獣に喰われれば、だったか？」

皇帝は、まるで研究作業のようにジッと崩れていくウルギーを眺めていたが、半ば崩壊した辺りでポツリと呟く。

そうして目を向けた先にいたのは、【二又女蛇王】と化したガームだった。

「貴様が都合よく使い潰したそこの女にも、〝選ばせて〟やろう」

と、アウゴが【二又女蛇王】の拘束を解く。

どうやら、ウルギーの支配からは逃れているらしい魔獣に、本来のガームであった頃の意識があるのかどうかは、ナバダには分からなかったが。

「死ぬ前に、一人だけ喰い殺す権利をやろう。選ぶがいい」

そう皇帝が口にすると、無事な左の頭がぱちぱちと瞬きをしてから……瞳孔のない瞳をウルギーに向けると、鬼のような形相になってギシャァ！ と吠え猛る。

そして、両目を潰された真ん中の上半身が、ズルズルと這うようにウルギーを閉ざした陽光の檻へと近づいていく。

「ク、来ルンジャナイッ！ ガーム、オ前ハ私ニ従順デアレバ良イノ……グァアアアッ‼」

手足が失せて逃げることも出来ないウルギーは、左右に退くように開いた檻の隙間から巨大な顔を押し込んだガームに、下半身を齧られて絶叫した。

バキ、ボキ、と音を立てながら、目の潰れたガームの顔をした魔獣が、少しずつウルギーを噛み砕きながら呑み込んでいく。

「真に強大なる支配者ならば、過去に他者に封じられることも、そのような無様を晒すこともなかった。つまり、そなたはその程度だった、ということだ」

真に強大なる支配者本人であるアウゴの言葉は、もはやウルギーには届いていない。

「グゥォアァアアア……ッ!!　ワ、私ハ、コノ世ノ支配者タルベキ者ナルゾ!　我ガ名ハ〝傲慢……ッ!!」

最後まで言い切れなかった、その喚きが……〝傲慢なる金化卿〟ウルギー・タイガの、断末魔だった。

✦✦✦✦✦✦✦

そうして、満足そうな顔をしたガームが眠るように目を閉じて動かなくなると、ようやく皇帝が動き出す。

いつの間にか、エイワスという名らしい〝六悪〟の赤子は姿を消していた。

「よく聞け」

皇帝が、再びナバダ達を睥睨して告げる。

「アーシャは、我が伴侶となるべき者。望むが故に、奔放なる振る舞いを許諾しているに過ぎぬ」

皇帝は、アーシャを抱き直すと、眠る彼女に頬を擦り寄せるように顔を近づける。

「アーシャの道行きと志は、我が振る舞いと同義と知れ」

「……本気で言ってんのか？」

口を開いたのは、ウォルフガングだった。

「アーシャから聞いてはいた。だが、信じられねぇ。……もしそれが真実なら、何故それだけの力を持ちながら、俺達や大公どもを放置する？」

すると皇帝は、ウォルフガングをジッと見つめた後。

僅かに、口元を緩めた。

「我は、支配に興味はない。そして、自らの意思で抗う気概を持たぬ者にも」

それが答えだと言わんばかりの、簡潔な回答だった。

「そなたらは、己が手で掴み取る自由を、望んだのだろう。不自由の代わりに、ただ与えられ屠られるだけの家畜で在りたいのなら、願いを叶えるにやぶさかでは無いが」

どうする、という問いかけのつもりなのだろう。

おそらく皇帝は、ウォルフガングの答えなど、どちらでも良いと思っている。

しかし、ナバダにも分かることが一つだけあった。

——面白がってるわね。

皇帝はこういう奴だ。

ただ従うことを良しとしない誰かが、気概を持って真正面から噛み付いてくるのが、おそらくは楽しいのだろう。

「そなたらには、選ぶ権利がある。アーシャと共に皇国に牙を剥き、その半分を相手にするもよく、この小さな大地で大人しく生を全うするもいい」

「皇国の半分を相手にしろ、だと？　そいつらに牙を剥かなくてもいい国にするのが、本来、貴様のやるべきことだろうが！」

ウォルフが顔を真っ赤にして、吼える。

「力の無い奴が虐げられて足掻いてるのを見るのが、そんなに楽しいか⁉」

「……よせ、ウォルフ」

止めたのは、〝獣の民〟の村長、シャレイドだった。

普段は快活で声が大きい彼だが、今は威厳を備えた低い声音でウォルフガングを制する。

「何でだよ⁉　こいつが放置してたせいで、俺やダンヴァロは！　ベルビーニは！」

「お前は、前にアーシャの嬢ちゃんが言ってたことを覚えてねーのか。……皇帝だからこそ、法を守らなきゃ道理が通らねぇって、言ってただろ」

シャレイドの言葉に、皇帝は静かに頷いた。

「特異魔術の男。そなたは、暴君が望みか」

「何だと？」

「法をなきものと切り捨て、我が自ら大公を降す、あるいは、民を虐げし証拠を、他者の感知し得ぬ魔術に依りて揃える。ただ一人、我のみの力によって。その先に待つ行く末を、理解した上での言(げん)

か」

ウォルフガングは、ますます眉根を寄せる。

「……クソどもがいなくなって、住みやすくなるだろうが」

「では、そのさらに先は」

皇帝は、あくまでも静かだった。

「そなたらから見れば、常軌を逸したる我の力によって、法に依らぬ統治をした先は。我が身罷いし後に、『法を破ること』を良しと示された者どもと、強大な力に頼りきり、自らを研鑽することを怠った者による後世か」

「……それ、は」

「それは」

腕の中のアーシャに目を落としてから、皇帝は再びウォルフガングを見る。

「――真に、アーシャの望みし和平の世か？」

「……ッ」

ウォルフガングは、悔しそうに歯を噛み締めた。

「じゃあ、どうしろってんだよ！　未来がどうだか知らねぇが、今、この瞬間に虐げられてる連中がいるだろうが!!　それを放置するのが正しいってのか!?」

「その為に、アーシャはこの場に参じたのであろう」

即答だった。

「自らの手に依りて、大公を降せ。あるいは、大公が民を虐げているという証拠を、我が前に揃えよ。

自らの手に依って、それを成せ」

ある種の傲慢を感じさせる発言だったが。

おそらく人々がそう動くことが、皇帝にとって最も好ましいことなのだろう。

自分でやるのは簡単だと。

今この瞬間のことだけを、そして自分が生きている間のことだけを考えるなら、皇帝自身が動くのが、最善なのだ。

しかしそれでは、先に待つのが今よりもさらに酷い状況であると、彼は告げているのである。

回避したければ、自分が動かなければならないと。


——だから？


ナバダは、唐突に理解した。

多分、皇帝自身は暴君として立っても問題はない、と思っている。

それどころか、皇国が滅びても、アーシャが生きていればそれでいいとすら、思っているだろう。

だけど、アーシャがそれを望まないから。

「故に、問う。自らの手で、成す気があるか？」

自らが好ましいと思う、挑戦の気概を持つ者を選別し、助け。


——皇帝は、人を、育てようとしている……？


彼が助けた人々を、ナバダは思い返す。

アーシャの望みを叶える為の駒が、自分やイオであり、ベリアであり、ダンヴァロであり……〝獣の民〟の人々なのであると、すれば。

『不甲斐なき者は必要ない』という言葉の、真意は、そこにあるのだろう。

「……そいつに答える前に、俺からも、一つ聞かせてくれ」

ウォルフガングが黙ったので、シャレイドが口を開いた。

「皇帝の婚約者筆頭の公爵令嬢がここに居て、今みたいな危機に陥ることは予想できただろ。なんでアーシャの嬢ちゃんを野放しにしてる？」

「アーシャは、反乱分子を平定する、と、自ら囮を買って出た」

「囮ぃ……？」

「我が皇国は、未だ一つならず。私腹を肥やし益をかすめる者、地位を虎視眈々と狙う者が後を絶たぬのは、そなたらも知るところだろう」

それは、その通りだ。

ナバダが消え、正妃の座がほぼ確実となったアーシャを、未だ疎ましく思い、暗殺を目論む者も多いだろう。

腹に一物を抱え、次期皇帝の親族たらんと望む者が、正妃候補が一人放り出される好機に、食い付かないはずもない。

でもナバダの知る限り、アーシャは、そうした全てを承知して皇都を出た。

「自らを囮とし、人々の趨勢（すうせい）を自らの目で見極めるアーシャが、そなたらを救うべき者であると口にした」

「……」

「故に、問うている。そなたらは、アーシャが信じるに足る性根と気概を持ち合わせているのかと」

シャレイドは、夜空を見上げた。

そして、吠える。

「……ナメられたモンだぜッ！　なぁ、ウォルフ」

「シャレイド……」

村長は、ウォルフガングの肩を叩いて、ニヤッと笑みを浮かべる。

「アーシャの嬢ちゃんやナバダの嬢ちゃん、ダンヴァロやベルビーニ、それにお前さんを〝獣の民〟として受け入れたのは、誰だと思ってやがるんだろうな、あの皇帝はよ!!」

ガハハと大笑いして、シャレイドは手にした武器を掲げる。

「気概だと？　上等じゃねぇかッ！　皇帝も本当に大公どもを赦す気がねぇって知れた以上は、何一つビる必要がねぇじゃねぇかッ！　そうだろッ!?」

ウォルフガングは、呆気に取られたように彼を見上げた後に……小さく、苦笑した。

「ああ、そうだな。確かに、その通りだ」

「俺は、皇帝なんか信用しねぇし、皇国に属する気もねぇッ！　だがッ！　俺が仲間と認め、今日まで目にしたアーシャ・リボルヴァの信念は……紛れもなく、本物だったッ！」

シャレイドは、ドン！　と自分の胸に拳を叩きつける。

「一緒に行ってやるよッ！　苦しんでる連中を助けてぇって気持ちは、俺もアーシャの嬢ちゃんも一緒だからなッ！」

「……俺も、同じ気持ちだ。俺みたいな思いをする奴を、少しでも減らしてぇと、ちょっと前に思った。……他の貴族どもに従う気なんか、それが皇帝であっても、サラサラねぇが」

ウォルフガングは、ようやくいつもの、面倒見の良い兄貴分の笑みを取り戻して、皇帝に向かって拳を掲げる。

「〝鉄血の乙女(アイアンメイデン)〟アーシャ・リボルヴァとなら、やってやるさ。そいつは、仲間だからな」

「そうか」

皇帝は、無表情ながらどこか満足そうに呟くと。

「……そなたらの、心意気は悪くない。自らの言、ゆめゆめ忘れぬことだ」

皇帝が、再び足先でトン、と地面を叩くと、近くに転がっていた魔剣銃と【風輪車】、それにモルちゃんが、皇帝のもとへと浮き上がって引き寄せられた。

二丁の魔剣銃はひとりでにアーシャのホルスターに収まり、モルちゃんは腰紐にぶら下がる。

そして魔導具は、正しい形でその場に着地した。

「この有機鉱物によって作られた魔導具は、特異魔術の者、そなたに預ける。おそらく、そなたの魔術と相性が良い」

「どういう意味だ？」

「正しく使用すれば、使用者に合わせて形を変える魔導具だ。後に試してみよ」

ウォルフガングに助言を与えた皇帝は、続いてシャレイドに目を向けながら、魔導陣を空中に描き出した。

「アーシャは半月ほど、預かる。その間に、準備を整えよ。西へ打って出るのであれば、そなたらでは未だ力が足りぬ。一人、戦力として心当たりのある者に、村へ向かうように伝えておく」

そうして、あっさりと転移魔術によって皇帝が姿を消すと。

ずっと跪いていたベリアとウォルフガングが、力が抜けたように尻餅を地面に落とした。

全員、とっくに限界だったのだ。

「……イオ」

ナバダは、少し離れたところで成り行きを見守っていた彼に声を掛ける。

ずっと会いたかった。

そして、多分これから、また一緒に過ごせると、そんな期待を込めて視線を向けると。

「姉さん……迷惑かけて、ごめん」

怪我をしているのか、足を引きずりながら近づいてきたイオを、ナバダは両手を広げて抱きしめる。

「アタシも、しくじったわ。お互い様よ」

「うん……」

涙が滲んでくる。

ようやく……解放された。

アーシャのおかげで。

そうしてイオと抱き合っていると、ウォルフガングの呻き声が聞こえて、涙が引っ込んだ。

「ったく、何が『未だご寵愛賜らぬ』だよ」

そう吐き捨てた彼を見ると、短い髪をぐしゃぐしゃとかき回して、彼はこう続けた。

「誰がどう見ても、めちゃくちゃご寵愛賜ってんじゃねーか」

「それに気づいてないのは、アーシャ本人だけよ」

ウォルフガングの呻きに思わず笑みを浮かべながら、ナバダは言葉を返した。

終章　今度こそ、ご期待に応えてみせますわ！

眠っている間に侍女によって身綺麗にされたのだろう、すっかり埃や土も落とされた状態で客間に寝かされていたアーシャは、擦り傷一つ負っていなかった。

きっとこれも、陛下が癒して下さったのだろう。

しょぼくれるアーシャに、面会に来た王城に勤め始めているらしい妹のミリィが、怒りの表情でこちらを睨みつけてくる。

「やらかした、じゃないでしょう！　こんなに日焼けして、魔獣退治に村興しって、どこの貴族令嬢がそんなことするの！　無茶苦茶にも程があるわ！」

「それは必要なことですもの。肌は、これでも出来る限りケアしていてよ？」

「お姉様が、そんな風になってまでやるようなことじゃないって言ってるの！　ああもう、すぐに夜会があるのに、そんなに肌荒れしてたら貴族連中に馬鹿にされるわ！」

「……今更ではなくて？」

そもそも、日焼け肌荒れ以前に、顔の火傷に関して散々嘲笑されてきている。

首を傾げていると、ミリィは深い眉間の皺を刻んで何かを堪えるように目を閉じた後、黙って飾り気のない小瓶を幾つか差し出してきた。

中には透明な液体と、ほんのり青い液体、それに乳白色の液体が入っている。

「あら、これは何ですの？」

「私が作った、肌荒れ治療の保湿液と、化粧水と、美白剤よ！　どれもちょっと高いけど、肌の負担が少なくて効果のあるもの！」

「ミリィが作りましたの!?」

アーシャはびっくりして、その小瓶をまじまじと見つめる。

どうやらミリィは、皇宮で火傷痕の治療薬を作ることの他に、肌そのものを美しくする薬の開発を行っているらしい。

「侍女に言って、毎日朝晩塗り込むこと！　夜会までにはだいぶ元に戻るはずだから！」

「ありがたくいただいておきますわ！　ミリィは凄いですわね!!」

アーシャはニコニコと伝えて、それを受け取った。

嬉しそうに口元をムズムズさせているのがバレバレなのだけれど、あくまでも『怒っていますよ！』という表情を保とうとする妹が可愛くて、堪えきれずにフフッと口元を押さえてしまう。

「何を笑ってるのよ！」

「ッ、ご、ごめんなさい……嬉しくて」

ミリィは頑張り屋さんなのだろう、アーシャが皇都を出てからまだ半年も経っていないのに、こんなものを作っているのだから。

「きっとミリィは、その内、皇都一番の治癒士になりますわね！」

「お、大袈裟よ……お姉様がまた旅立つ前に、もっといっぱい作っておくわ」

頬を染めて視線を逸らしたミリィは、ポツリとそう漏らして表情を引き締める。

「引き留めても、どうせ行くんでしょう？　お姉様は、言っても聞かないんだから」

「よく分かってますわね！　さすがは私の妹ですわ！」

「そんなことで褒められても、ちっとも嬉しくないわよ！」

もう！　とミリィが去った後に現れたのは……なんと陛下だった。

「へ、陛下!?　わ、わたくしこのような姿ですのに！」

アーシャは真っ赤になって、夜着と顔を隠すように、掛け布団を被る。

「良い」

「良くないですわ！　はしたないですわ！」

よく考えたら、魔獣退治でボロボロの土塗れなもっと酷い姿を見られているのだけれど、それはそれとして乙女心は複雑なのである。

どことなく楽しそうに、しばらく睨みつけるアーシャを眺めていた陛下は、ふと呟かれた。

「此度、開催される夜会は、『領王会議』の一環となる」

陛下の御言葉に、アーシャは表情を引き締める。

「ウルギーの件、でございますか？」

「否。……正式な妃候補擁立に関する儀となる」

そう返されて、思わず息を呑んだ。

「陛下、それは……」

「宰相よりの立案であり、正式な決議。覆らぬ」

アーシャは、思わず目を落とした。

陛下との婚姻は、何よりも望むところではある。

けれど、あくまでもアーシャ自身が陛下に相応しい身になってからでなければ、意味がない。

それではアーシャが陛下の妃になるのではなく、『唯一の候補である公爵令嬢』が妃になるだけなのだ。

少なくとも、アーシャの中では、明確に違うことだった。

「……畏まりました……」

でも、それが陛下の決定であるのなら、アーシャが否を唱えることは出来ない。


――立場だけでは、陛下をお支えすることが出来ませんのに……。


生真面目な宰相が、こちらの振る舞いをよく思っていないことは知っている。

彼ほどでなくとも、陛下に忠実な者であればあるほど、同じ考えを持っていておかしくはない。

皇妃に第一に望まれていることは、結局のところ、子をなすことだ。

皇統を途絶えさせぬ為、大人しく、陛下のお側に侍ること以外、きっと誰一人アーシャに望んではいないだろう。

父母や妹は、皇妃になること自体は望んでいないが、アーシャが危ないことをするのをよく思ってはいない。

——ただ一人、それを許して下さっている陛下も、本当は……。

そう思っていると、そっと頬にひんやりとした陛下の手が添えられた。

「へ、陛下……!!」

落ち込みつつも、こうして落ち着いた状況でそのようなことをされると、やっぱり頬がカッと熱くなってしまう。

狼狽えるアーシャに、陛下はいつも通りに、淡々と言葉を口にした。

「述べたはずだ。期待している、と」

アーシャの内心などお見通しとばかりに、陛下が微かな笑みを浮かべられた。

その愛おしげな目に、もうご寵愛を得られているのでは、と思いそうになるけれど、アーシャは内心でブンブンと首を横に振った。

——か、勘違いしてはいけませんわ!

陛下はお優しくてあらせられるので、落ち込んでいるアーシャを慰めようとしてくれているだけなのだ。

「婚約が成されようとも、すぐに婚姻となるわけではない。まだ、猶予はある」

それが半年か、一年か、あるいはもっと長いのか短いのか。

期間を、陛下は口になさらなかったけれど。

「待てる内に、望みを成してみせよ。そなたならば、出来ると、我は期待している」

「陛下……!!」

アーシャは、パァっと気持ちが晴れやかになるのを感じた。

理由もなく退けることが出来ない中で、それでも陛下は、最大限アーシャの気持ちに配慮して下さっているのだ。

陛下のお言葉一つで、簡単に機嫌が直る自分の単純さを自覚しながらも、アーシャは喜びを抑えきれなかった。

「公爵令嬢として、妃候補として、そしてアーシャ・リボルヴァとして。——全てを十全にこなしてみせよ」

「仰せのままに……!!」

うっとりと陛下のご尊顔を拝謁しながら、アーシャは満面の笑みを浮かべた。

「——今度こそ、ご期待に応えてみせますわ！」

《了》

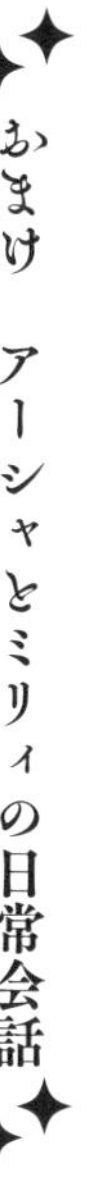

おまけ　アーシャとミリィの日常会話

「何で陛下がそんなに好きなのか、ですの？」


ミリィがそう質問すると、姉のアーシャは小さく首を傾げた。

姉は『お披露目まで城の中で過ごすように』と申し伝えられているらしく、特にやることがないみたいなので、ミリィは毎日見習い終わりに彼女を訪ねている。

だから雑談の中で、ずっと気になっていたことを尋ねてみたのだ。

「そうですわねぇ。一言で説明するのは難しいですわ」

「別に短く纏めて欲しいとは言わないけど……」

どこか生き生きと目を輝かせる姉に、ミリィはちょっと嫌な予感がした。

こういう時の彼女は、話が本当に長くなることがあるから。

「まず陛下は、とても公平でお優しく、聡明な方ですわ」

「ど……公平で優しい……？」

ミリィは、その言葉に頬を引き攣らせた。

『どこが？』と言いそうになったけれど、それは不敬に当たる言葉なので控えたのだ。

姉は聞き咎めなかったようで、嬉々として話を続ける。

「ええ、まずわたくしのこの顔。ミリィを守ったわたくしの誇りを、誉れと認めてくれたのは陛下ただ一人でしたわ」

「あ……」

それは、ミリィが姉を避けるようになった理由だった。

両親も姉の選択を尊重したものの、火傷痕そのものを認めていたわけではない。

ミリィはまだデビュタントを終えていないけれど、漏れ聞いた彼女のあだ名からすれば、多くの貴族もその傷痕を侮蔑の対象としていた。

「男女の別なく、立場も考慮せず、わたくし自身を見てくださる大変公平な方ですわ！」

姉は陛下のことをお話しするだけで、頬が緩んでくるのを抑えきれない様子だった。

「それに、陛下は人をよく見ておられますわね。『人の本質は言動ではなく行動に現れる』とのお言葉通り、陛下のお眼鏡に適う方は、皆芯の通った行動をなさる方ばかり！　暗殺のために送り込まれたナバダにも、名誉を穢された伯爵令嬢であるベリアにも、敵か味方かすら関係なく手を差し伸べられますのよ！　これをお優しいと言わずして何と言うのでしょう！」

――それは、面白がってるだけなんじゃ……？

公平だとは思うけれど、ミリィはそれを優しいとは思わなかった。

今名前が出たベリア嬢の話は、『処刑』の一件だろう。

大公の令息であろうと気に食わなければ容赦無く処罰し、ベリア嬢に強制的な三択を迫った……陛下の冷酷無情な本質と、誰も逆らうことの出来ない圧倒的な権威と力を象徴するような事件だったと思うのだけれど。

でも、姉から見るとそれが『優しい』と映るのかもしれない。

その理由も。

——陛下が、お姉様にだけはとんでもなく甘いからかしら？

何せ、デビュタントの日から夜会に参加するたびにお傍に呼ばれ、皇国革命軍を組織するなどというとんでもない宣言を赦され。

先日帰城した際には、陛下御自ら迎えに行ったという。

誰がどう見ても最高級のご寵愛を賜っている姉の目から見れば、確かに陛下は心優しく公平な人物なのだろう、と納得しかけたところで。

「貴女も、その優しさに触れているでしょう」

「え？」

「貴女が城で学べるのは、陛下のご提案あればこそではなくて？」

「……そうね」

その書状を受け取った時のことは、陛下と直々に対面し、威圧感と呼び出された緊張とでほとんどどんな会話を交わしたか覚えていないけれど。

――お優しい、の、かしら？

けれど。

確かに陛下は、ミリィにもチャンスを与えてくれたのだ。

「ただ、陛下は挑戦する気概のない者、現状に甘んじる者にとても厳しい面もありましてよ！」

「あ、そうよね？」

ミリィが答えると、姉が傷のある目の当たりを手のひらで撫でる。

「ふふ。陛下は、『全てを視て』おられますの。――貴女も、気を抜いてはいけませんわよ？」

その何気ない姉の呟きに、何故か背筋が冷えるような感じがして、彼女の顔を見ると。

姉は笑っているけれど、その瞳と雰囲気が、陛下が乗り移ったようなものに変わっていた。

――――!?

しかしそれは、一瞬のこと。

姉はまばたきの間に普段の姉に戻り、言葉を重ねる。

「それに陛下は……」

と、その後延々と陛下の魅力を語られ続けることになったミリィは。

――お姉様と陛下は……もしかしたら、とても似ているの、かしら？

いつまでも引かない冷や汗を流し続けながら、ただ相槌を打つ羽目に陥っていた。

《了》

あとがき

皆様ごきげんよう、名無しの淑女でございます。

初めましての方は初めまして。他の著作を読んで下さった方は再会を祝して、ここにご挨拶申し上げます。


さて。


今回受賞させていただいた『アーシャ・リボルヴァの崇拝』。

こちらの作品は『ラスボスの伴侶』というコンセプトを思いついて、描き始めた物語です。

皇帝陛下アウゴは、RPGにおけるラスボスのような存在として君臨している人物です。

圧倒的な力を持ち、彼によって治められた皇国は、表面上の平和を保っております。

しかしその内部には不穏分子が複数存在し、腐敗している面もあり、虎視眈々と権力の座を狙っている……。


そんな皇国の皇妃に、そして彼の伴侶に相応しい人物とはどんな人物か？

圧倒的な力を持つ人物が、その力に溺れず、戯れに国を滅ぼすような行いをしないとしたら、それはどういう状況か？

その私なりの回答が、アーシャ・リボルヴァという少女です。

ラスボスが、ただ一人、彼女の望みの為にのみ力を振るうのならば。

その女性の望みが『皇国の平和・皇帝の安寧』であれば、虐げられた者たちに反旗を翻され、打ち崩されるようにはならないのではないか。

悪役令嬢の恋愛小説としては、もしかしたらこの物語は異質かもしれません。

ですが、二人の愛が鍵になっている物語であり、私の中では恋愛小説として描いております。


その、肝心の主人公であるアーシャですが。

ただ心が清らかで聖女のような女性……では、こう、『ラスボスの伴侶』とは言えないかな、と思っておりました。

そう思っていた時に、どなたかの呟きを目にしたのです。


『ドレスと機械の組み合わせって、良いよね』


これだ、ということで、アーシャの映像が鮮明に頭に浮かびました。

二丁拳銃に深紅のドレス、金髪の縦ロール。

相馬は空を飛ぶバイク。

顔には己の誇りである火傷痕を貼り付けて、必要となれば泥に塗れることも厭わない。

敬愛し、崇拝し、愛している皇帝陛下の為に、全力で斜め上の方向に邁進する悪役令嬢。


最高だと思いませんか？


この物語の内容はＢ級映画のような破天荒、を目指しております。

大きな怪獣の大侵攻、ド派手にぶっ放される魔法。

バンバン起こる空中戦の中を、銃を片手に飛び回る悪役令嬢。


そうした全ては、恋の為――『恋する狂気』の名の通り、アーシャは戦火を駆け抜けて行くのです。

半分が凄惨な傷跡に覆われた絶世の美貌を備えた彼女は、とても前向きで、迷いません。

そうした姿勢が、多くの人々の心を動かして行くのです。

出来ることなら、この二人の行く末を、共に見届けていただければと思います。


最後に、尽力いただいた編集様、素敵なイラストで世界観を彩って下さったゆき哉先生、この本の校正やデザイン、印刷に携わって下さった全ての方。

そして何より、この本を手にとって下さったあなたに感謝の意を表して、筆を置かせていただきます。

誠にありがとうございました。

メアリー＝ドゥ

元農大女子には
悪役令嬢はムリです
早田 結
ill. 桶乃かもく
婚約破談から始まる
何も知らない
転生リケジョと
ベタ惚れ
残念王子の
溺愛ロマンスファンタジー！
2巻発売中！
Motonodaijoshi niwa akuyakureijo wa muridesu
©Yuu Hayata

やり直し公女の魔導革命
処刑された悪役令嬢は滅びる家門を立てなおす
1巻発売中！
二八乃端月
illustration YOHAKU
©二八乃端月

唯一無二の最強テイマー
～国の全てのギルドで門前払いされたから、
他国に行ってスローライフします～
原作：赤金武蔵　漫画：田村紘一
キャラクター原案：LLLthika
異世界還りのおっさんは
終末世界で無双する
原作：羽々音色　漫画：ダンタガワ
ジャガイモ農家の村娘、
剣神と謳われるまで。
原作：有郷　葉　漫画：たぢまよしかづ
キャラクター原案：黒兎ゆう

転生貴族の異世界冒険録
～カインのやりすぎギルド日記～
原作：夜州
漫画：香本セトラ
キャラクター原案：藻
レベル１の最強賢者
原作：木塚麻弥
漫画：かん奈
キャラクター原案：水季
我輩は猫魔導師である
原作：猫神信仰研究会
漫画：三國大和
キャラクター原案：ハム

アーシャ・リボルヴァの崇拝 1
～皇帝陛下に溺愛される悪役令嬢は、結婚の手土産に不穏分子を平定するようです。～

発 行
2023年10月13日 初版発行

著 者
メアリー＝ドゥ

発行人
山崎 篤

発行・発売
株式会社一二三書房
〒101-0003 東京都千代田区一ツ橋2-4-3 光文恒産ビル
03-3265-1881

印 刷
中央精版印刷株式会社

作品の感想、ファンレターをお待ちしております。
〒101-0003 東京都千代田区一ツ橋2-4-3 光文恒産ビル
株式会社一二三書房
メアリー＝ドゥ 先生／ゆき哉 先生

Printed in Japan, ISBN978-4-8242-0042-6 C0093

※本書は小説投稿サイト「小説家になろう」（http://syosetu.com/）に
掲載された作品を加筆修正し書籍化したものです。